講談社文庫

赤目姫の潮解

LADY SCARLET EYES AND HER DELIQUESCENCE

森 博嗣

講談社

目次

LADY SCARLET EYES AND HER DELIQUESCENCE

BY

MORI Hiroshi

2013

PAPERBACK VERSION

2016

赤目姫の潮解

LADY SCARLET EYES AND HER DELIQUESCENCE

第I章

廉《れん》潔《けつ》の館へ

薄紅色の唇が、私の前に浮かんでいた。周囲は雲の中。寒くはない。霧というよりは水蒸気に包まれている感じだった。

仄《ほの》かに香るような湾曲の唇も、そしてときどきそれとなく微動し気を誘う赤い瞳も、たぶん動いてはいないのだろう。動くように見えるのは、それ以外のすべてのものが己の存在に震えていたからにちがいない。この世界も、この水面も、そして生きているものすべても。

彼女の白く滑《なめ》らかな頰《ほお》を流れる艶《つや》やかな黒髪のエッジに、新しい空の明かりを受けた粒子が銀色に霧散し、湖面の鏡の如《ごと》く穏やかな平面に弾《はじ》け零《こぼ》れて、滑るように広がっていく。私たちの小さな船は浮かんでいるというよりも、氷の上を慣性で滑走しているようにさえ錯覚されるのだった。私はオールを操《あやつ》っていたけれど、さして力のいる仕事ではなかった。それよりも、一人だけ後方を向いているおかげで、彼女と正対する幸運を得たというわけである。

「篠柴《しのしば》君、なんとも不思議な時間だね」鮭川《さけかわ》が言った。

彼はボートの一番前にいる。前方を見る役目だ。なにしろ、目的地は霧の中。目を凝《こ》らして探しても、見つからないだろう。背中を向け合って座っているので、お互いの顔を見ることはできない。けれども、彼がたびたび振り返って後方を見ていることは想像できた。ボートの後ろに赤目姫《あかめひめ》がいるからだ。

「不思議というのは、どういう意味なのかな。べつに、時間に不思議もなにもないだろう」私は、そういう突《つ》っ慳貪《けんどん》なことを言ってしまう質《たち》だった。

時刻は、やがて午前五時。早朝である。不思議というよりは、非常識な時刻といえる。なにもこんな日の出まえに出てこなくとも良かったのではないか。私は、そのことでいつもの朝にもまして機嫌が悪かった。朝というのは、多くの人間にとって最も深い眠りの中にあるもの。それは死を予感させる静かな心地良さに起因している。そうやって、不機嫌を隔離しているのだ。不充分な睡眠から覚醒《かくせい》したこともあって、今のこの状況が夢のようにも感じられてしかたがない。時間が不思議なのではなく、この空間、つまり、霧の湖面に浮かぶ一艘《そう》のボートと、そこに乗っている三人の男女の方が、どれくらい不思議かわからない。さらにいえば、稀少《きしょう》。どうにか、我慢ができるのは、この稀少の輝きのせいだ。

「そう、君が言いたいことはよくわかる。時間ではなく、空間だと主張したいのだろう？　たしかに今のこの世界は、奇妙に歪《ひず》んでいる」鮭川が淡々と語った。「歪んでいるというのは、少し言葉のニュアンスが違っているかもしれないけれど、ああ、ようするに、もともとの澄み渡った状態ではない、という意味だよ。そして、その変異の軸にあるのは、君も気づいているとおり、それは時間なんだ。今という時間があるからこそ、今のこの空間が成り立っている。成り立っているのだから、存在するためのエネルギィによって歪まざるをえない。僕が言いたいのは、そこだ。存在とは、画鋲《びょう》で留《と》められたピンナップみたいなものなんだ。小さな穴があくことは避けられない。留《とど》まるものは、留める力によって圧縮されている。元の自由な様ではないということだ。だから、なにかが美しい、なにかが不思議だ、というのは、全部その存在を成り立たせている時間のせいなんだ」

私は呆《あき》れたことを示すために、目をぐるりと一度回した。それを見ているのは、もちろん赤目姫だけである。彼女の口許《くちもと》がほんの少し持ち上がったのを確認してから、私は落ち着いて溜息《ためいき》をつき、鮭川の話を遮《さえぎ》って、もっと現実に相応しい話題に切り換《わ》えたのである。ただし、この場合の現実に相応しいという意味は、河童《かっぱ》や魔女ではなく、せめて河馬《かば》や駝鳥《だちょう》にしておけというくらいのことだ。

「こんなに早朝に来いというのは、少々失礼なのではありませんか？　なにもそこまで言うなりになる必要などなかったのでは？」

私の質問は赤目姫に対してのものだった。時刻を決めたのは先方ではあるけれど、その申し出を承諾したのは彼女だからだ。昨夜聞いたときには、理由は問わなかった。それを尋ねることも、やはり失礼に当たるのではないか、と考えて黙っていたのだが、今ならば、それも多少は緩和《かんわ》されるだろう。この時刻に行くのが嫌だと反対したいのではない、実際に早起きをして出てきた段になってから尋ねるのだから、その誤解は避《さ》けられるはずである。

赤目姫は、口を動かした。彼女は声を発しない。彼女の声帯が機能しないのは生まれながらのことで、病の結果ではない。彼女は声を上げて泣くこともなく、叫び回ることもなく、大声で笑うことも、また歌うこともなく、静かに育ったのである。声はなくとも、息を使い、口を動かせば、僅《わず》かな音が漏《も》れる。だから、耳を近づければ、彼女の「声」を聞くことができる。また、私たちくらい親しくなると、彼女の口の動きを見ただけで、言葉を聞き取ることができた。それは、彼女の魅力的な唇のおかげでもある。それくらい長く注目を受けることに耐えうる美しさだった。さらにまた、息だけで言葉を発するには、人よりもずっと明確な口の運動を必要とするのだろう。だからこそ、彼女の言葉を「見る」ことが可能なのである。赤目姫は、こう言ったのだ。

「きっと、この霧の湖を見せたかったのでしょう。これがご自分のものだと思っていて、それを自慢したいのです。そういうお方なのです」

私には、赤目姫の美しい声が聞こえる。聞こえるのとなんら変わらない。おそらく、脳内で自動変換されているのだろう。鮭川もきっと同じにちがいないし、これから会いにいく人物もたぶんそうだろう。彼女の周囲にいる人間は皆、彼女のために、進化するのである。

鮭川が私の背中に手を触れ、「姫は何と言ったのかな」と小声で尋ねた。前方を見ていたから見逃したのだろう。

「この霧の湖を見せたかったのではないか、と」私は赤目姫が言ったことの半分だけを音声にして鮭川に伝えた。

「ああ、それならば、僕もそう考えていたよ」鮭川が言う。「素晴らしいじゃないか、滅多《めった》に見られるものじゃない。篠柴君も、早朝に叩き起こされたからといって、今日一日を不機嫌の日にしてしまうなんて、もったいないことだ。この素晴らしい景色で機嫌を直したらどうだい」

いちいち言葉が多い。言うことが回《まわ》り諄《くど》いのだ。もっと端的にしゃべれないものか、と常々私は思っている。鮭川には、もちろん悪気はない。こういう男なのだ。メビウスの帯みたいに捩《ね》じれているくせに裏表のない人間で、そのわざとらしい素直さは私には羨《うらや》ましいほどだが、しかし残念ながら、彼の物言いを聞いてすべてが明るくなるわけではない。むしろ逆だ。余計にいらついてしまう。

そんな私の気持ちを察してか、赤目姫がくすっと笑ったように見えた。彼女には、なにもかも見透かされているらしい。いかにも具合が悪い。私はこっそりと溜息をつき、オールを漕ぐ手に力を入れた。ボートは私の後方へ、ぐっと押し出される。それにしても、ボートを漕ぐなんて何年ぶりだろうか。若い頃、ガールフレンドとボートに乗ったことを一瞬だけ思い出した。今、赤目姫が座っているところにいたのは、誰だったっけ。残念ながら、名前どころか顔さえ記憶がない。ずいぶん昔のことである。

「向こう岸が見えてきた」鮭川が言った。

私は振り返った。白い霧に霞《かす》んで木立が並ぶ森のシルエットが浮かんでいた。そして、少し高台になったところだろうか、高い位置に洋館の黒い屋根が見えた。

「あらぬ方向へ行ってしまわないかと心配していたのだが、方角はぴったりだったようだね」鮭川が嬉しそうに言った。「これで、篠柴君の左右の筋力が均整が取れていることが証明されたわけだ。もっとも、最初に目指した方角が正しかったという保証はないが」

「偶然だろうね」私は答える。

しかし、その岸辺に到着するまでに、さらに十分以上かかった。風景が見えると、とたんに船という乗り物の遅さがわかる。おそらく、この湖もそれほど大きくはないのだろう。岸に沿って歩けるような道がないので、ボートで渡るしかない、と宿の者が話していたけれど、もし道があったならば、船よりはずっと早く到着できたはずである。

岸辺には桟橋《さんばし》があった。ほかに小さなボートが二艘つながれていた。いずれも動力はない。私はボートをそこへ寄せ、鮭川が桟橋に移った。彼がボートのロープを引き、それから赤目姫の手を取り、彼女を引き上げる。私は、三人のトランクをボートから桟橋に上げた。鮭川が、私にも手を差し出したので、いちおうその手を借りて上陸することにした。悪い奴ではないのだが、どうもこういった気障《きざ》な仕草がいちいち気に障《さわ》ることは否定できない。

船着き場の岸辺は広くはない。左右いずれに行っても崖《がけ》が湖面まで迫《せ》り出している。正面に岩を削った階段があって、錆《さ》びついた鎖が手摺《てすり》の代わりになっていた。その階段を下りてくる者がいた。この位置からは、崖の上の屋敷はまったく見えない。上にはオーバハングした大木の枝が見えるだけだった。

「ようこそおいで下さいました」初老の男が近づいてきて頭を下げた。「私は鮭川です」

「おはようございます」鮭川が挨拶《あいさつ》をしながら腕時計を見た。

私もさきほど時計を確かめたところだった。五時をほんの少しだけ過ぎている。ほぼ約束の時刻に到着したことになる。

「篠柴です。よろしくお願いいたします」私も名乗った。

「お荷物をお持ちいたします」男は名乗らず、両手を私に差し出した。

私はトランクを彼に手渡す。私の方が若いのだから、断るべきだったかもしれないが、それもまた失礼になるかもしれない、と考えてしまった。赤目姫のトランクも彼が持った。鮭川は、自分で運ぶと言った。彼の方が若く見えるから、この順になったのかもしれない。

もちろん、赤目姫は名乗らない。彼女のことを知らないはずはないし、彼女も、この男のことを知っているようだった。男と目が合ったときには、優しく微笑《ほほえ》んで、軽く頷《うなず》いていたからだ。

私たちは、その男について岩の階段を上がっていった。トランクを二つ持った男の後ろを鮭川が、そのあとを赤目姫が、そして私が最後だった。階段は三度向きを変え、最後には、岩の切り通しを進み、ようやく屋敷が見えてくると、そこには輝かしい緑の芝が広がる美しい庭園があった。いつの間にか、朝日が水平に差し込んでいたので、樹々の長い影が、建物の白い壁まで届いていた。フレームの白いサンルームがあって、その手前のタイル張りのテラスに、やはり白いチェアとテーブルが置かれている。畳《たた》んだ大きなパラソルが壁に立て掛けられていた。

ここでようやく湖の方に目を向けた。朝日がほぼ同じ高さの正面にあって、霧の上を走る光の筋がオレンジ色だった。湖自体はまったく見えない。ぼんやりと、山か森の輪郭《りんかく》が遠くに浮かんでいる。霧は下ほど濃い。だから、その霧が湖面のようにも錯覚されて、庭園のこの高さが水面ぎりぎりと見ることもできた。そうなると、私たちは、この霧の湖の深い底をボートで進んできたことになる。

「赤目姫、ああ、よく来てくれたね」サンルームのガラス戸が開いて、白い鬚《ひげ》の紳士が現れた。

こちらへ近づいてくると、両手を広げる。赤目姫は、彼の腕の中に一度抱かれた。

彼女は紳士の耳元でなにか囁《ささや》いたようだったが、あいにく口の動きが見えないので、言葉はわからなかった。

赤目姫は、彼の腕から解放されると一歩後退し、軽く膝《ひざ》を折って挨拶をした。なんとも華麗な仕草である。それから、彼女は私たち二人を紹介してくれた。鮭川は小説家で、篠柴は医者だ、と私たちの方を向いて言った。

「摩多井《またい》です。どうかよろしく……」髯の紳士はようやく私たちの方へ視線を向けた。

私と鮭川はお辞儀をし、一人ずつ前に出て摩多井と握手をした。摩多井は、痩《や》せているが長身で肩幅が広い。日本人離れした風貌、鉤鼻《かぎばな》で彫りが深い。誰かに似ているなと思ったが、そうリンカーンに似ている。ただ、髪も髯も白い。白髪ではあるが、顔は若々しく、どうもなにもかもが不思議なバランスだった。赤目姫と血のつながりがあるのだが、似ているところを探しても発見できなかった。

私たち四人は、テラスのテーブルに腰掛けた。しばらくは周囲の風景について会話があった。ほとんど、鮭川と摩多井の間で言葉のやり取りがなされ、私はただ聞いて、そして感心した振りをした。風景はたしかに美しいが、どんなに綺麗な景色だろうと、心を打たれるというほどのものではない。私はそういう人間である。赤目姫はにっこりと微笑んだまま、伯父の顔をじっと見つめていたが、彼女の方がよほど美しい。瞳がときどき瞬《またた》くと、その長い睫毛《まつげ》が飛び立つ鳥の翼を連想させた。

私と赤目姫のトランクを運んでくれた男は、鮭川のトランクも一度に持って家の中へ入ったが、今度現れたときには、紅茶を運んできた。ポットからガラスのカップへ注《そそ》ぎ入れたとき、良い香りが漂った。この男は、摩多井が使っている者らしく、あとになって「シゲユキ」と呼ばれているのを耳にしたが、それが名字なのか名前なのかわからない。主人の摩多井よりは歳下に見える。動作は滑らかで、言葉も丁寧だが、微笑むということはない。なにをするときも、表情をまるで変えなかった。

紅茶は、カップに注がれたときには普通の色だったのに、しばらくすると赤くなった。紅茶なのだから赤くて当然かもしれないが、ここまで赤い色のものを私は見たことがなかった。それほど真っ赤で、まるで赤目姫の瞳のようだった。彼女を歓迎して、真っ赤な茶を出したのかもしれない。

テラスで歓談しているうちに、辺りはすっかり明るくなり、霧も晴れてきた。それにしたがって周囲の森林を映す湖面が遠くまで見えてくる。方々で鳥が鳴く声が聞こえた。

「駱駝《らくだ》はどうしたのでしょう。まだ寝ているのかしら」赤目姫がきいた。私たち三人は、いずれも彼女に注目している。彼女がいつ話しても言葉を聞き取れるように。

「ああ、そう……」摩多井は振り返って、サンルームのガラス越しに室内を見た。「どこかにいると思うがね」

「駱駝というのは、あの、砂漠を歩く駱駝ですか？」鮭川が尋ねた。

「いえいえ、そうではありません」摩多井は微笑んだ。「犬の名です。背中に瘤《こぶ》もない。赤目姫が名づけたので、その名になっているのです」

「駱駝と名づければ、自分を駱駝だと思って、本当に駱駝になるかもしれないと思いましたの」赤目姫が話す。「だって、そうじゃありませんか。誰だって、自分の名前に恥じない者になろうとします。篠柴先生、いかがですか？」

彼女はこちらを見て小首を傾《かし》げた。これは、専門的な意見を求めてのことだろう。

「人間は、社会的な動物ですから、そういった心理的なというのか、言葉の暗示に類する影響はあると思いますが、犬はどうでしょうね。まず、犬には言葉というものの独立性が理解できていないでしょう。言葉だけで存在する概念《がいねん》はなくて、行動と対応した合図しかありません。自分の名前という認識ではなく、その音を聞いたら呼ばれている、主人のところへ行くと良いことがある、という行動連鎖として覚えているだけだと思います」

「それは、人間でも多くの者に見られる傾向だね」鮭川がくっくっと喉《のど》を鳴らしながら頷いた。「それも、食欲か性欲に関連する行動に対応した合図しか認識しない例が多数だ。そういう人間の場合は、おそらく、駱駝になることはできないだろうな」

「いやいや、どんな賢者であっても、駱駝にはなれないでしょう」摩多井が笑った。

「伯父さま、お言葉ですが……」赤目姫が言った。「賢者であれば、駱駝になれましょう。何故《なぜ》なら、彼が駱駝というものを認識したが故《ゆえ》に、駱駝が存在するのですから」

彼女の言葉は短く、充分な説明がなかった。その後、庭に犬が現れた。真っ黒な毛の長い中型犬で、赤目姫は椅子《いす》から立ち上がって、その犬を抱き寄せた。それが駱駝らしいが、躰《からだ》の特徴にはまるで駱駝らしいところがなかった。私はしかし、彼女の言葉をしばらく考え、時を要せず極めて達見だということに気づいた。赤目姫の明晰《めいせき》さには、常々驚かされるばかりである。

駱駝は、赤目姫以外には興味がないらしく、私と鮭川に対しては、軽く一瞥《いちべつ》しただけだった。赤目姫が椅子に座り直すと、犬はまたサンルームの方へ戻っていく。ちょうど、男がドアを開けたところだった。彼は、テーブルにふわりと膨《ふく》らんだパンを運んできた。これは、ありがたかった。なにしろ、宿を出る時刻が早すぎたので、なにも食べずに出発したからだ。私の機嫌が悪いのは、朝からなにも食べていないせいだったのかもしれない。男は何度か行き来をして、あっという間にテーブルの上に数々の皿を並べた。

口にすると、どれも驚くほど美味《うま》かった。簡単な料理なのだが、スパイスの効いたサラダや、不思議な香りのするジャム、いったい誰が作ったのだろう、と不思議に思った。さきほどの男ではなさそうだ。専属のコックがいるのにちがいない。真っ赤な紅茶も追加され、これも料理によく合った。

赤目姫は摩多井の隣で、懐かしい話を続けている。私は食べるものに視線を半分奪われ、ときどき彼女の言葉を見過ごした。摩多井は、つい最近帰国したばかりで、この屋敷に戻ったのも一年ぶりだという。主人がいない間は、ここは使用人たちだけだったのだろうか。それとも、全員が暇を出されたのだろうか、などと下世話な想像をしてしまった。彼は、一年間アフリカの各地を回ってきたと話した。どこの国ともわからない、場所が次々と変わる話がしばらく続いた。赤目姫は、熱心に聞き入っている。彼女は、料理には手をつけていない。ただ、ときどき紅茶のカップを手にして、香りを確かめる程度に口をつけるだけだった。

摩多井は、砂漠の旅について語った。移動するオアシスというものがある、という。一日に数メートルずつ動くらしい。確かめたかったので、わざわざそこへ赴《おもむ》き、杭《くい》を打って測量をした、という話だった。

「しかし、どうも上手《うま》くいかない。動いているようでもあるし、動いていない可能性もある。というのは、杭が一緒に動いてしまうのではないか、と疑ったからなんだ。その辺りの地面が全部移動している。周囲には砂しかない。なにも目印になるものがないわけだ。太陽や星を観測しても、僅か数メートルの距離を確かめることはできない。ただね、たしかに、テントを張って、一晩過ぎると、泉までの距離が微妙に違っている。そうだね、一晩で、これくらいかな」摩多井は両腕を広げて長さを示した。一メートルには少し足りない程度のようだった。「それは、はたして泉が移動したのか、それとも泉の水が増減した結果なのか、これも判断は難しい」

「衛星を使った観測方法があると聞きましたが」鮭川がそう言って私の方を見た。私がそういった分野に詳しいとでも思っているようだ。明らかに勘違いである。

「衛星が観測するのは、地球の緯度や経度という座標です」摩多井が答える。「では、たとえば、アフリカ大陸全体が動いていたら、それはオアシスが動いていることになりますか？　大陸はゆっくりと動いています。しかし、オアシスが動くというのは、そのレベルの問題ではなく、周囲の土地に対しての相対変位を意味している。ところが、周囲には目印となるような地形がない。一面が平坦で、そこにあるのは砂です。すべてが砂に埋まっている。たとえ、大きな岩を置いても、それは砂の上に浮かんでいるだけのことです。ようするに、これは海の上と同じなのです。オアシスは、砂の海に浮かんでいる。砂は海流のように流れる。その流れに乗ってオアシスも移動する。それを測定する場合、いったいどこを基準にすれば良いのか。絶対的な座標で評価をするならば、周囲の広い範囲に基準点を置いて、それらをすべて測らなければならないでしょう。しかし、その基準点のあやふやさといったら……」

「よろしいでしょうか」私も発言することにした。「私が疑問に思ったのは、どのようなメカニズムで動くのかという点です。砂は液体ではありません。まさか温度の違いで対流はしないと思われます。固体粒子が擦《こす》れ合う摩擦《まさつ》は、特に深い場所ではかなり大きくなるはずです。自重《じじゅう》による圧力が作用するからです。また、対流というのは熱膨張《ねつぼうちょう》することによって生じる密度差に起因していますが、砂の粒子の膨張は隙間《すきま》に吸収されてしまうほど小さいでしょうし、たとえ膨張があったとしても、その密度差による力は、摩擦を越えるほど大きくなるとは思えません。つまり、私が言いたいのは、砂が流れるように見えることがあっても、それは地表にごく近い部分だけではないか、ということです。ですから、オアシス全体を移動させるほど、深いところまで流れがあるとは、ちょっと考えにくいのです」

赤目姫が私の方を見て、私もそう思います、と頷いた。

「移動のメカニズムについては、諸説ありましてね」摩多井は頷いた。その質問あるいは反論は予想済みだと言わんばかりの余裕の表情だった。「そう、少なくとも対流といった類《たぐい》のものではない。そもそも、オアシスが動くといったときのオアシスとは何か、という点に関わります。たとえば、湖や池が移動するというなら、それは単に水だけのこと。片側の地面が陥没《かんぼつ》すれば、そちらへ水が流れる。それが移動するように見えるだけかもしれない。植物は水についてくるでしょう。植物の生長というのは、思いのほか早いものです。また、そもそも水が湧《わ》き出る場所にオアシスがあるのですから、この湧き出る流れの変化で、水の溜まる場所が一夜にして変わることだってありえます。この場合は、少し離れたところに新しいオアシスができて、今までのものが砂に埋もれて消えるということです」

「なるほど、それはありそうですね」私は頷いた。「余計なことを言って、申し訳ありませんでした」

「いえ、そんなことはない。有意義なご意見でした」摩多井は微笑んだ。「まあ、しかし、朝からこんな話をするのも少々無粋《ぶすい》というもの。さて、まずは皆さんをお部屋へご案内させましょう。少し休まれたいのではありませんか？　朝も早かったことですし」

摩多井は、ふと上を見上げた。そこになにか大事なものがあるような、それを思い出したというふうな一瞬の静止だった。私もつられて視線を上へ向けたが、庇《ひさし》からさらに長く張り出したパーゴラには、名前のわからない蔦《つた》が巻きついて、白と紫の花が開こうとしているところだった。摩多井はそれを見たのではない。もっと上にある存在だろう。

テラスからサンルームへ入り、広いリビングを横断した。摩多井はそこでソファに腰を下ろした。彼は赤目姫に「部屋はわかるね？」と尋ね、彼女が頷くのを確認した。シゲユキという名の男は、外のテラスで後片づけをしていたからだ。

私と鮭川は、赤目姫についてホールに出ると、階段を上がった。階段はホールの両側から上れるようになっていた。途中の踊り場でまた合流するのだから、どうして二経路もあるのか意味がわからない。こういう無駄によってしか表現できないシンボルがあるのだろうか。ところで、階段というのは、実に支配的な装置だと思う。ときどき誰もいないとき、私はそれを十段ほど飛ばしてしまうことがある。一段ずつ上るなんて、信じられないほど面倒ではないか。

さらに階段を上がって、二階のホールへ出た。

「伯父さまのお話はいかがでしたか?」振り返って、私を見て赤目姫が尋ねた。「いつもああなんです。突然不思議なお話をされるのです。でも、ちゃんと意味があるの。あとになってそれがわかります」

「いえ、面白かったですよ」私は正直に言った。

「私が、駱駝の命名について話したから、あのオアシスの話を持ち出されたのでしょう」

「え、どういうことですか?」

「抽象できませんか?」赤目姫は、微笑んでまたあの小首を傾げる仕草を見せた。

「何の話かな? 僕には全然さっぱりだよ」鮭川が両手を広げる。直径二メートルもある見えない風船を持っているような格好で、今にもそれが割れそうだといった顔にも見えた。

認識どおりのものになることができること、そして、移動するオアシスの測定が難しいということ。どこかつながりがあるのか。いずれも、絶対的なものではなく、相対的なもの、という意味だろうか。

考えながら歩いていたが、すぐに部屋の前に到着してしまった。赤目姫がドアを開けた。

紫色の絨毯《じゅうたん》、そして中央に丸いテーブルがあった。壁の近くにはソファ、正面の窓は縦長で、壁から窪《くぼ》んだところにある出窓だった。左手にドアが二つある。

「あちらが寝室です」赤目姫が教えてくれた。「私はこの向かいの部屋です。では、これで……」

赤目姫はお辞儀をして、あっさり部屋を出ていった。彼女も少し休みたかったのだろう、と私は勝手に想像した。

「こいつは凄《すご》いね」鮭川が呟《つぶや》いた。部屋のことである。今朝までいた宿の部屋の三倍以上広い。天井も高く、照明は細かいガラス細工が施《ほどこ》されたレトロな造形だった。鮭川が寝室のドアを開けて中を覗《のぞ》いた。私は彼とは別のドアを開けた。小さな部屋だったが、窓があって、湖の方向になる。近づくと、湖面がずいぶん下に見え、高さが相当にあることがわかった。ベッドの横にはトランクが置かれていて、それがずばり私のものだった。ここまで運んでくれたのだ。

「素晴らしい」鮭川が入ってきた。「いやあ、こんなところにずっといられたら、きっと良い作品が書けるだろうね。そうそう、あの摩多井という人は、仕事は何をしているのだろう。篠柴君は聞いているかい？」

「いや、知らないよ」

「まあ、資産家であることは確かだろうけれど、一年も海外旅行をしていたなんて、羨ましい話じゃないか」

「まえに少しだけ、彼女から聞いたんだが、なんでも、地球の亀裂を探しているということだったよ」

「亀裂？　地球の？」

「そう聞いた。たぶん、火山の研究でもしているのだろう、とそのときは思った。大学の先生じゃないかな。そんな雰囲気だった」

「なるほど、学者か……。その線だな」鮭川は頷いた。「まるで関係のない話を突然持ち出すんだ。本人の頭の中ではなにかつながりがあるのだろうけれど、聞いている者には全然だ。そういえば、篠柴君もその気《け》がないとはいえない。自覚はあるのだろう？」

「ないね」私は首をふった。「それは、どちらかといえば、君の方じゃないかな」

「お互いに、話が飛ぶ。予期せぬ方向へ会話が進むなんて、贅沢《ぜいたく》な関係だ」鮭川は笑った。

私はふと天井を見上げた。寝室の天井も、そしてその前のリビングの天井も、いずれも真っ黒だった。宇宙の闇のようで、小さな星やガスが仄かに輝いていても驚かなかっただろう。見上げてはいけない天井というわけである。鮭川がリビングへ戻っていくので、私も寝室を出た。彼はソファに腰を下ろした。

「あれ？　寝直すつもりなのかと思ったけれど」私を見て驚いた顔をする。「どう見ても寝不足ですっていう顔だったじゃないか」

「そんなつもりはないよ」

「それだったら、ちょっと話をしよう。お互いに久しぶりなんだから」

「うん」私も肘《ひじ》掛《か》け椅子に腰掛ける。

私たちは昨日会ったところだ。彼とは大の親友だが、直接に会うことは滅多にない。だいたいは手紙のやり取りをして、お互いの近況を交換している。そう、手紙なのだ。電話でもメールでもない。どういう経緯だったか、若いときに始めたものが長く続いている。今では、その古典的なメソッドがむしろ面白くて、ますます長文で、短いインターバルで交換するようになった。二人とも個別に赤目姫に幾度も会っているが、二人同時に彼女に会ったということはほとんどない。たぶん、今回が三度めだろう。彼と情報交換したかったのは、もちろん赤目姫に纏《まつ》わる話だ。それは、鮭川も同じにちがいない。

「チベットで赤目姫と会ったんだろう？」鮭川が言った。「その話を詳しく聞きたいな」

「君は、カナダだったね。赤目姫とデートしたと書いてきた。よくもそういう恥ずかしいことが書けるものだと感心したよ」

「いいから、とにかく、君がさきだ……」ソファに深くもたれ高く脚を組んだ鮭川は、顎《あご》を突き出して促《うなが》すのだった。

第2章
翠《すい》霞《か》の宮殿へ

この地は砂と泥でできている。そう言い伝えられているそうだ。両者の違いは、気を含んでいるか、水を含んでいるか。石や銅は砂でできている。人や動物は、泥でできているらしい。

黄色い地面は、どこにも水平な箇所《かしょ》を見つけることができなかった。草も木も、枯れているのか、あるいはまだ生きているのか、痩せ細って風に傾くほど貧弱なものしかない。私たちは、一人ずつ驢馬《ろば》が引く車に乗っていた。だから、この退屈な長い時間を、暗黒の宇宙みたいにただ沈黙と回想に費やす以外になかった。ときどき空気が薄くなっているような気がしたけれど、高度のせいなのか、それとも錯覚だったのか、わからない。

自動車に乗っていたのは一昨日までのことで、昨日と今日は、この小さな二輪の駕《か》籠《ご》に揺られている。左右で細い木製の車輪が回っていて、ちょうど日本の人力車に似ている。砂風を遮るための覆《おお》いが、上と左右と後ろにあるから、前しか見えない。前には黒い驢馬の背中がある。驢馬は変な帽子を被《かぶ》っていた。緑と赤の縞模様《しまもよう》で、金色の細い布が頂辺《てっぺん》から三本ほど垂れ下がっている。意味がわからない。その驢馬の手綱《たづな》を持っている少年も帽子など被ってはいないし、荷物を頭の上に載せて歩いている男も、もちろん帽子など被れない。何故、荷物を車に載せないのか、とその男に尋ねたのだが、英語は通じなかった。通じていたかもしれないが、答えたくなかったのだろう。自分の仕事なのだから、そんな疑問は失礼ではないか、という顔で睨《にら》まれた。

赤目姫に久し振りに会ったのは、三日まえである。私は陸路でこの国へ入ったのだが、彼女は飛行機だったらしい。飛行場があるのか、と私は驚いた。精一杯無理をすれば観光地と呼べなくもない街の、ある寺院で待ち合わせた。私は、そこで二時間も待ったのだが、まったく苦にならなかった。なにしろ、赤目姫がもうすぐ私の前に現れる、という期待のおかげで待ち時間が楽しく、むしろ長いほど良いとさえ思えた。彼女は、真っ赤なワンピースに黒い大きな扇子《せんす》を持っていた。暑いからではなく、これは日除けです、と彼女は説明した。それから、屋外に出たときには、大きなサングラスをバッグから取り出した。その麗《うるわ》しい瞳が覆い隠されてしまうと、真っ白な肌に赤い小さな唇が鮮明さを増した。なんとも魅惑的なレイアウトだった。

その後、ホテルへタクシーで向かい、二人で丸いテーブルを挟んで茶を飲んだ。この近くに紅茶の産地があるので、本場である。そして、これから向かう目的地を地図で確かめた。しばらくして、約束どおり案内役の男が現れた。明日からの段取りを確認するためだった。

赤目姫を乗せた車が、前を行く。そちらの驢馬は灰色で、鬣《たてがみ》が白い。ただ、帽子は同じだった。今は坂道を上っている。ずいぶんゆっくりとした速度だ。道路は舗装などされていない。車にもスプリングというものはないから、乗り心地は良いとはいえない。もしかしたら歩いた方が疲れないのではないか、と思えるほどだ。

前方に珍しく黒い森が見えてきた。そのほぼ中央に、黒っぽい鉄の柵がある。驢馬のものに似た帽子を被った男たちが、両側に立っていた。長い銃を上に向けて持っている。近づいていくと、その二人が柵を両側へ開いた。ゲートだったのだ。驢馬は止まることなくそこを通り過ぎる。門番の男たちは、こちらを睨むようにして見た。表情は変わらず、友好的な仕草はない。挨拶をすることは、彼らの役目ではないのだろう。

白い石が敷き詰められた道は、緩《ゆる》やかに右へカーブして、森の中を抜けていく。この森が既に庭園内だったようだ。やがて石造りの噴水が見えてきて、白い道はそこをぐるりと巡《めぐ》っていた。驢馬が止まったので、私と赤目姫は車から降りた。

建物らしきものは見えない。ただ、正面にはずっと急勾配《きゅうこうばい》の斜面が上まで続いていた。低い庭木が無数に植えられている。アーケードのテントが斜面の中央にあるが、階段に簡易な屋根が付けられているようである。

案内役の男が、後ろからやってきた。彼は歩いてついてきたのだ。白い上着に、白いズボンだった。袖《そで》が長すぎて腕を下げると手が隠れてしまう。一方ズボンは短すぎ、臑《すね》の半分が見えていた。革靴を履《は》いていたが、そんな靴でよく今までの道が歩けたものである。

「こちらです」彼が片手を上げて奥を示しながら歩く。アーケードまで近づくと、驚くべきことに、階段ではなく、エスカレータだった。突然モータ音が唸《うな》り、ステップが動きだした。

エスカレータに乗っている時間は三分ほどだった。次第に高くなるのだが、左右に見えるのは庭木と芝だけで、そのほかには森しかない。途中で一度エスカレータを乗り換え、今度はトンネルの中を上っていった。私のすぐ後ろに赤目姫が立っている。振り返ると、赤い瞳をこちらへ向ける。

「昔は、ここは階段だったのでしょうね。停電したら、大変だ」私は冗談のように彼女に話しかけた。

「停電しても、階段として使えますよ」彼女は指摘した。

「たしかに」私は頷く。エレベータとは違う。「それにしても、こんな奥地まで電気が来ているとは思えない。自家発電ということかな」

「ええ、この山の裏手に湖があるのです。そこにダムをお造りになったそうです」

「ダム？　個人でですか？」

「湖が個人のものなのですから、ええ、ダムもそうでしょうね」

そう言って、赤目姫は少し首を傾げて微笑んだ。その表情に比べて、話の内容は微笑ましいというレベルではない。世の中には金持ちがいるものである。どういった仕組みで、これほどまで富が集中してしまうのか、私はたびたび考えるのだが、充分に理解できないでいる。理解できないから、金持ちになれないということかもしれない。

エスカレータの終点は、大きなドーム天井の空間だった。中央にネットで囲われた檻《おり》のような物があって、その中で何人かが動いているのが目についた。大騒ぎをしている。その声は、エスカレータの途中から聞こえていた。子供が遊んでいるのだろう、と思ったのだが、檻の中にいるのは、大人の女性たちのようだった。五人か六人いる。いずれも白人で、この国の者ではなさそうだ。

檻の正面のドアが開いて、不思議な服装の若い男が出てきた。全員が女性に見えたが、一人は男性だったようだ。裾《すそ》が膨らんだ白いズボンを穿《は》いている。上着は丈が短く、腹が出ている。ペルシャを連想させるようなファッションだった。

「おお、赤目姫」その男が言った。「素晴らしい！　今日は最高だ」

赤目姫は膝を折って挨拶をした。私もお辞儀をしたが、相手はこちらを一瞥しただけで、笑顔は赤目姫に向けている。赤目姫はまだ下を向いていたので、彼女と早く目を合わせたいようだった。

檻を見ながら部屋の奥へ歩き、大きなソファに腰掛けた。ベッドといっても良いくらい大きい。私のことを赤目姫が紹介してくれた。相手は、緑目王子《みどりめおうじ》である。いくつくらいだろう。十代にも見えるし、ひょっとしたら三十歳を越えているかもしれない、とも思える。肌は小麦色で髪はほぼ真っ白。瞳は名前のとおり薄いグリーンだった。腕に、沢山のリングを塡《は》めている。話をするときに、オーバな身振りをするので、そのたびにリングがかちゃかちゃと音を立てた。

「早かったね。まだ一週間もさきのことだと思っていたよ。そうか、飛行機ってのがあるんだ。僕は乗ったことがない。空を飛ぶものでは、気球しかないよ。ああ、そうか、鳥に乗ったことがあったっけ。でも、飛行機はないな。あの機械は凄いそうだね。何十人も一度に運ぶというじゃないか」

鳥に乗った？　そちらの方が断然凄いぞ、と私は驚いたけれど、慣れない場なので、黙っていることにした。

赤目姫は、緑目王子に会うためにこの国に来た。私は、たまたま国際会議で近くにいたのだ。彼女からメールがあったのは、会議の最終日だった。では一緒に行きましょう、という話になり、詳しいことも聞かずに、その後丸三日かけて、この辺鄙《へんぴ》な場所までやってきた、というわけである。

緑目王子は、赤目姫のまだ小さかった頃からの友達だという。では、彼はかつては日本にいたのか、と尋ねると、彼女は微笑んで頷いた。それ以上の説明はなかったけれど、留学をしていたということかもしれない。だとすると、赤目姫よりは歳上ということになる。そういう予備知識があったから、彼が日本語を話しても驚かなかった。三十代に見えなくもない、と感じたのも先入観のせいだが、一見すれば、やはりまったくの少年というか、話し方も表情も仕草も、まるで子供だった。

二人が、お互いの近況を交換し終えた頃、若い女性が飲み物を持ってきた。グリーンのグラスだった。泡が弾けている。口にすると、冷たくて甘かった。メロンソーダに似ているが、香りはミントに近い。

「篠柴は、腹が減っているか？」王子がようやくこちらを見た。

「あ、いえ、大丈夫です」実は大変空腹だったのだが、そんなことは言えるはずもない。

「でも、なんか、疲れているみたいじゃないか」

「それは、ええ、ここまで来る道のりが少し長かったので」

「そうか、驢馬の車で来たんだね？　あれは最低だ。一番良いのは、気球だよ」

そんなものに乗ったら、どこへ行くかわからないではないか、と思ったが、もちろん笑って頷くだけにした。冗談だったかもしれない。誤魔化《ごまか》すために、グラスを傾ける。空腹に冷たいソーダは刺激的だった。

「あれで、遊ぶ？」王子が部屋の中央を指差した。

お客が来ているのに、檻の中の女性たちは、相変わらず大騒ぎをしていた。きゃあきゃあと高い声を上げている。王子はまるでそれを気にしない。カナリアが鳴いている、といったつもりなのかもしれないが、私はずっと気になっていた。はっきり言って、大いに煩《うるさ》い。だから、ときどきそちらへ視線を向けていた。王子は、私のその視線に気づいたようだった。

「あれは、何ですか？」私は質問する。ずっとその機会を狙《ねら》っていた。檻の中はよく見える。女性たちは、檻に背中を付けている。中央が低くなっているから、そこは見えない。一人ずつ、その低いところへ飛び込むようにしていた。トランポリンでもあるのだろう。遊んでいることはわかるが、何がそんなに楽しいのか。

王子が立ち上がって手招《てまね》きをするので、私と赤目姫は、彼についてその檻の方へ近づいた。檻は円筒形で、直径は五メートルくらいだろうか。中の床は柔らかく、ビニルでクッションのようだった。まるで蟻地獄《ありじごく》のように中央が円錐形に窪んでいて、中心には二十センチほどの穴があいていた。想像していたトランポリンではない。

檻の中の女性たちは、ようやくこちらを向いた。全員が笑顔である。奇声が止んだので静かになった。そして、風の音が聞こえた。ダクトを通り抜ける空気の摩擦音のような。女性たちは全員、檻の周囲の高いところにいた。

「見せてあげて」王子が檻の中へ囁いた。

女性たちは顔を見合わせる。笑ったままだ。そして、一人が軽く片手を上げると、その蟻地獄の中心へ向かって飛び込んでいった。低くなっていく斜面も同様にビニルのクッションのようだったので、ダイビングをしても痛くはないだろう、と思っていたから、私は驚かなかった。しかし、その彼女が、落ちていく途中でふわりと浮き上がったのである。大の字に手足を伸ばし、穴の上で浮かんでいる。服がばたばたと音を立て、フラッタみたいに共鳴した。穴から空気が吹き出しているのだ。その風を受けて、バランスを保ち空中に浮いている。そういう遊びらしかった。

　下を向いているから、その彼女の背中しか見えない。浮いているといっても、みんなよりも低い位置にいるわけで、単に落ちていかないだけのようにも見える。しかし、やっている本人は面白いのだろう。今は黙っているけれど、さきほどまでは高い声が上がっていた。

「やってみる？」王子は、私の顔を見た。

「いや、遠慮しておきます」私は即座に首をふった。慣れないことをして、危ない目に遭《あ》いたくない。それよりも、疑問に思ったことを尋ねた。「この空気は、コンプレッサか、ダクトファンで送っているのですね。どこにその機械があるのでしょうか？」

「これはね、機械じゃない。自然に地中から吹き出ているんだ。昔から、ここにそういうものがあった。だから、この場所に部屋を作って、遊べるようにした。吹き出ている空気は、冬は温かいし、夏は冷たいから、気持ちが良い。部屋も快適になる。最初は、空中ベッドを作ろうと思ったんだ。浮いたまま寝られたら、素晴らしいと思ってさ」

「どうして、そうなさらなかったのですか？」赤目姫が尋ねた。私も王子も、赤目姫の口の動きを読んで、彼女の言葉を聞く。赤目姫は、自分が話すときには、いきなりしゃべるのではなく、今から話します、というちょっとした仕草を見せる。それがまた奥ゆかしく、見ている者は、彼女の際立《きわだ》った気品の煌《きら》めきを浴びることになるのだ。

「うん、まあ、試してはみたけれど、どうも具合が悪い。やっぱり、浮いていようという意思がなければ駄目なんだ。無意識では浮いていられない。放り出されてしまう。これは、動物や人間が生きているのと同じだね」王子はそう言って片目を瞑《つぶ》った。気の利《き》いたことを言った、というアピールのようである。

火山では溶岩が噴き出す。また、温水が地中の圧力によって湧き出る場合もある。けれど、空気がこれほど強く吹き出るというのは、あまり聞いたことがなかった。

「これは、いつも一定の風量なのですか？」私は質問した。もし、急に止まったら、浮いている彼女は穴に向かって落ちてしまう。もっとも、穴の中へ落ち込むには、穴の径がやや小さい。周囲にはクッションがあるから、大怪我の心配もなさそうだ。

「多いときと少ないときはあるよ。でも、止まることはないし、急に変わることも滅多にない。外の天気とは無関係で、季節によってもあまり変化しない」王子は説明した。「理由を聞きたいみたいだね？　どういった理由で、空気が吹き出ているのでしょうかって」

「ええ、是非伺《うかが》いたい」

「それが、さっぱりわからない」王子は緑の目を見開き、にやりと微笑んだ。それから、口を少し尖《とが》らせて肩を竦《すく》める。「何人も学者が調べにきたよ。この穴の中へ、センサを入れて、長いコードでどんどん降ろしてみた。でも、どこまでいっても、なにもないし、ただ穴が続いているだけなんだ。いろいろ数値を測っても、なにもわからない。調べるまえと、調べたあとで、情報は増えたはずなのに、推測はまったく変わらない。地下の熱で空気が暖められて、膨張して吹き出している、そんな感じ。だけど、その空気はどこから吸い込んだんだ？　もとから地下にあったのかって、思うよね。もし吸い込むところがあるならば、どうして、そこからは吹き出ないんだ？　圧力は、どこへも一定に作用するものだろう？」

「単なる、風の通り道のようなものではないでしょうか」私は意見を述べた。

「そうそう、その説もある。幾つかの穴へ地表の風が吹き込む。それが集まって、ここで吹き出しているってわけだ。本気でそう思う？」

「うーん」私は唸ってしまった。「風ならば、もっと不規則な強弱があるように思いますし、空気といっても、細くて長いトンネルを通れば、勢いも減衰するはずです。つまり、そもそも吹き込むというようなことがないのではないか、と思えますね」

「そう」王子は満足げに頷いた。「僕もそう思うよ」そう言ってから、彼は赤目姫を見た。

「不思議ですね」赤目姫は、穏やかな表情で小首を傾げた。不思議なものは、不思議のままで良いではないか、と思えてしまうほど魅惑的だった。

穴の上で浮いていた女性がくるりと躰を回転させて、横のクッションに降り立った。笑顔でこちらを見上げる。

「違う部屋へ案内するよ」王子が歩き始めたので、赤目姫と私もついていく。「頭を洗ったあと、あそこで浮いているとたちまち乾くよ。あとね、二人で一緒に浮いているのも、けっこう面白い。一人でやるより、ずっと難しくて、面白い」

話をしながら緑目王子は歩く。ドームの部屋の一番奥にあったドアを彼は開けた。その先は真《ま》っ直《す》ぐな通路だった。今の部屋は、玄関から入った最初の部屋だから、応接間だろうか、と私は考えた。あるいは、風の穴の場所に作った特別な部屋だったかもしれない。

通路は広く、幅が十メートル近くあったから、広間といっても良い。両側に柱が壁から離れて立ち並んでいる。中央には緑の絨毯がずっと先まで延びていた。この建物が、「宮殿」と呼ばれていることを思い出した。

しばらく歩いたところで、右に階段で下りる通路が現れ、王子はそちらへ進む。その奥に両開きの大きな扉があった。彼はそれをゆっくりと開ける。中はとても狭い部屋で、すぐにまた同じようなドアがあった。これは部屋ではなく、二重扉なのか。王子が、私たち二人に、早く中へ入れと手招きをする。表のドアを閉じ、その空間で三人が接近した。王子はまた先へ回って、新しいドアに手をかけ、こちらを振り返った。

「風が入らないようにしているんだ。中では静かにね。咳《せき》とかくしゃみとかしちゃ駄目だよ」

私たちが頷くのを確認して、王子はドアをゆっくりと開けた。

最初に目に飛び込んできたのは、天井から吊るされた何人かの男たちだった。いずれも、黄色い着物のような服装で、頭は坊主刈り、年齢はさまざまだ。数えてみたら七人だった。この部屋も天井はドームになっていて、床は円形である。さきほどよりは少し狭いものの、それでも、直径は軽く二十メートルはあるだろう。ドーム天井よりも低いところに鉄骨の梁《はり》が平行に何本か渡されていて、そこに滑車が付いた小さな機械がある。どうやらクレーンのようだ。そこから荷物を吊るための鎖が垂れ、先にフックがある。そのフックに男たちが吊り下げられていた。高さは、床ぎりぎり。背中を上にして、下を向いてぶら下がっている。手には、細長いパイプのようなものを持っていて、ほとんど動かない。物音はまったくしない。とても静かだった。

何をしているのか、ということがわかった。床に絵が描かれている。その絵を描いているのだ。それも、絵の具ではなく、砂のようだった。つまり、色のついた細かい砂を、細いパイプから少しずつ床に落とす作業をしている。そのために、ぶら下がっているわけだ。床面にはすべて模様が描かれているので、その上を歩くわけにいかないのだろう。右手に少し奥まったスペースがあり、幾つかテーブルが並べられていた。そこでも数人が黙々と作業をしている。砂に色をつけているのかもしれない。奥の窓から外の光が入るため、床の模様が全体として、どんなものかよくわからなかった。ただ、幾何学的な形の繰り返しで、まるで絨毯が敷かれているように見える。

赤目姫が、私と王子を見てから言った。「曼荼羅《マンダラ》ですね?」

「そうです」王子は頷いた。逆光のためか、目は深緑になっていたし、ずいぶん大人びた表情に見えた。「これは、父の趣味なんです。私だったら、もう少し現代的な絵を描かせたでしょう」

王子の声は、一オクターブも低くなっていただろう。口調も大人びていた。作業をしている者たちに聞かれているためだったかもしれない。さきほどまでの少年のような話し方ではなかった。人格が入れ替わった、といえるほどの変わり様で、私は背中がぞくっと寒くなった。すぐ近くにいるのが、どういうわけか一瞬恐ろしくもなった。

「もうすぐ完成します。そうですね、あと四、五年でしょうか」王子は説明した。

「いつ頃から描いているのですか？」私は思わずきいてしまった。四、五年をもうすぐと聞いたので、その時間軸の長さに興味を持ったのである。

「さあ、私が生まれるまえのことですからね」王子はゆっくりと穏やかな口調で答えた。「四十五年まえに、一度地震があって、絵が乱れてしまったので、やり直しになったそうです。ですから、今の絵は、四十五年かかっている、ということです。そのまえに描いていたものと同じなのか、違う絵にしたのか、それは知りません」

「四十五年もかかるのですか。それは凄い」私は感心したので、素直に言葉にした。

私たちは、ドアのすぐ近くに立っている。部屋の周囲の一メートルほどは、絵の外側をぐるりと歩けるようになっていた。右手へ行けば、作業場。左手へ少しだけ入ったところに緑目王子が立っている。しかし、そこをぐるりと巡って歩こうとは思わなかった。なにかの拍子によろめいたりしたら、大変なことになる。今の場所に立っているだけでも充分に緊張していた。

「曼荼羅というのは、思考空間を表しているのでしょうか」赤目姫が私に尋ねた。

「さあ、この手のことは、私はさっぱりわかりません。仏教や密教に関係があるということくらいしか、知識はありません。砂絵というのは、修行の一つだと思っていましたが」

そう答えながら、吊るされている者を見た。やはり、僧侶なのだろうか。宮殿ではなく、ここは寺院かもしれない。質問をしたかったけれど、今さらそんな基本的なことをきくのも失礼な気がした。それに、どんな小さな声で話しても、この部屋にいる全員に聞かれてしまうだろう。

数分間そこで作業を眺《なが》めていたが、ほとんど動きはない。写真を見ているのと同じだった。王子が手振りで、ドアの方へ私たちを促した。二重扉を慎重に開け閉めし、通路に出た。

「じゃあ、次はこっち」王子はまた高い少年の声に戻った。足取りも軽くなり、さっさと階段を駆け上がる。途中でこちらを振り返った。「ねえ、階段って、どうなの？面倒くさいよね」

「そうですね」私は頷いた。横にいる赤目姫の方へ視線を向ける。

彼女はくすっと笑って、ゆっくりと天井を見上げた。私も上を見る。天井は真っ黒で、宇宙のようだった。瞬いた星が見える錯覚があった。目を強く一度閉じて、軽く頭を振った。なにかから醒《さ》めようとする本能的な動作だったかもしれない。

「プラネタリウムがいい？　それとも、ああ、そうだ、赤目姫、君にうってつけのものがあるよ」

「何かしら」彼女の赤い目が、階段の上の王子を捉《とら》える。「あ、わかりました。回転木馬ですね？」

「そう、回転木馬。きっと気に入ると思う。あれ、どうしてわかったの？」

「浮遊遊びがあって、曼荼羅があって、それから、プラネタリウム、ときたら、次はメリーゴーラウンドしかありませんもの」

「そうかな、普通は、バンジージャンプじゃないかな、いや、カブトムシの対決とか、違うな、竹とんぼ作り教室？　それとも、そう、ドミノ倒しとか。そうじゃない？」

「そうでもありません」赤目姫は口許を緩めた表情のまま、首をゆっくりと横にふった。「いくらかは運動の類似性が感じられますけれど、それは象徴的な思い過ごしというものですわ。王子、まだ内包する法則性にお気づきになりませんか？」

「法則性？　わからないよ。あ、待てよ、でも、ちょっとだけ、ピンと来るものがあった。そうか、液体の世界、あるいは氷河の挙動のことなんだね？　万物は流転《るてん》するっていうけれど、そのとおり、固い岩だって、ちょっと時間軸を変えて見たら、本当はぐにゃぐにゃなんだ。想像力の時間幅が狭い人間には、静止して見えるだけのこと。もしかして、そういう話？」

「お見事です」赤目姫は頷いてから、階段を上がっていった。

私は、彼女の横を歩いている。その美しい口から発せられる言葉を見逃さないためだ。けれども、その言葉に溺《おぼ》れている息苦しさを感じた。目からは赤目姫の言葉、耳からは緑目王子の言葉が入ってくる。それらを展開し、関連づけ、解釈し、理解という自分なりのビジョン、自分なりのイメージを抱くには、私の頭脳は処理速度が不足しているようだった。息苦しさとは、つまり現実的連想という酸素が足りない状態。呼吸はできても、そこから実在的意味という酸素を吸収できない。

何の話をしているのだろう、と考え込んでいる自分を、背後からぼうっと眺めているもう一人の自分があった。ああ、そうか、私という存在は、そういうものだったのだ。このように、いつも美には不足し、正には届かない。生きてはいるようなのに、それでは死んでいるも同然の鈍さ。二人に気づかれないように、ふっと憔悴《しょうすい》の溜息が漏れたけれど、明らかにそれは絶望という最終処理だった。

「黒い流れというものを知っている？」王子は続ける。「光を発しない流動のことで、言葉としては単なる比喩にすぎないようだけれど、でも、人間の歴史って、悉《ことごと》くその類型といっても良いと思えるね。だって、そうじゃないか、蜂の巣の形だって、それが作られる手順っていうのは、正当な合理の上にある。自然はすべて無駄を嫌う。だから、無駄な発散を避けて、物事が塵《ちり》のように拡散しないようにあらかじめ原則が仕組まれている。塵でさえ、均等に積って層になる。不純物を含む水は土の中で濾過《ろか》される。生き物がいなくなっても、自然はまだずっと拡散的な均質化を拒むだろう？　これは誰の意思でもない。つまりは、流れなんだ。それがエネルギィ的にどうこうという以前に、静止している以上に定常であり安定とみるべきだね」

「黒いというのは、言い得て妙なところですね。宇宙は黒い物質で満たされている、とずいぶんまえに言った科学者がおりました」赤目姫は無音の言葉で話す。「ギターや琴の弦《げん》も、整数分割の揺れを好みますが、そんなところにも、自然界の単純への求心があるように感じます。単純というのは、なにもかもが均等に混ざった状態ではなく、むしろその反対、個々が独立し、形を成し、すなわち物質という幻を見せている奇跡的なバランスのことです。私は、この世に存在するすべてのものは、シャボン玉の虹色の殻《から》に近いものだと思っています。あの動揺して弾けるまでの一瞬が、この世の存在のすべてだと。だとしたら、その薄い殻の上をすべる流れにこそ、存在というものの反射も屈折も帰結するというもの。王子のおっしゃることは、しかし、実証は難しいでしょうね？」

「そうなんだ、もうずっと、そのことで頭が痛いよ」彼は苦笑し、上を見る。そして、深呼吸した。溜息だったかもしれない。「残念ながら、思考は及ぶが、行為は届かない。想像は及ぶが、存在は遠い。美しさと同じ。悲しさとも同じ。感覚はあっても、感触はない。ああ、なんて、僕たちは哀れなんだ」王子は目を閉じ、本当に悲しそうな顔をした。

「いいえ、そうではありません」赤目姫は王子に手を伸ばし、彼の肩に軽く触れた。言葉を聞いてほしい、という彼女の意思表示である。まず、首をふって彼に見せる。

「違うのです。それは、悩むようなことではなく、いえ、たしかに悩むべきことなのですが、悩むということが、すなわち停滞の状態ではありません。反対です。その思考による停滞こそが、貴方《あなた》の存在の証《あかし》ではありませんか？　そう考えれば一転して、既に存在は証明されているも同然。思考もまた、アルゴリズムの流れであり、表に光や形を出力しなくても、自身の中では歴として刻まれるもの、存在するものです」

「そうだろうか、本当に存在しているのだろうか」王子は両手を広げた。「おや？　篠柴、どうしたの？」

私はどうやら、立ったまま気を失っていたようだ。王子に名前を呼ばれて、少し遅れて、それが自分の名前だという覚醒があった。遠い宇宙の果てから、私はアルミニウムに包まれて帰還したように感じた。

「あ、すみません、ちょっとぼうっとしていたようです」

私は言い訳をして、それから天井を求めた。私たちは、まだ通路に立っている。曼荼羅の部屋から出て、数メートルのところ、階段を上がったばかりの位置だった。

曼荼羅の部屋は、宇宙の夢ではなかった。

目の前には、美しい男女が立っている。赤い目の美女と、緑の目の美男。どこかで見たシーンだと思った。子供の頃にたしかにこれを見たな、という思い。けれども、それを摑《つか》み取ることはできなかった。天井は真っ黒で、無音。宇宙のように無音。

見てはいけないもの、思い出してはいけないものであったかもしれない。

私の存在？　それも、揺らいでいることがわかった。夢の中で聞いた今の二人の話から読み取れたことは、それだけだった。私の存在なんて、本当にその程度のもの。ここで意識を失って床に倒れたら、私の躰は瞬時に拡散し、消えてしまうのではないか。あるいは、王子が「おや？」と落とし物に気がついて、私という欠片《かけら》を拾ってくれるかもしれない。

だが、私のその一縷《いちる》の希望も潰《つい》えた。緑目王子の服装を再確認したが、王子が着ているものにはポケットがなかったのである。

第3章
紫の朱を奪う

「それで君はまたいつものように、空気の抜けた風船みたいな貧血を起こしたというわけかい？」鮭川がきいた。長い話を終えて一呼吸置いたところだった。

ああ、やっぱりそれを言われてしまったか、と私は思うのだった。癪《しゃく》だが、しかし情けないのは自分のこと。しかたがない。

「常々感じるところだけれど、君の精神構造の不可解さ、複雑さといったら、僕は一晩語り明かしても厭《あ》きることがないね。これは自信を持って言えることだよ。何に誓おうか。ああ、そうだ、明星《みょうじょう》ならば金星か。おお、まさにビーナスじゃないか。うってつけだ」

「語り明かさないでほしいね、そんなことで」

「何というのだろう、その一見硬そうな外面《がいめん》？　違うな、なにものも跳《は》ね返《かえ》すような反応？　うん、ようするに反発力だね。そうなんだ、なるほど、力学でいうところの弾性というやつじゃないかな。残念ながら、物理は大の苦手でね、よく覚えていないけれど。とにかく押せば押しただけ反発する、そうそうバネのような物性のことだ。これ、合っているかな？」

「ああ、弾性だ。フックの法則」

「弾性って、英語だと？」

「エラスティック」

「そうか、なんとも偉そうな響きじゃないか」

「プラスティックの反対だ」

「それだよ。そちらが君の芯《しん》の部分だ。君という人間の表面を覆っているシステムは、偉そうなエラスティックなんだ。ところが、そのちょいと内側はといえば、まるで違う。全然そうじゃない。硬いのはごく表面だけのことで、内側はソフト。粘土か餡子《あんこ》みたいな具合だ。内部だから、ナイーブというわけじゃないだろう？　おお、今日はすこぶる調子が良いな。とにかくだね、マーガリンやクリームみたいに形を変えることに抵抗しない、それこそが君の本質的な性質だろうね。いや、これは貶《けな》しているのではないんだよ。僕は、その柔軟性というか、どんなものにも目を背《そむ》けない、真面目で正直で、素直にすべてを受け入れるという、ある種、究極の自由さが、珍しく貴重なものだと評価したいんだ。君との親交がかくも長く続いているのも、僕にとって君が価値のある人間だからだ。本当に感謝をしているよ。ただね、もちろん、そんな柔《やわ》なことでは世の中は渡っていけない。うん、君もそれに気づいたはずなんだ。だから、とりあえず硬い殻みたいなもので防御をしたというわけだろうね。ああ、そうそう、卵だよ。卵そのものじゃないか。君はハンプティ・ダンプティか」

「わかったわかった。もうその話はいいよ。やめてくれないか。いつも聞いてるし、どんな展開になるのかも、もう充分に読めてきたよ」

「そうかな。同じ話をしたことがあるかい？」

「表現は違うけれど、言っていることは同じだという意味だよ」

「ああ、そうか。それならあるかもしれない。僕の作品も、みんなにそう言われている。繰り返してしまうのは、やはり、僕が君という人間の成り立ちに興味を持っているということなんだろうね。気を悪くしたら許してほしい。まあ、誰だって、自分の精神構造についてとやかく語られるなんてことは、気持ちの良いものではないかもしれないね。でも、そういう個人的な感情は忘れて、もっと一般的に、そう、抽象的に、そういった人間の本性というのか、心理的な対処というのか、人格がどのように形成されるのかという議論が必要だし、僕は面白いと思うんだ。君だって、その類《たぐい》の話には乗ってくる方じゃないか」

「自分のことでなければね」

「うん。しかし、人間の不幸の基本原理ってやつは、すなわち、結局は自分の心しか知らない、という情報不足に起因しているんだ。自分以外の人間のことは想像するしか手がない。世の中には、もの凄く沢山《たくさん》の人間がいて、みんなそれぞれに自分を持っている。みんな考えているんだ。でも、考えても考えても、自分の気持ちしかわからない。他人の気持ちはまるでわからない。とにかく、精一杯想像してみるんだけれど、その想像っていうのも、所詮は自分の思考や感情との対比から形成されるものだ。どんな高等な頭脳であっても、これは同じだろうね。基準は常に自分の観測にある。例外があると思うかい？」

「わからないな、それは。自分以外の人間になった経験がないからだね。ただ、その経験不足を想像で補うことは可能だと思う。高等な頭脳ならば、シミュレーションができるはずだ。複雑な思考のシミュレーションはできないけれど、シンプルな思考であれば、かなりの部分をトレースできるはずだ」

「うん、おおかたの人間はシンプルな思考しかしない。そう言いたそうだね」

「それは、言いすぎだよ」

「僕は、僕や君が高等な頭脳の持ち主だと主張したいわけじゃない。僕たちは、明らかに平凡な部類だよ。これはまちがいないだろうね」

「同感だ」

「だけど、その僕たちが見ても、この人間は凄いなと感じられる奴がいるじゃないか」

「いるね」

「たとえば、彼女は、明らかに、そうだ」

鮭川が言っているのは、もちろん赤目姫のことである。私は、無言で頷いた。私も、例を挙げるならば、彼女だと考えていた。

「それに、君の話に出てきた、その……、緑目王子？　うーん、不思議な奴だね。それが名前なのか？」

「それしか聞いていない」当然ながら、赤目姫と同様に俗称なのだろうけれど、私はその呼び名で紹介されたのである。たしかに、緑の目をしていたし、また、王子に相応しい環境にいたのだから、覚えやすい名称といえる。

「彼女との関係が、いささか気になるな。ま、そんなことを心配したところで、どうなるわけでもないけれど。そう、そもそもだね、彼女の交友関係というのは、僕たちの想像を超越しているように感じる。カナダで僕が会ったのも、少々というか、いや、ずいぶん常識外れな印象の奴だったよ。翻《ひるがえ》って考えると、彼女は、どうして僕たちみたいな凡人と親しくしてくれるのだろう？」

「そう、そうなんだ、ときどき目眩《めまい》がするよ」私は溜息をついた。「まだ君は、それほどでもない。いちおう芸術家じゃないか。でも、私は違う。君に比べれば、はるかに凡人だ。なんの取り柄もない。不思議でならないよ」

「何を言いだすかと思えば……。いいかい、君と僕の差なんてものは、僕たちと赤目姫に比べれば、ないに等しい。僕たちは、とにかくはるかに凡人だ。普通の人間じゃないか。だからといって、恥じるようなことではない。世間を見たまえ、みんな凡人だ。それどころか、もっと酷い奴も沢山いる。なんとか、真っ当な人間を捜しても、結局のところ例外なく凡人だ。凡人だらけじゃないか。ああ、そうか……、君が言いたいことはわかるよ。多いからといって、偉い訳じゃない。そうだろう？」

「そのとおり。凡人であることを恥じる心は、常に持っていたいね」

赤目姫が、どうして私たち、特に私のような平凡な人間とつき合ってくれるのか、それは常々頭を悩ましている問題だった。考えると気が滅入《めい》るだけで、鮭川が言った空気の抜けた風船みたいな気分になるだけだ。私は、赤目姫の美しさに人生を狂わすほど陶酔しているのに、しかし、私の理性は今のところ表面にその感情が出る手前で塞《せ》き止《と》めている。私は、彼女の美しさを言葉にして口から出したことは一度もない。彼女本人に対しても、また、親友の鮭川に対しても、である。この点では、鮭川は大いに積極的で、機会があるごとに彼女を褒《ほ》めそやす。彼は、その方面の語彙《ごい》が豊富なのだ。私は感心するばかりで、自分にはそんなことはとてもできない、何故できないのだろうか、と半ば後ろめたく感じてしまう。この理由を自問したことはある。おそらく、私の理性が直感するものは「恐怖」だろう。

とにかく、私は彼女を褒めることはしない。赤目姫は、鮭川からは褒め言葉を聞くことができる。誰だって自分が褒められれば嬉しいはずだ。そういう褒めてくれる友人というのは価値が認められる。では、私は、彼女にとってどんな価値があるのか。結局、滅入ってしまうのは、いつもここへ考えが及ぶからだ。もちろん、なんとか赤目姫にとって価値のある人間になりたい、とは思う。たとえば、彼女から質問をされたり、意見をきかれたりすると、天にも昇る気持ちになって、渾身《こんしん》の返答を心がけるのだ。科学的な分野であれば、私は多少の心得がある。それ以外に、私の存在理由があるだろうか。

しかしながら、心がけてはいるものの、その場で気の利いた返答ができる確率は低いと言わざるをえない。あとから思い出して、ああ言えば良かった、こう表現すれば良かったのだ、と反省ばかりしている。いくら反省をしたところで、同じ質問が来ることはない。質問はいつも新しい。これまでに答えたことのない問いを向けられるのだから。

私に不足しているのは、明晰な頭脳だろう。特に、瞬発的な発想というのか、いわゆる頭の回転の速さ。それが私には欠けている。鮭川と比較しても、劣っているはずだ。私は、何事もゆっくりと、じっくり腰を据えて取り組む方で、そういった姿勢においては、それなりに力を発揮する自信がある。けれども、突然問われたことに即座に適切な言葉を返すというのは、私には非常に難しい。多くの場合、しゃべり終わった直後に、より適切な表現や、もっとウィットに富んだ言い回しを思いつくのだ。そのときには、もう赤目姫は別の話をしているというわけである。

気がつくと、二人とも黙ってしまい、会話が途切れたままだった。鮭川も、もしかしたら同じテーマで思いを巡らせているのではないか。

「カナダの話を聞かせてくれないか」私は、堂々巡りの思考を断ち切って、鮭川に促した。彼も、その話をしようとしていたのだ。

「うん、そうそう、その話だった。君は、僕が赤目姫とデートをしたと話したら、こう、ふんと鼻から息を漏らして、酷く無礼な態度で冷笑したじゃないか。腕組みをして、ふんぞり返っていただろう？　いや、これも君らしい防衛反応だと見ることもできるけれど……」

「その話はもういいよ。冷笑した？　そんなつもりはないな。ただ、君の大袈裟《おおげさ》な物言いが、またあまりに挑発的っていうのか、そんな調子だったからね」

「挑発とは恐れ入った。こちらこそ、そんなつもりはないよ。君を挑発？　うーん、なにか誤解をされているな。言っておくけれど、僕にはそんな動機が微塵《みじん》もない」

「わかったわかった。どうも、会って話すといつもこうなるね。私たちは手紙でやり取りをしていた方が、良い友達でいられるような気がする」

「ああ、まったくだ。いや、どうか気を悪くしないでくれ。僕はたしかに、相手に仕掛ける傾向があるんだ。これは、何ていうのか、ある種の職業病だと思う。作家というのは、読者に仕掛ける、それが仕事なんだ。まあ、言い訳はそれくらいにして……」

「そう、それくらいにしてくれ。早く聞かせてくれないか」

「うん、そもそも、彼女に会ったのは、ナイアガラの滝だ。アメリカとカナダの国境にある。知っているだろう？」

「ああ。行ったことはないけれどね」

「僕は、たまたまそこにいた。一人でだ。赤目姫には、連れがいた。あれは、アメリカ人かな。でも、白人じゃない。四十代の小柄な男でね、頭の後ろで侍《さむらい》みたいに髪を束《たば》ねていた。滝を展望する広い場所があるんだ。観光客でいっぱいだよ。天気も良かったしね。そこで、ふと前を見たら、赤目姫が立っているんだ。これにはびっくりさ。どうしてこんなところに赤目姫がいるんだ？　でも、見間違えるわけがない。彼女はサングラスをかけていたけれど、それでも僕には瞬時に確信できた。じっと見つめていたら、彼女もこちらを向いて、目が合った。にっこりと微笑んでくれた。素晴らしい一瞬だったね。なにもかも、あの大自然も、大気も、大勢のエキストラの諸君も、みんな彼女がそこに立つために用意された舞台だったんだなって、そう見えたよ、うん、今思い出しても、ほんとうに鳥肌が立つ。そんな素敵な出会いだった」

「うん、素直に想像できるよ」

「それで、立ち話もなんだからって、近くのカフェに入って、彼女とお茶を飲んだ。その男も一緒だから、三人でだ」

「誰なんだい、その彼は」

「大した奴じゃない。一見して凡人だ。安心して良いよ。タクシーの運転手かと思ったけれど、まあ、そんな感じで、こちらの話にはまったく参加しない。もっとも、僕たちは日本語で話していたから、わからなかったんだと思う。でも、とにかく無口な奴だった。赤目姫は、そいつの車で、クリーブランドから来たらしい。トロントへ行く予定だという。特になにか目的があるふうでもなく、トロントの次はオタワだ、とそんな大ざっぱな予定らしい。でも、ナイアガラの滝がそもそもの目的で、もうその大事な用事は終ったところだと言っていたね」

「何だい？　大事な用事っていうのは」

「いや、それがよくわからなかった。誰かに会ったのかな、とは想像したけれど。でも、人と会うにはちょっとおかしな場所だ。落ち着いて話もできない。人が多いし、あるのは、ただ水が大量に落ちていく馬鹿みたいな風景と、あとはつまらないものばかり並べている土産物屋《みやげものや》の類で、歩いているのも、子供連れか、あるいは老夫婦、その団体、それに、一見して東洋人とわかる旅行者も沢山いる。みんなカメラを持っているし、大声で仲間と話をする。集団で写真を撮ろうとする。一人で歩いているなんていうのは、僕ぐらいだったんじゃないかな」

「そもそも、君はどうしてそんなところにいたんだい？」

「ああ、きかれてしまったね。まあ、正直に答えるけれど、僕はカナダ側からずっとガールフレンドと一緒にドライブをしてきたんだ。彼女がナイアガラの滝が見たいと言うからさ。うん、僕は、そんなもの見たくもなんともない。自然とか景観というものには興味がないんだ。知っているだろう？　いや、興味がないというのは語弊《ごへい》があるな。綺麗な風景というのは、どこにでもある。大勢が集まる観光地にだけあるわけじゃない、と思っている人間だ。それに、人が作ったものならば見たいと思う。凄いと感心もするだろうね。でも、風景はさ、どこだって綺麗だ。綺麗なときがある。どこの街でも、魅力的な女性は沢山いるだろう？　ああ、綺麗だなと思えばそれで充分だ。わざわざ有名な女優を見るために大勢が詰めかけるような場所へ出かけていく趣味はない、ということさ」

「わかったわかった。話が逸《そ》れているよ」

「まあ、とにかく、ナイアガラの滝がどうしても見たいと言った、その子なんだけれど、そもそもその時点で僕とは合わないということに気づくべきだった。でも、しかたがないから、レンタカーを借りてわざわざそこまで来たわけだ。それが、まあ、その予想どおりというか、白けた話だが、そこでちょっとした喧嘩《けんか》になってね……」

「だから一人になっていたというわけか」

「恥ずかしながらそういうこと。どうも、ああいう場所は、一人で歩いていると、なにか忘れ物をしてきたみたいな気持ちになるね。あれ、帽子を被ってこなかったっけ、みたいな感じで、周囲を歩いている人間よりも、自分だけがなにか足りないように思わされてしまうんだ。変なものだよ、実に」

「君は、たしか、赤目姫とデートをした、と言ったよね。今の話は、少しニュアンスが違っているように思うけれど」

「いやいや、これからがデートさ。喧嘩した彼女は、帰ってしまった。僕は一人だ。レンタカーを借りたのは僕だし、キーも僕が持っている。彼女がどうやって帰ったのか知らない。タクシーかバスにでも乗ったのか、それとも、乗せてくれる男を捜したんだろうね。で、とにかく、赤目姫と話をしていたら、彼女はトロントへ行きたいと言う。一緒に来た、えっと、名前を失念してしまったけれど、そのポニィテールの奴は、そこまで彼女を乗せてきたのだが、どうも急な用事ができてしまって、この先同行することができなくなったらしい。えっと、たしかね、奥さんのお母さんの病気かなんかじゃなかったかな。聞いたんだけれど、全然頭に入らなかったね。それだったら、僕の車で行きましょう、という言葉を、こうね、肩の力を抜いて、しかも、少し考えた振りをしたりしてさ、僕は口にしたわけだけれど、もうどれだけ冷静に装ったところで、きっと見抜かれていただろうね。沸騰した薬缶《やかん》みたいになっていたことまちがいなしだ」

「手に取るようにわかるよ」

「君だって、同じ状況だったら、きっと僕と同じ態度で、同じような気持ちになったんじゃないかな。ああ、なんでも良いけれど、神様ありがとうって叫びたくなったね」

「じゃあ、そこからトロントまで、赤目姫を助手席に乗せて、君は車を運転したというわけか。それがデートの内容かな？」

「まあ、そうだね、あまり期待させても悪いから、掛け値なしのところを告白するけれど、自動車という密室の中で、香るほど、触れるほど、間近に彼女がいたわけだよ。二人だけだ。ああ、もっともね、日本車みたいに小さくなかったのが残念だった。ちょっと車がでかかったからね、君が想像するよりは二十センチか三十センチは離れていたと思う。想像を修正してくれたまえ」

「わかった。ほっとしたよ」

「それも、一時間や二時間じゃない。ほとんどずっと一日中だ。何度か、休憩をして、カフェに入ったり、食事をしたりした。これは、立派なデートだと僕は思うのだが、どうだね？　なにか否定するような材料を君は持っているかい？」

「いや、否定しようなんて思っていない。納得した。話を続けてくれ。君のことだから、きっと夜も彼女を食事に誘ったのだろう？」

「そう、よくわかっているね、僕のことが」鮭川は指を鳴らして、私を真っ直ぐに指差した。「そのとおり、食事をすれば、酒を飲む、酔えば、いろいろな可能性が高まる、これは常道だ。まあ、君には理解できないかもしれないけれど、世界中の男が持っている常識だよ」

「持っていない男もここにいるよ」

「まあまあ……。とにかく、トロントのホテルに到着したのが夕方だった。僕はすぐに彼女に食事の提案をしたんだ。頭の中は、どこのレストランが良いのか、フロントで聞かなくちゃ、食事のあとは、どこのラウンジが良いだろう、ホテルには気の利いた店があるだろうか、とかね、もうプロジェクトでぐるぐると計算が巡っているわけだ。しかし、残念ながら……」鮭川は、大きな溜息をつき、そこで首を左右に振った。

「断られたのか？」私は尋ねた。

「車に乗せてもらったのに、本当に申し訳ない、と彼女は両手を合わせ謝るんだ。ああ、そういう困った顔の彼女も、僕は大好きさ。眉の形が奇跡的だ。本当に、理性なんてものがあるのが恨めしい。どうして、自分はこの可憐《かれん》な女性を両腕に抱き締めないのかって、告発したくなるよ。おかしいじゃないか。それくらい、普通はするだろう？」

「普通はしないと思うよ」

「うん、まあ、そういう普通もあるかな。でも、気分というか、心はとにかく穏やかじゃない。それくらい、君にだってわかるだろう？」

「そうだね、少しはね」

「ようするに、彼女はその夜に会う相手がいたんだ。これは、推測じゃない。彼女がそう言ったんだ。それに、その相手という人物がほどなく現れた。僕はそいつを見たんだ」

「へえ……。どんな奴だった？」

「それがね、ちょっと信じてもらえないかもしれないけれど、うーん、覆面っていうのかな。うん、それをしていたんだ」

「覆面？　覆面って、どんな？」

「ああ、そうか、えっと、レスラがするようなマスクじゃない。銀行強盗みたいな、すっぽり被っているのでもないよ。目のところだけ。ほら、仮面舞踏会とかに出てくるじゃないか。ああ、そうか仮面というのかな。うーん、ほら、オペラ座の怪人とか、それから、怪傑ゾロとかがしているみたいな仮面だよ」

「そんなものをして、街を歩いてきたのかね。そりゃあ、目立つな」私は思わず吹き出してしまった。「通常、仮面というのは、自分の正体を明かしたくない人間がするものだ。つまりできれば人目につかない方が都合が良いわけだから、現実には矛盾《むじゅん》するね。カーニバルでもあったのかな?」

「いやいや、そんなものはないよ。たしかに目立っていたよ。街は歩いていない。ホテルの前まで自分の車で来たみたいだ。ロビィに入ってきたときには、そこにいた大勢が振り向いたはずだ。赤目姫と僕は、ちょうどロビィのソファに座っていた。そこで話をしていたんだ。食事に誘って、それを断られた、まさにその直後というわけだ。なんというのか、やけにタイミング良く、そいつが回転ドアから入ってきた。そして、一直線にこちらへ近づいてきたんだ。長身の白人で、赤目姫の前に立って帽子を脱いだ。髪はグレィ。銀髪かもしれない。歳は、そうだな、三十代ということはない。四十代か、五十代か六十代のどれかだね。目は最初はブルーだと思った」

「マスクは? 何色だった?」

「マスクは黒に見えたけれど、近くで見たら紫色だった。あれは、本当に異様なものだね。目の前にいると、呆然としてしまうよ。何なんだこれは、という言葉しか出てこない。度肝《どぎも》を抜かれるというのは、あのことさ」

「赤目姫は、そいつのことを知っていたのか？」

「そう、それはまちがいない。彼女はいつの間にか立ち上がっていて、そいつの前で挨拶をした。僕の方をちらりと見たけれど、この人と会う約束だったの、という感じの目だったね。残念ながら紹介はしてくれなかった。なにか、急いでいるようにも見えたな。そう、その男が腕時計を見たから、そう感じたのかもしれない。それで、男は、赤目姫の手を取って、そのまま出口の方へ歩いていったんだ」

「手を取って？　聞き捨てならないな」

「しかし、実際に手を取ったのだから、これはしかたがない。断じて僕の脚色じゃないよ」

「なんて奴だ。この世に、そんな気障な男がまだいるのかね」

「うん、僕も、けっこう人から気障だと言われる部類の人間だが、あれは凄いな。気障の濃縮液みたいな奴だ。なにしろあのマスクだ。パーティとか自分の家でじゃない、公共の場なんだからね。考えられない度胸というか、いやあ、とにかく、こちらは腰が抜けるとまではいわないが、呆然としてしまって、言葉も出なかったし、ただ黙って見ていることしかできなかった。赤目姫は、でも、まったく動じない。いつものとおり落ち着いていたし、エレガントな仕草だった。ああ、うん、そうだね、たしかに、あの気障な男のエスコートは、彼女の優雅さを考えたら釣り合っていたかもしれない。それに比べたら、やっぱり僕なんかは凡人だ。しがない物書きだよ。度胸がまるでない。あとから、溜息ばかり出たよ。もう、その夜はね、一人で部屋にいることに耐えきれなくなって、ずっと夜通し飲んでいた。なんとか、明け方に部屋に辿《たど》りついたのだけれど、よく覚えていないんだ、どこで飲んだのかね。この頃、駄目なんだ、ずいぶん酒に弱くなった。若い頃なら、どれだけ飲んだって酩酊《めいてい》するなんてことはなかったのにね」

「君の話はいいんだよ。赤目姫を連れ去った男はどうなった？　ホテルから出て、どこへ行ったんだい？　尋ねなかったのか？」

「ああ、そうそう。そうなんだ。二人がロビィから出ていって、僕はすぐに後を追った。ふと、我に返ったというか、なんだか魔物に睨まれて動けなくなっていたみたいだったんだ。その魔法が解けたところで、慌《あわ》ててロビィから出ていった。回転ドアの真ん前に、黒い車が停まっていて、助手席のウィンドウが下がって、そこに赤目姫が乗っていたんだ。だから、思わず立ち止まって、こう、片手を上げて、僕はにっこりと微笑んで見送ったというわけさ」

「何だい、それは」

「いや、僕もちょっと外へ出てみたかったから、というような素振りで、何気なく、あ、まだいたんだね、とか言ったかもしれない。うーん、まあ、そういうわけだよ。で、赤目姫が言ったんだ。ごめんなさい、鮭川さん、約束がありましたの。で、僕は、いやいや、大丈夫、おかまいなく、とかって苦笑いして、ちょっと頭を下げて、運転席の仮面の男をもう一度見てやろうとした。もしかして、仮面を取っているかもしれないからね」

「そうだ、仮面のまま運転する気だったのか」

「なにか、交通違反になるんじゃないかと考えたのかい？」

「警察が見たら、とりあえず、停められるんじゃないかな」

「とにかく、そいつは、まだ仮面のままだった。でも、ジェントルな声で僕に言ったんだ。申し訳ない、生憎《あいにく》、ツーシータでねって。初めて声を聞いたな、そのとき」

「日本語で？」

「あ、そう、そうなんだ。日本語だった。それで、ツーシータって、ああ、車の座席のことか、と気づいたときには、もう黒い車は走り去っていたよ。僕はそれをずっと見守っていた。涙目のピエロみたいにね」

「どんな車だった？」

「どんな車って、だから、ツーシータだよ」

「スポーツカーだね？」

「いや、何だろう。知っているだろう、僕がそういうメカに弱いってことを」

「君の説明からだと、オープンカーじゃないことはわかる。ツーシータっていうのは、スポーツカーにしかないと思うよ。でなければ、トラックか」

「トラックじゃない。普通の車だ。スポーツカーかどうかはわからない。僕は、スポーツカーってやつを判別できないから、たしかなことは言えないな。でも、うーん、よくあるタイプっていうか……、ああ、そうそう、バットマンカーみたいな感じだね。後ろに羽根が付いていて、なんかジェット機みたいに赤くて丸いランプがあるんだ」

「バットマンカーのどこが普通なんだよ。そんなものに乗ってたら、もの凄く目立つだろう？」

「うん、みんな注目していたね。通りの向こう側に大勢が立ち止まっていたし、ホテルの前でも、注目を集めていた。みんな、仮面に驚いていたのかもしれないけれど」

「羽根があるっていうのは、今時珍しいな」

「まあ、仮面の人物が乗るにしては、普通だったけれどね。タイヤがあったし、方向指示器を出して道路に出て、交差点の信号でもちゃんと停まっていたよ。バットマンカーだったら、煙を吐いて消えていたところだろう?」

「でも、バットマンは実は大富豪なんだ。そういう感じなんじゃないのか。少なくとも、仕事で来た人間じゃないだろう。仕事の人間なら、挨拶くらいする」

「おそらく、僕のことなんか眼中になかったんだと思うよ。ちらりとさえ見なかった。赤目姫が一人でいると思い込んでいただろうし、僕が連れだとは気づかなかったんだね。追いかけていって、ようやく気づいたわけさ。ああ、そのとおり、大富豪だというのは、そうなんだ。ホテルのボーイから聞いたから」

「え、本当に? 有名人なんだ。それじゃあ、空に蝙蝠《こうもり》のマークが見えなかったかい?」

「いや、空なんか見る余裕はなかったね。とにかく、その夜は、さっき話したように、飲んだくれていて、ようやく起きたのは、そうだね、翌日のお昼頃かな。彼女の部屋に電話をかけたんだが、誰も出ない。部屋へ行ってドアをノックするのも憚《はばか》られた。まだ帰ってきていないのかもしれないし、寝ているのなら、起こすのも悪い。僕は、食事をする気にはなれなかったから、ラウンジへ下りてコーヒーを飲んだ。ラウンジっていうのは、フロントのすぐ横にあるんだ。そこで、ぼうっとしていたよ。なんか良い小説が書けそうな気がしたな。一日に二人の女性に振られた男が主人公のね。そうしていたら、ホテルの従業員がやってきて、僕の名前を確かめてから、メッセージがあるっていうんだ。お連れ様が、今朝発《た》たれるときに、言付《ことづ》かりましたってね。封筒を受け取ったら、中に赤目姫からのカードが入っていた。何て書いてあったと思う？」

「う～んと、ああ、どうもありがとう、だろう？」

「当たり。どうしてわかったんだ？」

「ま、そんなところだろうね」

「ああ、ぐさりとハートに突き刺さるありがとうだよな。こういうありがとうを、これまで何度食らっただろうか。哀れな男だよ。まったく、僕って人間は、女性にとってはありがたい存在でしかないんだな。体《てい》良く感謝だけはされるってやつだ。感謝なんかいらない、なんて言えないだろう？　優しすぎて涙が出るね。ようするに、トロントまで送ってくれたことに対する礼がメッセージのすべてというわけだ。ああ、そのとおり、お世話をしましたよ。楽しかったよ。二人きりだったからね。でも、なにもできない。僕はただ前を見て、ハンドルを握っていただけだった。彼女の口が見えないし、走行音が喧《やかま》しいから、ほとんどしゃべることができない。僕は話せるけれど、彼女の声は聞こえない。一方通行ってわけさ。差《さ》し障《さわ》りのないことを言ってね、ちらりと横を見ると、彼女がにっこりと微笑む、というだけ。それだけだった。あ、しかし、楽しいデートだったね」

「いいじゃないか、楽しかったのなら」

「僕は、空港まで一人でドライブ。そのまま日本に帰ってきたというわけさ。まあ、これで全部だね。なにも面白いことなどない。空港への道で、ちょっとした田舎の河原があって、ビーバを見たよ。保護区みたいだったね。それが一番の思い出だ。よしてくれよ、ビーバの話なんか聞きたくもないよって、言いたそうだね。いや、あれは可愛いと思うよ。女の子よりもビーバの方が可愛いという価値観だって、あっても良いと思うな」

「待ってくれ、その、赤目姫を連れていった男について、もう少し詳しく話してくれないか。背は高いんだね？」

「そうだね。僕よりもずっと背が高くて、痩せている。白人で、鼻は魔法使いみたいだ。彫りが深くて、顎も尖っている。そうそう、ドラキュラ伯爵みたいな感じといえば、わかるかな」

「目の色は、ブルー？」

「そう、猫みたいな目をしているんだ。ブルーのようでも、もっと濃くて、赤くも見える。紫色というか。そう、紫の仮面をつけていたから、そう見えたのかもしれない。でも、それが余計に恐ろしい感じだったよ」

「目の下に……、えっと、ここら辺だけど」私は自分の顔を指差して位置を示す。「黒子《ほくろ》がなかったかい？」

「黒子？　だからさ、仮面をしていたからね」

「うーんと、じゃあ、あ、そうそう。蝶《ちょう》の形の腕時計をしていなかった？」

「腕時計？　ああ、蝶のね。そうそう、そうだよ、赤目姫の手を取った腕に、その時計があった。奴はそれで時間を確かめたんだ。なんだ、君の知り合いか？」

「紫色の蝶だ」

「紫色には見えなかったな。黒いから蛾《が》じゃないかと思った。時計というよりは、ブレスレットかなにかのアートに見えたよ。なにしろ、仮面をしているんだからね、それくらいの小道具では驚かなかったけれど。ちょうど、赤目姫が差し伸べた手が、奴のその手に包まれたわけだ。なにしろ、僕の目の前だったんだ。そいつの手の甲は、毛深かったな。そこまで覚えている。ああ、甲っていうくらいだから、手というのは、こちら側が表なんだね。つまり、手のひらというのは、裏側なんだな」

「そんな話はどうでもいいさ。そうか、じゃあ、やっぱりあいつなんだ」

「君が知っている人物なら、もったいぶらずに教えてくれないか」

「もったいぶっているわけじゃないよ。今まで気づかなかった。少なくとも、私が会ったときには仮面なんかしていなかったしね。でも、ドラキュラみたいだと私も思ったんだ。君のその表現でピンと来た。そうか……、あいつか……」

「誰なんだい？」

第4章
形而下の浸透とその法則性

紫の仮面の紳士は誰なのか、と鮭川から尋ねられたその疑問に、私は答えることができる。当然ながら、その人物を知っているからだ。ただ、私が会ったときには……、あれを会ったというならばだが、彼は仮面などしていなかった。鮭川が語った紳士の外見で、その人物とわかったのではない。なにしろ、地球の反対側といっても良いほど場所がかけ離れているのだから、普通ならばそんな連想さえ持たなかっただろう。

実に不思議なことだが、私には、その人物の過去を呼び戻すことができた。その人物が赤目姫とトロントで会ったことを、私は思い出すことができたのだ。

どのようにしてそんな特異な体験が成り立つのか、今でも不可解である。科学的な説明を私はできない。けれども、表現の幾分《いくぶん》の突飛《とっぴ》さを恐れずに敢《あ》えて語るならば、「あのとき、私は彼だった」のである。

私は、確かな記憶として、緑目王子の宮殿にいたという自身の経験を今も持っている。特にその前半の記憶は、現実を写実していると信じるに足りるディテールを有しているし、それまでの履歴とも辻褄《つじつま》が合っている。これはすなわち「連続」という時間的でかつ空間的な因果関係の微分可能な滑らかさによって把握《はあく》できる現象と捉えることが可能だ。しかし、砂の曼荼羅を見たあと、私は夢の中を彷徨《さまよ》っているかのような茫漠とした精神状態に陥《おちい》った。きっかけとなったのは、緑目王子と赤目姫の会話であり、それを理解しようとした行為自体だった。まるで呪文《じゅもん》のように不連続な言葉が耳から入り、私の躰の隅々《すみずみ》にまで届いた。おそらくは、ストレスに起因した精神の局所的な麻痺状態ではないかと想像する。

「理解」とは、すなわちなんらかのシンボルに関する自己への展開といって良い。入力される言葉や記号、幾何学的映像を、自分が有しているデータと照合することで新たな自己概念を構築する一連の作業だ。このある種、建設的な過程において、既に構築された概念のうち一部が少なからず損傷を受ける。理解の対象が現在の重心から離れている場合ほど、この損傷の範囲が広くなる。ようするに、理解という「展開」には自己破壊を伴《ともな》う、ということである。犠牲あるいは欠損が、構造的に不可欠と言い換えても良いだろう。この破壊によってのみ、知性のより高みへと至ることができる。そういう成長、もしくは学習であると解釈する以外にない。何故なら、このような手法によらない概念構築は、既存のデータが事実上無である条件以外にありえないからだ。

私を含めてほとんどの凡人は、特に大人ならば、自己の内のデータに浸かっている。酷い場合は既に溺れている。無となることなど絶対にない。むしろ無を恐れるが故に、無用なデータまで貪欲に取り込み、概念をむやみに構築し続け、それらの破壊をまた極度に恐れるといった悪循環に陥る。この作用によって新たな理解を拒絶するメカニズムが完成する。既になされた理解によって、どんどん新たな理解が困難になり、やがては不可能になるのだ。それでも良い、「知」とはそういうものだ、と凡才は信じているのだが、そこが凡なる所以《ゆえん》である。

この世で得たデータを無にするというのは、胎児に戻るようなものだろう。その感性あるいは心境に擬似的にであれなりえる者が、私が考える天才である。そういう人物の無邪気さを私は何度か目にした。本当に彼らの「知」とは計り知れない。自らの理解の蓄積を瞬時に捨て去ることができるからこそ、どんな新たな理解も容易に展開することができる。そういうメソッドだとわかっているのに、私にはそれができない。できないことを知っているのに、できる方法を知っているのに、やはりどうしてもできないのだ。無とは何か、無の境地とはどんな状態なのか。肉体的な苦痛を伴う類のなんらかの修行をしないかぎり、私には手の届かないものだろう、という予測がせいぜいである。

あのとき、緑目王子と赤目姫の後について、私は人形のように歩いていた。私を操っている者が、別にもう一人いたのではないか、と私には感じられた。その予感が支配的だったから、周囲の状況を把握することさえなかった。そのぼんやりとした感覚は「夢の中」に類似したものだ。私を操る者は、はるか天上より細い糸を垂らし、私の手足を動かしている。だから、私の躰の部位は、糸の緊張によってあるべき重量を奪われ、空気のように漂っていたり、さもなくば糸の弛緩《しかん》に伴って、意思を失って垂れ下がった。そんな異様な体感だったことを今でも覚えている。階段のステップに足がつく触覚も得られず、ただ宙に浮き前後に足を出すだけで、エスカレータにでも乗っているみたいに何段も飛び越えて登っていくように自覚された。

そう、あの扉の手前には、それほど長い階段があった。白い大理石の滑らかな表面と、中央に敷かれた紫色の絨毯が対照的だった。段に合わせて折り曲げられている絨毯には、鋲《びょう》でも打たれているのか、と私は気になった。だが、鋲らしき輝きは見当たらなかった。大理石に鋲が打てるものか、と私はしばし考えた。そんなつまらないことしか考えられない自分を情けなく感じつつ、躰は自然に階段を上昇していく。むしろ日頃よりも潑剌《はつらつ》と登っていた。それなのに、私の心は深い霧の中。曇っているというよりも、真っ白で平面的だった。自分の水晶体も白く不透明になっていたのだろう。辺りはただただ白い。霞んで見えるものさえ存在しない。どうにか見えるのは階段と、私よりも高い位置を行く緑目王子と赤目姫。二人は会話を続けながら、息も乱さず、人間として軽々と段を登っていくのだった。

もしかして、この二人こそ人形なのではないか、と私は発想した。だが、そうだとしたら、誰が赤目姫を操っているのだろう。私は高い天井をまた見上げた。上はいつも真っ黒だ。こちらの視線は吸収されてしまう。

階段が終わると、そこは円形のホールだった。周囲に窓が並び、遠くの景色が展望できたし、同時にこの建物の屋根も幾つか下に重なって見えた。この場所が建物の中で最も高い位置にあることがわかった。そのホールの正面に紫色の大きな扉がある。両開きの扉だ。その中央にライオンの顔が飛び出すように彫られている。ライオンは、扉を開くとまっ二つに分かれる。そのライオンにじっと見つめられて、私の鼓動《こどう》が速くなった。

この扉が開いたときに、なにかが起こるだろう、という寸前の予感が過《よぎ》った。それは確信に近いものだったから、立ち上がる興奮が感じられ、息は止まり、心臓はさらに高鳴った。

ライオンが縦に割れ、扉が開く。

次の瞬間、私はその扉が開く先に、赤目姫と緑目王子が立っているのを見た。彼ら二人の後ろに、もう一人、霞んだ人影があったけれど、その印象は限りなく暗く、煙か湯気のように希薄だった。今まさに消えてしまう、そんな影だった。

私は、片手を出した。自分の手が、大きいことに気づく。指は長く、その形のまま、赤目姫の白い手に触れた。彼女の赤い瞳が、私を捉えている。

「お目にかかれて光栄です」赤目姫が軽く膝を折った。

「父上がいらっしゃるときで、良かった」緑目王子が言った。「滅多にこちらにはいらっしゃらないのですよ。私もお目にかかるのは何カ月振りでしょう？」

「三カ月と十二日振りだよ」私は息子の疑問に答えた。どのようにしてその計算をしたのかも、瞬時に認識することができた。頭の中にカレンダが展開し、左手の指と右手の指が、過去のある日と今日を差し示したからだ。「さあ、どうぞ中へ」

私の部屋は、床が傾斜している。角度は五度程度で、入口が一番高い。奥が低くなっていて、そちらの壁は一面の書棚になっている。床を傾けているのは、自分の好みの問題で、寝転がったりするときに便利だからである。ただ、初めてここへ訪ねてきた人は戸惑うだろう。長く滞在すると酔ってしまう者もいる。

赤目姫が私の方をじっと見た。床の傾きの理由を知りたいのだろう。

「特に、これといった理由はないのですが、ただ、意図してこのように作ったものであることは事実です。水平に作ったのに地震などで自然に傾いたのではありませんよ」

部屋の中央のテーブルまで来て、三人は椅子に腰掛けた。たしか、もう一人いたような気がして、入口の扉を私は見た。誰だっただろう。しかし、そんな人物がいるはずもない。赤目姫は彼女特有の上品な仕草で椅子に腰掛けた。そして、こちらへ魅惑的な視線を向け、その次にテーブルの上方を見上げた。天井からテーブルへ下がっている太い銀色のパイプに目が止まったようだ。それは何ですか、と彼女はききたそうだった。

「これは、私が吸う煙草《たばこ》の煙を吸い取るためのダクトです」私は説明をする。「いや、しかし、今は吸わない。以前は葉巻もシガレットも、それにパイプもやっていた。いつも口の中がひりひりしていた。それが、どういうわけか、急にやらなくなりました。ガムも噛《か》まないし、口が寂しいということもない。あっさり禁煙してしまったわけです」私はそう言って肩を竦めた。「吸っていたときと、やめた今で、何が違っているのかといえば、そう、多少よく眠れるようになったことくらいでしょうか。あまり価値があるものとも思えませんが」

「健康にもよろしいのではないでしょうか」赤目姫が口を動かした。「先日、カナダでお会いしたときも、吸われないので、いかがされたのか、と感じておりました」

「カナダで会ったのですか？」緑目王子が赤目姫を見て言い、視線をこちらへ向ける。

「ええ」赤目姫が頷く。「素敵なファッションでいらっしゃったのですよ」

「え、どんな？」緑目王子がさらに目を見開き、私をじっと見据えた。

素敵の理由を思い出そうと思ったとき、ふと別の思考が私を襲った。それは、逃れることのできない宿命的な発想だったように思う。問い続けてきたものを掠《かす》めて飛ぶ彗星《すいせい》のような思いつきだった。

そうか、操られている者にとっては肉体など単なる殻でしかない。そこに感情が存在するかのように見せかけているだけ、そしてその外面を操っているのも外界の者、つまり天上から垂らされた糸の先の手だ。人形に感情があって、人形が自ら考えているかのように操るのだから、それは当然の屈折といえるもの。しゃべっているのも、人形ではない。天上から届く声を聞いているだけのこと。ただ、その声に合わせて人形の口が動くから、その口から声や言葉を発していると錯覚するのだ。

私は、優しい態度で笑顔を保った。脚をゆっくりと組み、膝の上に両手をのせた。隣に座っている赤目姫を見つめて、なにか意味ありげに片方の眉を上げて見せると、彼女は微笑み返すのだった。意味があるのかないのか、それは当事者には無意味だ。ただ、そういった態度を表層に押し出している。内部の水分が表層から蒸発することで、内部の水分は外側へと移動する。その推移と類似した物理現象かもしれない。意味というのは、元来その程度の意味だ。そこに「心」があると錯覚するのは、観測者の想像であって、それは、犬や猫がただ主人を見つめるだけなのに、そこに言葉によるコミュニケーションを瞬時に補おうとする過剰な知性が見せる幻影以外のなにものでもない。

「夢か……」と私は呟いていた。

赤目姫と緑目王子が私を見つめている。彼女は少し首を傾げた。緑目王子は、不満そうな顔だ。

「夢というのは、無を蓄積するゲームのようなものだね」私はジェントルな声でゆっくりと話していた。「積み木で遊ぶ子供と同じで、私たちは上へ上へと積み上げたがる。下にあったものを無理に引き抜いてでも、上へ積もうとする。どこまでもどんどん高くなると信じている。けれども、現実にはそんな構造は成立しない。それがわかっているのが、現実の自分という手応《てごた》えでもある。しかし、夢にはそれがない。同様に、自分というものの手応えも曖昧《あいまい》で、それはもはや大部分自分ではない。こうなると、無限に因果を積み上げていくことだって無謀とはいえないし、また、その構造の危うささえ概念として持っていない。そんな状況にあっても、漂うのはまぎれもない現実の感情。憤り、悲しさ、悔しさ、とにかく、そういった抽象された心、すなわち露《あらわ》になった心だけが、その無の蓄積に耐えうる存在だからだ。私たちが、あのとき話し合ったのは、そんな内容でしたね」

「はい、そうでした」赤目姫が頷いた。「最後には、天上の神々のお話になりましたわ」

「へえ……、父上が？」緑目王子が眉を顰《ひそ》めて言った。「そのようなお話をされるなんて、想像もできませんが」

「想像くらいできるだろう。どんなものでも、想像はできる」私は、息子を睨みつけた。この目の奥に別の水晶体があることを意識できるだろうか、と思いながら。「いわゆる神話の類、宗教絡みの愚にもつかぬ子供騙《だま》しではない。もっと科学的な可能性が話題の中心だった。地球上の生命体は、実はすべてひっくるめて、たった一つのものので、それをこの地にもたらした知性が存在する、という意味の仮説だよ」

「ずいぶん昔に、誰かがここにそれを置いた、まさかそうお考えなのですか？　シャーレに一滴垂らすみたいに。それが、培養《ばいよう》され、どんどん繁殖し、分裂し、こんなに広がってしまったと。だから、我が知性が、神という存在を本能的に夢見るのは、まんざら的外れでもない、と？」

「そこまで飛躍すると、これっぽっちも信憑性がないな」私は微笑んだ。息子の言いたいことはよくわかる。しかし、あまりにも短絡的だ。「ただ、そう、そういう考えもできないわけではない。ある学者は、胎児の形状で夢を見ている。一方で、ある学者は、宇宙から舞い降りる塵を集めている。電磁波のスペクトル解析に、高等な知性を見出そうとする者たちもいる。宇宙の始まりを、原子の中の組合わせに求めているではないか。創造主への接近こそが、人類の願望と言われても、どんな順当な論理で反論ができるだろうか？」

赤目姫が立ち上がって、一度静かに上を見た。両手を胸の前で合わせ、俯《うつむ》き気味の顔へその手をゆっくりと近づける。額《ひたい》の高さまで手が持ち上がったところで、彼女は目を閉じた。それはあまりにも自然な仕草で、またあまりにも無駄のない洗練された姿勢だったから、何故そのようなことをしているのか、という問いを発するなど問題外だった。彼女が今それをするのが、ごく当たり前のように感じられたのである。

しばらく沈黙があった。私と息子の二人は、この世にも稀《まれ》な美女を見ることしかできなかった。会話は途切れ、それどころではない、今はこの美神に注目し、やがてその口から発せられる言葉の形を見逃さないように神経を集中させること、それが我々の使命なのだと気づいたからだった。息子ももちろん同じだったはず。

赤目姫は両手をゆっくりと下げ、右手と左手は胸の付近で離れた。それと同時に、赤い瞳が私たちを捉える。

「ここにいる者は、何をなすのか？」彼女の口が動く。

「それは、私にはまだわかりません」私は即答した。考える暇もなく、また、いつもそう感じていることだった。「しかし、望んでいることで代替できるのならば、私は、自らの墓をなす者です」

「そちらの若者は？」彼女が息子の方へ僅かに視線を移動させる。

「私は、人の和と、人の義をなす者です」緑目王子は答えた。「しかし、それ以前に、父の棺《ひつぎ》をなす者となりましょう」

「よろしい」赤目姫は小さく頷いた。「では、さらに問う。運命はいずこにある？」

「運命は、どこにもありません」私は答えた。

そうか、赤目姫は、そういう夢を見ているのだ。人によって仮想された運命という力点に、彼女は今さっきまで両手で触れていたのにちがいない。それらは、はるか宇宙を周回するガスか塵のように、ときどき私たちの躰をすり抜けていく。すり抜けるという意味こそが、すなわち運命ともいえよう。感じられないが、たしかに私たちを通過するものだからだ。

赤目姫が再び目を閉じた。そしてふっと躰が浮き上がるような仕草を見せた。あるいは一瞬の重力変動で、本当に軽くなったのかもしれない。それとともに、目の前にいた緑目王子が数秒で拡散し、周囲の空気の中へ素早く融合した。私と赤目姫の二人だけがその場に残されたが、その場というのは、トロントの私のレジデンスの一室だった。

紫の深い絨毯には、曼荼羅をぼかしたような模様。その上からは、深海魚の骨のモビール。そして、大きなトンボの形をしたシャンデリア。それらがゆっくりと、フーコーの振り子のように回転していた。白い煙を上げているのは、テーブルの上に置かれた銀のランプ。なにか、不純な動機が燃えているようだった。

赤目姫は、長椅子に横になり、肘掛けに頭をのせている。私はその前に跪《ひざまず》き、じっと彼女を見つめていた。許しを乞うているのでもなければ、彼女の言葉を待っているのでもない。ただ、ただ、魅了されている物体だった。

「何をなさっているの？」

「貴女《あなた》を見ています」

「何故ですか？」

「理由を言葉にするのは、あまりにも無粋かと」

「言葉というのは、すべて無粋なものです」

「理由も」

「けれども、無粋だからといって黙り込んでいたら、失われるものが沢山ありましょう」

「落ちるものは、掬《すく》っても零れます。お願いがありますが、きいていただけますか？」

彼女は微笑み、その輝く一滴の露が葉から零れるように頷いた。

「接吻《せっぷん》をお許しいただけませんか」

そのままの微笑み。

持続。

彼女は頷かなかった。しかし、白い腕を前に伸ばす。私の前に、その手が届く。私の手は、彼女の手を下から支え、そして口を軽くつけた。

香り。

瞬きのような香り。

白い手は。

私の手から離れ。

距離。

隔離。

そっと、呼吸を。

その息とともに、私は思い出すのだった。そう、私は僕《しもべ》だと。

隷属《れいぞく》。

香りは音もなく遠ざかり。

「夢の名は？」彼女の口から無音の問いが形になる。

「夢の名？」私は考えた。「ああ、そう。そんなことがありましたね。窓から見えるのは、殺伐《さつばつ》としたスコットランドの草原。半分の草は枯れているから、白か茶色か、ぼうっとした膨張しつつあるベージュ。それでも、空は海を映すように青くて、高いところほど深く、沈んでいく途中のように見えました。貴女は、その風景の名前を尋ねられた。これは何？　それを問うのは、貴女の夢でしょう。だから、私は、この風景こそが夢だと、それこそが名前だと答えた。覚えていますか？」

「その記憶の中に、答がありますか？」

「風に名前を尋ねても、風は答えない」

「貴方には名がありましょう。貴方は風ですか？　風ならば、私の前に何故留まっていらっしゃるの？」

「今、私にできることがありますか？」

「私のために？」

「ええ、その意味です」

「問われたことに、答えることなのでは？」

「ああ……」私は溜息をついた。「そうか、それが私にはできる、ということですね」

「貴方は風ではありませんから」

「夢は、良い名を持っているはずです」私は答えた。

答えたとき、私にはその名がわかった。そして、それは彼女にも瞬時に伝わった。

二人の間に介在したエーテルによって伝播《でんぱ》したものか、という発想もあったが、あとになってそうではないことが理解できた。私にそのような能力はもとよりない。そうではないのだ。

彼女が知っていることを私に伝えただけだった。私は、それを思いついたのではなく、気づかされたのだ。天上の思想を、人形が考えたと錯覚できるように。

「眠りたいわ」彼女が囁いた。

「ここで？　それともベッドで？」

「運んでいただけますか？」

「喜んで」

私は片膝をついたまま、少し前に出る。軟らかいクッションの下へ慎重に両手を差し入れ、彼女の躰を支えると、そのまま立ち上がることができた。クッションよりも軽いのではないか、と感じる。まぎれもなく、美しさによる浮力。

寝室のドアは、私たちが近づくと意思を持ったものらしい恥じらいを見せた。小さな照明が慎《つつ》ましく点《とも》っているサイドテーブル。シルエットしか見えないベッドの支柱。いずれも装飾的な空気を纏《まと》っていた。天井はなく、星空が見えるような経験と、さらに、床にも宇宙が広がっているような幻惑と。

私は軽い美しさをベッドに降ろす。降ろしたあとも、なお私の腕に残っているものがあって、その体感は重さよりも私の躰を伝わり、腕から胸へ、胸から腰へ、腰から脚へと波紋を広げた。震えていたかもしれない。震えていなかったはずはない。美しさは、白いシーツに隠れた。滑らかな肌のように白いはずのシーツだった。僅かな明かりを反射しているのみ。

「おやすみなさい」

「良い夢の名を」

私は後退した。彼女は明かりを消さなかった。ドアのところで、星雲のように渦巻《うずま》く躊躇《ちゅうちょ》があったけれど、私の理性はドアを大人しく閉めた。閉めた瞬間に、上からはらはらと金箔《きんぱく》が舞い降りている様子を見た。網膜の神経が繰り返すフィードバックによって麻痺していたのかもしれない。さらに後退し、彼女が横になっていた長椅子に腰掛けた。まだ、美しさの温もりがあった。まだ、美しさの香りが残っていた。いつまでも、ここにあるだろうか。私は、いつまでここにあるだろうか。

急に孤独を感じたけれど、それは以前から私にあったもので、束《つか》の間《ま》の奇跡によって棚上げにされていただけのものだった。私が生きているものではなく、条件の把握と選択の処理の法則性を教え込まれた機械だという認識に似ている、そんな孤独である。生きているものでさえ、そういった寂しさをときとして感じることがあるらしい。

孤独と愛情は、ほとんど表裏一体のもので、両者の間には気体も液体も浸透する極めて薄い膜しか存在しない。片側に干渉すれば、裏側に瞬時に染み出る。僅かにある遅れが、その膜の存在の意味であり、その遅れが、両者を別の感情だと認識させるにすぎない。

なにかに触れることで、それが収まるような気がする。その本能は、生きるものに共通するプログラムらしい。しかし、たとえ最愛のものに触れ、あるいは触れられても、それが愛情だと信仰できるのは一瞬のこと。いずれは、恐ろしさに近い湿った反動が寄せ返してくる。私はそれを経験的に知っている。その経験が、私を作っている。したがって、恐ろしくて恐ろしくて、美しいものに触れることができない。命じられて、脅《おど》されて、息を止めて覚悟をしなければ、できないのだ。自分に命じて、自分を脅して、なんとか実行ができる程度。彼女の手に接吻したときのように。

惨《みじ》めな男のことを哀れんだ。私は、その男だった。その男の願望が、私になった夢を見ている。けれども、その男の存在自体が、私の幻覚にすぎない可能性もある。私は、自分が何故美しいものになれないのか、という問題を考えることにした。

立ち上がって、カウンタへ酒を取りにいく。さきほどまでは、彼女のために用意したワインだったが、それよりも濃厚なものが必要だった。分厚いグラスに、琥珀色《こはくいろ》の液体を流し込み、まず立ったままで一気に喉へ通した。胸は、遅れて軽やかに熱くなり、葛藤《かっとう》ともいえる抵抗として消えた。

美しいものになれないのは、私の質《たち》に問題があるのだろうか。私は、美しさを知っているつもりだが、美しさに近づけない理由は何だろう?

美しい存在にいくら接近しても、私はその中へ染み入ることはできない。美しさの内側を感じることはできない。ただ、外側から非接触に眺めるだけのこと。それでは、風景を眺めているのと同じ。

たとえば、美味であれば、それを食することができる。自分の内側へそれを取り入れることが可能だ。ただ、取り入れた瞬間にその美味は消える。美しさでもおそらく同じだろう。自分の内へ取り込む方法では、美に近づくことは叶《かな》わない。それは、逆に美を失うことに等しい。

私が生きているのは、どういった意味なのか、ということが、結局は問題になる。生きているから、近づけないのではないか。生きているように、ただ感じているだけか、それとも、生きていると騙されているのか。とにかく、そのように刷り込まれていることは確かだ。それが、失うことの危険に直結していて、それゆえに、美の中へ入ることができないように感じる。いつも、その結論に達するのだった。

二杯めのグラスを飲み干した瞬間に、私は孤独の男に戻ってきた。逆に、あの孤独の高い城は砂のように崩れ去り、多少の微動が周囲の空間を揺るがせて残るだけだった。

広い場所を歩いていた。私の足が、左右交互に前に出て、私の躰を直立させつつ移動させていた。壁も床も奇妙に優しく、正面の明るい窓からの光を拡散して博愛を届けている。私のすぐ前を、緑目王子と赤目姫が歩いていた。左手へ入る通路があって、その奥に階段が見えた。手前まで近づくと、そこからずっと果てしなく上へ、階段が続いている。見える限りでは、どこを目指して登っているのかわからない。どこかに終わりがあるようにも見えなかった。

人間に登れる階段ではない。

その確信があった。けれども、二人はそこを登っていく。私も後をついていく。そして、この先が紫色の扉がある円形のホールであることを、私は知っているのだ。私は、階段のステップに自分の足が触れていないことに気づいた。躰は軽く、気球のように斜めに上昇していく。

そうか、私の躰は気体になろうとしているようだ。固体から気体へ昇華する意志、それが今の私のジレンマから解放される唯一《ゆいいつ》の道かもしれない。これは、劣等と羨望による断層に生じた歪《ひず》み、あるいは示唆《しさ》なのか。擦れて生じる摩擦熱が、躰を灰かに熱する。煙になるまえに、私は私の名を見届けたい。だが、おそらくそれは無理だろう。今だって、自分の名前が思い出せないような気がした。蛾になってしまったようにも感じた。自分の躰を確かめるのが恐かった。

長い階段も尽きて、ホールの奥の紫色の扉が見えてきた。そこから出てくる人物の腕には、蛾が翅《はね》を広げて留っている。紫色の細かい粉が、肌に染み入り、遺伝子は変異するだろう。

「誰ですか？」私は突然尋ねた。

緑目王子が振り返った。赤目姫も少し遅れてこちらへ顔を向ける。彼女は、笑っていなかった。表情というものはなく、陶器の人形のようだった。

「誰のこと？」緑目王子が尋ねる。

「その扉の中にいる人物です」私は前方を指差した。

「この部屋は、天文台だよ」緑目王子が答える。「誰もいない。望遠鏡があるだけだ」

「でも、宇宙には通じています」赤目姫の言葉は均整が取れた神々しさに満ちていた。「観測が、すべての存在の証。天に通じる唯一の窓。古来、人類の源でした」

第5章
疑念の振動とその不規則性

ている。私が運転していた。自動車は走っている。私が運転しているのだ。

ラジオが軽快なリズムの音楽を流している。スピーカがどこにあるのか知らない。車内は音楽で満たされている。五十年もまえのロックだ。そんな昔からロックがあったのかどうかは問題ではない。とにかく古すぎる。しかし、何故そう感じたのか、理由はわからなかった。さきほどから選局ボタンを押しているのは、助手席に座っている若い女性。彼女が選んだ曲だったし、私は運転に専念しているので、文句は言えない。その女性も古いタイプのファッションで音楽とマッチしていた。頭に布を巻いている。ちらりと横を見ると、彼女もこちらを見て微笑んだ。話しかけようとしたが、名前をど忘れしてしまった。はたして名前を聞いただろうか、という記憶も曖昧だ。名前を思い出してなにか話しかけようとしたものの、そんなことよりも、何故自分が今こんなところにいるのか、という問題の方が重要に思えた。どんな場合においても、この根源的な疑問が私を支配しているらしい。その確信が突然私を襲った。どんなときも、誰と一緒にいても、逃れることはできない疑問だ。根源的というよりも、宿命的といった方が適切かもしれない。

微《かす》かに残る最新の記憶は、この車に乗る以前のものではなかった。不思議なことに、その記憶はなかったのだ。自分が乗っている車がどんな外見なのか、わからない。覚えていないのではなく、知らないのだ。ボンネットだけが目の前に見える。バックミラーも見た。トラックではない。乗用車らしい。車内に見覚えのあるものはない。隣の女性も含めて、前方の風景も、サンバイザに挟まれたチケットらしきものも、そして、自分の膝さえも、ズボンの色さえも、初めて見るものだった。

風景は、特に珍しかった。異国のものにちがいなかった。山々が魚の歯のように尖っていて、高いところは白い。空は紺色に近い深さで、連なる峰々のアウトラインを際立たせていた。道路の両側には、真っ直ぐの針葉樹が数学的に立ち並んでいる。なにもかもまるで見覚えがない。ただ、真っ直ぐに三車線の道路がそこにあった。道路の白いラインはこちらへ吸い込まれ、巻き取られるみたいに等速度で流れている。私が運転する車も一定速度で走っている。アクセルに足をのせている感覚はない。オートドライブだろうか。ブレーキを一度踏んでみれば明らかになることだが、まずは落ち着いて考えてみよう、と思った。

サイドウィンドウは少しだけ開いていたから、風の音が頭の横でずっと鳴っていた。スピードメータは六十を示している。これはキロメートルではない、マイルか。隣の女性が白人であること、また、前を走る車も横を追い抜いていく車も見たこともない車種だったことなどが、私にそれを気づかせた。前の車は遠く車間距離は充分だった。オートドライブなら、車間距離が不足すれば減速するはず。ステアリングを僅かに動かしてみると、車は自然にそちらへ移動する。すぐに反対へ戻し、車線の中央へ。どうやら制限速度で走っているようだ。なんとなく、それを思い出したのである。私はそういう人間なのだ。車のことは詳しくない。この車の名前も知らない。そもそもメカにあまり興味がない。速く走ったからといって気持ちが良いということもない。今のこの状態が制限速度だ、と自分で自分に言い聞かせたことがあるような、微かな記憶が静かに浮上した。夢の断片のような淡い経験だった。

けれども、数秒後には私は私の記憶のほとんどを取り戻した。最後の紐を解《ほど》き、ぱっと箱が開いたように過去の経験が展開した。彼女の名前はパティ。そして、姉を殺したという記憶を持っていた。それらは、当然ながら彼女が語ったわけではない。そうではなく、私が思い出したのだ。彼女は、自分の名をシンディだと言った。そう、そちらが私の実質的な記憶の断片である。だが、その名が、実は彼女の姉のものだということを、私は知っている。

彼女と出会ったのは、ほんの一時間ほどまえのこと。インターチェンジの手前で、「北へ」と書いた段ボールのカードを持って立っていた。荷物はショルダバッグ一つ。裾が広がったジーンズにサンダルだった。麻のジャケットの胸に眼鏡が引っ掛かっていた。その下はストライプのTシャツ。この季節としては薄着であるが、車内では手首を自分の顔に向けて振り、暑そうな素振りを見せた。それで、窓を少し開けたのである。

姉を殺したというのは、ずいぶん新しい記憶のようだった。殺すなんて穏やかではないが、おそらく彼女が自分のために選んだ表現、あるいはイメージだろう、と私は勝手に想像した。交通事故に遭っても、殺されたと言う人も多い。詳しいことは、そのうち彼女が話すのではないか。そんな気がする。私はただ、どんな仕事をしているのか、と尋ねた。曲がニール・ヤングに変わったときだった。

彼女は、軍隊にいたと答えた。でも、今はそうではないと言う。それから、私は姉のことが大好きだったと語った。急に姉のことを話し出したのだが、私は驚かず、軽く頷いてみせた。

姉のシンディは、パティよりもちょうど十歳上だ。シンディは海軍の通信兵だったが、二十七歳のときに負傷して帰国し、以来ずっと病院のベッドに寝たまま、一年近くを過ごした。怪我の原因は弾薬の誤爆によるもので、訓練中に起こった。三人が死亡し、十数名が負傷した。負傷した中では、シンディが最も重傷だったらしい。鉄の破片が頭に当たり、それを取り出す手術が行われたものの、意識は戻らなかった。それでも、彼女は生きていたし、外見はまったく普通の状態に見えた。目は開いていても、視線は動かない。瞬《まばた》きをするだけだった。声にも音にも反応しなかった。脳波には異常がなかったので、視力と聴力が失われただけかもしれない、その可能性がある、という診断を受けた。だが、半年経過した時点で、躰のどこを触っても反応はなかった。

コミュニケーションを取ることは絶望的だった。それどころか、個人としての人格が生きているのかどうかも定かではない。そんな状況であっても、家族はシンディの回復を信じていた。隣町の病院へ移ったのが二カ月まえのこと。パティも、時間を見つけては、姉に会いにいくようになった。

病室ではただじっと姉の手を握り、傍《かたわ》らに座っているだけだった。最初の頃は無理にいろいろ話しかけた。その日学校であったことを話したし、ちょっとした愚痴も聞いてもらった。それらは、姉が元気なときにはけして話さなかった内容だった。パティは、姉のことが大好きだったが、何故かそういうことをこれまで直接表に出せなかった。姉は優等生で、両親の信頼も厚い。そういった部分に、若いパティは反発するしかなかった。だから、母に対するのと同じように、このずっと歳上の姉にも素直に接することができなかったのである。

姉が帰国して半年後に、両親が離婚した。母は以前から神経質だったが、姉のことでノイローゼになり、父との喧嘩が絶えなかった。結局、家を出ていったのは母の方で、父とパティが残された。父は厳格な人で、その後も何事もなかったかのように普通に仕事も生活も続けていた。

パティが学校を休むと、父に叱《しか》られた。

「そんなに仕事をすること、学校へ行くことが大事なの？」という言葉をパティは何度も呑み込んでいたが、あるとき一度だけ父に直接ぶつけてみた。父の答は、「私は、そう思う」だった。

家を出ていこうと考えたが、どうしても踏ん切りがつかない。生活費はバイトをすればなんとかなると考えた。出ていけない理由は、姉のことがあったからだ。家を出ても、病院へ見舞いにいくことはできる。けれども、それでは家を出る意味が半減するようにも思えた。もっとずっと遠くへ行きたかった。今の生活をすべて切り捨て、家族の誰にも会わないような遠くへ。できることなら、この国を出ていきたかった。ほかのことは、どうでも良いが、姉だけが「置き去り」になるように感じられたのだ。

だが、ついにその決意を固めるときが来る。その朝、パティは学校へは行かず、姉に会うために病院へ立ち寄った。彼女の決意を後押ししたのは、前夜の夢だった。ベッドのシンディが瞬きをしている。それをじっと見つめているうちに、その瞬きの間隔が三回ごとで変化することに気づいたのだ。短い瞬きが三回、長い瞬きが三回、そしてまた短い瞬きが三回、しばらくインターバルを経て、再びそのパターンが繰り返された。

パティは、子供の頃に姉から教えてもらったモールス信号を思い出した。短い三音はアルファベットのS、長い三音はOだ。だからそれは、SOS。ほかの信号は忘れてしまったけれど、それだけは覚えていた。

SOSに気づいて、シンディの手を握ると、彼女は妹の名前を瞬きの間隔で伝えてきた。夢の中だったので、何故かパティはモールス信号が解読できた。だから、また手を強く握って、YESと答えた。シンディは生きている。考えることができるのだ。

そしてそのあと、姉は別の信号を発信した。それを解読して、パティは驚いた。シンディは、どうか自分を殺してくれ、と言うのだ。最後のPLEASEの途中で、パティの目から涙が溢《あふ》れ始めた。シンディはそのセンテンスを幾度も繰り返した。

KILL ME PLEASE

姉の手を握りながら、パティは泣いた。シンディの瞬きは止まらない。ずっと続いていた。

わかった。

姉さん、わかったよ。

手を握って、その信号を送った。そこでその夢から覚めた。

どうすれば、姉の願いが叶えられるだろう、と朝まで考えた。さらに、自分がこのさきどうすれば良いのかも考えた。

姉の躰は、機械にコントロールされている。装置のスイッチを切れば、姉は死ぬだろうか。でも、それは不確かだ。急に死亡することはないかもしれない。呼吸は自分の力でしているのだし、血液だって心臓によって送り出されている。できないのは、食べることだけ。それは、口や喉の筋肉が動かないからだった。胃の中へ管が通じていて、流動食を送っている。内臓は機能しているのだ。その管がどれなのかも、パティは知っていた。だから、その管の中に、姉の願いが叶う薬を混入すれば良い、と考えた。真っ先に思いついたのは睡眠薬だった。でも、どうやったら、それを入れることができるだろう。

結局、何も準備ができないまま、彼女は病院まで来てしまった。シンディの傍らに座り、じっと見つめた。シンディはときどき瞬いたけれど、モールス信号ではなかった。読み取れない。手を握ってみたが、瞬きのパターンに変化はなかった。

部屋の奥にある機械も見る。シンディの躰にコードと管が何本かつながっている。モニタに緑の波形が二種類。それから、刻々と変化する数字が幾つも表示されている。

一定だった。

なにもかも一定だ。まるで自分の生活と同じ。むしろ、辛いことがある自分の方が、姉よりも苦しんでいる、ともいえる。そうだ、病気なのは私の方。死にたいのは自分の方ではないか、と思った。

この時刻は、病院の外来は慌ただしい。医師や看護師が病室へやってくるのはまだ一時間もあとだ。パティはそれを知っている。学校へ行くまえに、病院にぶらりと寄ってしまうことが多かったからだ。今日も、いつものように病院の裏口から入り、非常階段を上って直接この病室まで来た。誰とも顔を合わせなかった。誰も自分を見ていないだろう。

家を出るときに、ショルダバッグを持ってきた。自分のキャッシュカードを持ってきた。現金は僅かだけれど、すべて持っている。一番好きなサンダルを履いてきた。二年まえの誕生日にもらった姉からのプレゼントだった。家に残っているもので、惜しいものはない。本当は自分さえも惜しくはなかったけれど、でも、まだ見えない未来に懸けてみる手もある。夢のことは夢だとわかっている。だけど、夢を見たのは自分なのだ。あんな鮮明な夢は、これまで見たことがなかった。無意味なはずはない。

パティは、立ち上がってドアまで行く。少しだけ開けて、外の様子を窺った。それから、またベッドへ引き返すと、今度は椅子に座らず、シンディに覆い被さるようにして、彼女の頬にキスをした。顔に綿埃《わたぼこり》がのっていた。それを払い、顔をタオルで拭いてやった。そのあと、シンディの鼻を摘《つま》み、口を塞《ふさ》いだ。

しばらく、その静かな力の時間が続いた。

姉はなにも抵抗をしなかった。三回痙攣《けいれん》があり、三回めはとても弱い痙攣だった。

静かになったので、そっと手を放してみた。もうシンディは息をしていない。じっと動かなかった。モニタを見ると、二つの波形が直線になっていて、赤いランプが点滅していた。

パティは、急いで病室を出た。非常階段へ走り、そこから外へ出た。ドアの窓から通路を窺っていると、慌てた様子でやってくる白衣の女が見えた。彼女がシンディの病室へ入ったのを見届けてから、パティは階段を駆け下りた。

これでもう、どこへでも行ける。

自分は自由になった。

駅まで急ぎ、初めて乗る電車で北へ向かった。カナダまで行けたら良いな、手持ちの金でなんとか行けるだろう、と考えた。朝ご飯を食べてくれれば良かった。冷蔵庫の中に、昨夜残したヨーグルトがあった。あれを食べてくれれば良かった。それを思い出したことが、妙に可笑《おか》しかった。

車窓の風景を眺めていたが、いつの間にか、ピントはガラスに映った自分の顔に合っている。その顔は、姉にとてもよく似ていた。

ベッドに横たわるシンディを、いったいどのくらいの時間、私は眺めていただろう、と考えたとき、私は、完全にシンディと同化していた。それは、鉄道のターミナル駅で降りて、行き先もしっかりと見ずにバスに乗り込んだときのパティとシンディだった。

鉄板の硬さと冷たさが伝わってくるシートに躰を納めた瞬間、軍用トラックの荷台に座ったときのことを思い出していた。実弾の入った銃を肩に立て掛けていた。しかし、今は窓の外には知らない街があって、大勢の人間が無防備に歩いているのが見えた。誰もこちらを見ていない。ここから機関銃を向ければ、一分で数十人を殺すことができるだろう。バスは空《す》いていて、乗客が数人乗っただけで発車した。

パティが病室へ見舞いにきてくれたのは、百回よりは少ないはず。平均すれば、一回はせいぜい一時間程度。ということは、私を百時間も見ていなかったことになる。つまり、連続させれば僅かに四日。

じっと自分の姿を妹の目を通して見る。その躰が人形に見えた。プラスティックの人形ではなく、もう少しぐにゃぐにゃで、自立できないような、そう、糸の切れた操り人形みたいだった。思わず天井を見上げてしまいそうになる。あの病室は人形を仕舞っておくための箱だったのではないか、という連想。バスの中にいる今の自分も、糸が緩んだ人形かもしれない。自分の腕が肩から垂れ下がっていて、その重さを急に感じた。この手が、私の鼻と口を塞いだのだ。人間の力を込めて。人形にはできないこと。

パティは、あのときの力を思い出す。

手を握り締め。

喉に上がってくる息を押し止め。

その手を自分の口に当てる。パティの口も、この手で押さえてしまえば良い、パティの息も止まれば良い、とシンディは思った。けれども、今はそんな力が残っていない。腕はだるく、後頭部がじんじんと痺《しび》れていた。二人の意思が交錯していたからだ。目を閉じて、じっとバスの振動を受け止める。

揺すられている躰は、誰のもの？

私は誰のものでもない？

バスが停まった。目を開けると、交差点の信号だった。

横の車線に停まった車が、ガラス越しに見下ろせる。黒いジープのような車で、その後ろのウィンドウが開いた。白い顔の女が、大きなサングラスをかけていた。唇が赤い。細い手が現れて、そのサングラスを外す。赤い目が、こちらを見ている。

パティはショックを受けた。

その女の目をじっと見返す。

赤い目の女は、微笑んでいるように見えた。その顔をゆっくりと左右に振った。

何だろう？　何を言っているのか？

パティは急いで立ち上がり、バスの窓を押し上げた。

「何？　何なの？」大声で叫ぶ。

信号が変わり、周囲の車が動き始める。

赤い目の女は、まだこちらを見つめている。口は微笑んだ形。その口が動く。

「貴女は、シンディよ」

そう言った。たしかにそう言ったように、見えた。

黒い車は先へ行ってしまった。

窓を閉める。車内を見回す。乗客がこちらを見ていたが、すぐに顔を逸らせた。シートに座り直し、ショルダバッグの中に手を入れる。病室にあった姉の持ち物が入っていた。小さなケースにまとめられていたので、そのケースごと持ってきた。身分証明書、免許証などがある。パスポートもあった。シンディは眼鏡をかけていた。その眼鏡もケースの中にあった。パスポートの写真は、ずいぶんまえに撮ったもので、今の自分にとてもよく似ていた。眼鏡をかければ、もっと似せられるかもしれない。

シンディになろう、と私は思った。このパスポートで国外へ行けるはずだ。

急に躰が自分のものになったみたいに温かく感じた。生きていることを思い出したのかもしれない。長い間なかった明確な希望が、自分の手の中に今はあるようにも感じられた。

「生きよう」

握りしめた自分の手を口に当てて、その言葉を自分のために呟いた。でも、自分が本当に自分なのかという不安は完全には消えない。

次のドライブインのような場所でバスを降りた。ハイウェイバスに乗り換えることができる、というアナウンスがあったからだ。でも、ハイウェイバスは料金が高い。だから、ヒッチハイクをすることにした。ゴミ箱に捨てられていた箱を壊して、そこにペンで文字を書いた。サインペンしか持っていなかったから、塗り潰すのに時間がかかった。あまり目立たない。読んでもらえるだろうか。行き先はどこでも良かったから、「北へ」と書いた。

車の速度が遅くなるカーブの脇で、私は段ボールのカードを持って立った。徐行してじっとこちらを見ていく車もあった。何台めかで、停まってくれたのは、日本人らしい男性が運転する車だった。助手席に乗り、シートベルトを締めた。お互いに自己紹介をする。私はシンディと名乗った。彼は、サケカワだという。

しばらく走ったあと、インタでハイウェイから一旦降りて、ドライブインに入った。そこで彼が飲みものとデザートを奢《おご》ってくれた。親切な人だ。とても優しい話し方をする。きっとインテリだろう。仕事をきいてみたら、小説を書くことだという。小説って、私は読んだことがない。どうやって書くのだろう、と思ってまた尋ねた。でも、私の質問の意味が伝わらなかったみたいだ。彼は、キーボードで書くと答えたのだ。

地図があったから、それを見せてもらった。彼は、ドライブをしているだけで、特に行き先は決めていないという。私が行きたい所へどこでも行くと言う。あまり親切だから不気味に思ったけれど、この際だから、私はナイアガラの滝が見たい、とお願いをした。あそこは人が大勢いるから、危険なこともないだろう、と考えた。

「ナイアガラの滝？　それは無視できないほど遠いんじゃないかな」

「駄目ですか？　無理だったら、もちろん可能なところまでで、途中で降ろしてもらいます。できるだけ北へ行きたいので」

「どうして北へ？」

「この国を出たいから」

「どうして出たいの？」

「うーん、それは、ちょっと難しい理由なんです。私にとってはシンプルなんだけれど、説明するのが難しいっていう意味です」

「いや、強く知りたいわけじゃないよ」彼は微笑んだ。「煙草を吸っても良い？」

「私も吸いたい。あ、でも、忘れてきちゃった」

「ああ、どうぞ」彼は、ジャケットのポケットから煙草を取り出し、それを振って私の方へ差し出した。

「嬉しい。どうもありがとう」一本を抜き取った。

彼も煙草をくわえて、ライタで火をつける。そのライタを借りて私も火をつけた。

姉は煙草を吸わなかった、という記憶が煙と一緒に胸で膨らんだ。

「シンディは煙草が嫌いだったわ」

「いつから好きになったの？」

「あ、ええ、ほんの最近。その、煙草が嫌いだったシンディは、もういないの」

「どうして？」

「私が殺したから」

「自分の一部を、どうやって殺したの？」

「うーん、えっと、口を塞いで、息ができないようにして……」

彼は笑った。そして、「それは、気の利いたディテールだ」と言った。

「ディテール？　どういうこと」

「うん、まあ、物語の細かい描写という程度のこと。あらかじめ、きちんと考えていないと、咄嗟《とっさ》には思いつきにくい、そういう感じがした」

「だって、本当のことだもの」

「本当って？」

「私にとって、本当ってこと」

「ああ、ならば、問題ないね。だけど、呼吸ができなくなったら、全部が死んでしまうよ」

これは、まずいかなと思って、私は黙っていた。見ず知らずの人間に話すようなことではないかもしれない。でも、今から嘘をついても遅い。上手にカバーができるとは思えなかった。この日本人は頭が良さそうだ。嘘がばれて、怪しまれたりしないように気をつけよう。

また車に乗って、同じハイウェイを走ることになった、北へ向かって。

「あの、音楽を聴いても良いかしら？」

「音楽？　ああ、ラジオのこと？」

「ええ……。それとも、話をしていた方が良い？」

「いや、音楽をかけても、話はできるよ」

ラジオのスイッチをつけて、私は音楽を選んだ。一番楽しそうなリズムにする。溜息を隠すくらいには賑《にぎ》やかなもの。少し暑かった。車の中は外よりも温かい。

「窓を開けても良い？」

「高速だから、少しにした方が良いかもしれない。ああ、僕が開けるよ」彼がスイッチを操作してくれた。「これくらい？」

冷たい空気が、ガラスの上に開いた隙間から入ってきた。首筋に当たって気持ち良かった。その空気が、地球のどこから来たのか、と考えたとき、私の大部分が拡散し、その車の外に飛び出していった。ハイウェイを走るその車を高いところから見ることができた。ああ、窓なんか開けるから、私は漏れ出てしまったのだ。いつの間にかガスになっていたんだ、と後悔する。

プロトコルが私にぶつかった。

短い波長の信号だった。

「お母さんが危篤です」

「え？　誰のお母さんが？」

「貴女は誰？」

「私は、えっと、シンディ、いえ、本当はパティ」

「違う。貴女じゃない」

信号は、先を急いでいるようだった。

その信号を追いかけながら、母のことを考えた。今頃は、きっと恋人と一緒に、別荘のテラスにでもいるのだろう。金持ちの恋人だと聞いたのだ。金持ちは別荘を持っている。それくらいの想像しかできない。母は酒が好きな人だった。テラスで酒を飲んでいるにちがいない。

「ごめんなさい。許してね。もう、ここにはいられないの。貴女も、いつかはここを出ていくのよ。自分の人生を生きるの。我慢をする必要なんかないんだから。自分の人生でしょう？　少しでも楽しまなければ、神様になんて謝ればいい？　そうでしょう？」

けれども、きっと、その恋人とも別れることになるだろう。とっくに別れているかもしれない。どうしても上手くいくとは思えなかった。

「貴女は何事にも楽観的すぎる」それは、シンディが母に対して直接言った台詞だった。ずばりそのとおりだとパティも思った。

信号は、たちまち十マイルを飛んで、同じハイウェイを北上する黒い車に近づいた。あのときの車だ、とすぐにわかった。

運転している男の胸のポケットで携帯電話が振動する。男は後ろの座席を振り返った。そこに座っているのは、サングラスをかけた美女だった。男は電話のモニタで自分の妻からのメッセージを確かめた。妻の母は以前から入院していたが、いよいよ危ない、という知らせである。まったく予期しなかったことではなかったものの、タイミングが悪い。舌打ちしてしまう。しかし、事情を説明する以外にない。男は後ろのシートの雇い主にそれを説明した。

「ええ、大丈夫よ」彼女は簡単に答えた。「今、どの辺りにいるのかしら?」

「もうすぐ、ナイアガラの滝です。あと、三十マイルほどですね」

「では、そこまでお願いします。そこから、貴方は戻れば良いわ。それならどう?」

「ありがとうございます。助かります」

「私は、なんとかします。タクシーを使うこともできるでしょう」

「ええ、できると思います。本当に申し訳ありません」

「お母様は、どんなご病気なの?」

「胸の病です。癌《がん》だと思いますが」

「では、食道と気管の分岐の筋道を想像して、さらに気管の奥へと入るイメージを持つことです」

「え？」

「気体となることで、その観察が可能になるからです。実際にご覧になったら、理解できましょう」

意味がわからなかった。そして、その感情を共有することで、私は既にこの運転手になっていた。私は前を向いている。車は高速で走っている。道はほとんど真っ直ぐで、中央寄りの車線を進んでいた。周囲の車よりは速い。制限速度を十五マイルほどオーバしているが、危険を感じるほどではまったくない。

音楽が耳に残っていたけれど、今は走行音だけ。後ろの女との会話もほとんどなかった。こちらが話しかければ答えるが、向こうから話しかけてくることはなかった。なにしろ、この女は声が非常に小さい。もしかしたら、声が出ていないのかもしれない。ただ、なんとなく言っていることが伝わってくる。考えてみると不思議だった。英語を聞いた覚えもない。どんな言葉を使っているのかさえわからなかった。ただ、意味が直接理解できるのである。

市営の博物館に勤務していた頃の上司から、昨夜遅く突然電話がかかってきた。車で送ってほしい人物がいる。とても重要な人で、信頼のできる人間にしか頼めない、と。そのほかにも、いくつかの条件を聞いた。報酬は破格だったし、簡単な仕事だから、すぐに引き受けた。車はレンタカーだ。後部座席が広い車種を選ぶように、と指示されていたからだ。約束の場所で待っていると、女が一人で現れた。

ほっそりとしたマネキンのような美女で、年齢はおろか人種もわからない。小さな顔に大きなサングラスをかけていた。最初にそれを外したときにびっくりした。目が赤いのだ。そんな目の人間を見たことがなかった。しかし、この頃は色のついたコンタクトレンズがあるらしい。そんな話を聞いた。たぶん、そういう今風のどぎついファッションなのだろう、と思った。

待ち合わせたのは、科学博物館の一室で、人体がテーマのエリアだった。骨格、神経、筋肉、内臓、脳、そういったものが模型や映像、あるいは実物のアルコール漬けで展示されている。おそらく、この女性は学者なのだろう。それが私の第一印象だった。でなければ、副館長からわざわざ電話がかかってくるはずがない。当然ながら、その上司もそこにいるものと思った。しかし、いたのはその女が一人だけ。何の説明もなかった。ただ、トロントまで行きたい、と彼女は言った。

そのとき、奇妙な感覚があった。彼女の言葉が耳では聞こえなかったのだ。彼女の口はたしかに動いた。魅惑的な小さな唇だったから、私はそこを見ていたのだ。ええ、わかりました、と答えると、彼女のその口が微笑む形になった。

それだけだ。自己紹介もなかった。たぶん、秘密なのだろう。ただならぬ雰囲気があることも感じ取れた。着ているものが特別だったのでもない。ただ、彼女の人間としての完璧さに、私は圧倒されていた。あまりにも滑らかな頬、そして顎から首へのライン。信じられないほど美しい。生きている人間とは思えないほどだ。

私は、かつてこの博物館の職員だった。職員といっても、仕事は主に館内の掃除、荷物の運搬、展示の補助、そして機器などの修繕だった。二年の契約で働いた。真面目に働いたので契約は継続となり結局四年間いた。でも、二度めの更新は行われなかった。これまでの人生で、ここに勤務していたときが一番良かった。安定していたという意味だ。そのときに結婚もできた。今の妻がそうだ。彼女は看護師だ。

妻の母親は、まだ六十になったばかり。妻は一人娘で、しかも、父親は彼女が小さい頃に死んだから、母娘二人で生きてきた人生だった。母親の病気をいつも自分のことのように心配している。やはり、できるだけ早く戻った方が良いだろう。

だから、肺の奥へと進む暗いトンネルを私は突き進むしかなかった。少しずつ、周囲の色に変化があった。ゆっくりとした周期で、トンネルの壁は脈動を続けているけれど、ときどき不規則にそれが弱まる。ひんやりとした空気が脈動に合わせて通り抜ける。私はそれに促され、次第に細い分岐の中へ、選択する暇もなく押し込まれていった。女の声ならぬ声がどこからともなく聞こえてくる。それは、すり抜ける空気の摩擦音が重なったもので、笛のようでもあり、鈴のようでもあった。

「そう、そこです。見える？」

「いえ、よくわかりません。どこですか？」

「貴方は、何をなすの？」

「いえ……、わかりません」

「もうすぐわかります」

第6章
虚数のように軽やかに

た「滝が見たいわ」彼女は僕を見て言った。冷たい視線だった。。

彼女の後ろには、空しかなかった。青い空に、白い雲が下から膨らもうとしている。デッキの端に置かれた小さな白いテーブルに飲みものが置かれている。ただ、彼女の椅子はそのテーブルから幾分離れていて、手を伸ばしてももうグラスを取ることはできない。このデッキは、崖に迫り出して作られている。彼女はその一番端にいた。手摺がなかったら、とてもそこにはいられないだろう。

僕は、テーブルの反対側に立っていた。空が見えているうちは良いけれど、手摺より下に地上の景色が見えるのは気持ちが悪い。自分が立っているこの位置だって、板の下にはもう地面がないのではないか。そういうことを思い出したくないから、端には近づかないようにしていたのだ。

「どうして、滝を見たいのですか？」あまりに馬鹿馬鹿しい質問だ。しかし、礼儀としてきいた。女性には優しくあらねばならない。これは僕のモットーだから。

「そもそも、どうしてあんな段差があるのかって、思いません？」

「段差？　ああ、滝の上と下の？」

「ええ、そうよ。どう言ったら良いのかしら……、そうだわ、つまり、もっと普通に流れる道がありそうなものじゃありませんか。そう思いません？」

「珍しいものだからこそ、観光地になったりするのでは？」

「あれは、川ですか？」

「滝は、ええ、川か湖ですね」

「海にはどうして滝がないの？」

「それは、そうですね、なさそうです」

「海にだって段差があっても良さそうなものでしょう？」

「昔はあったかもしれませんね」

この話はいつまで続くのか、と僕は心配になった。ところが、ここで急に話題が変わった。

「地面にも段差があります。ほら、たとえば、ここよ」彼女は後ろを振り返った。ここの断崖絶壁のことを言っているらしい。「ね？　ここみたいなところに水が沢山流れてきたら、滝になるでしょう？　だけど、そういうお話はもうよしましょう。私、貴方とお話がしたかっただけなんです。退屈でした？　そういう顔をなさっているわ」

「いいえ、とんでもない」僕は笑った。これは正直に面白かったからだ。少なくとも、滝の話よりは。「退屈ではありません。いえ、あ、つまり、これが退屈というものなのかもしれませんが、もしそうだとしても、僕はこの状況が嫌いではないのです」

「まあ、理屈っぽい方なのですね。見かけとは大違い。どうしてこちらへ？」

パーティに招かれた理由を質問されたものと判断して、僕は、この屋敷の主《あるじ》が自分の父親の親友だったことを話した。

「お父様は亡くなられたの？」僕が過去形で話したから、彼女はそう受け取ったようだ。

「いえ、生きてはいるのですが、もう、その、寝たきりというか、人と会って話ができるような状態ではありません。まあ、限りなく死んでいるのに近いといいますか」

「ああ、それは、お気の毒に……」彼女は目を一度閉じた。

再び目を開けると、顔を横へ向けて、遠くの風景を眺める素振りを見せた。しかし、なにも見ていないことは明らかだった。おそらく、空間ではなく時間的な対象に視線を向けたのだろう。

「私の娘も、実はそうなんですよ」

「え、どういうことですか？」

「寝たきりなんです。怪我をしましてね」彼女は自分の頭の後ろに手を触れた。「軍隊にいたのですが……」

「ああ、それは不幸なことですね。でも、お若いのだから、回復される可能性も高いでしょう」

「ごめんなさい、この話も、うーん、あまり良くないわ」彼女は首を振り、速い溜息をついたあと無理に微笑んだ。「もっと楽しいお話がしたい」

「僕もです。あの、お名前をおききしてもよろしいでしょうか。僕は、サケカワと言います」

「サケ・クーワ？　ああ、とても発音できそうにないわ。私はクーパです」

「ミセス・クーパ……」

「いえ、クーパは、私の両親の姓です。今は結婚しておりません」

「失礼。では、ミス・クーパ。こちらへはお一人でいらっしゃったのですか？」

「一人です。あちらの部屋は賑やかすぎて、私には、どうも……。一人がいいんですよ。寂しい方が好き」

この屋敷の主とは親友だ、と彼女は語った。若そうに見えたが、話をしているうちに、僕よりも一回り以上歳上だろう、と認識した。たぶん、五十を越えている。ただ、老けているという印象は微塵もない。若さを残しているというよりも、現在のバランスが良い。おそらく、若いときよりも今の方が魅力的なのではないか。そんな雰囲気の女性だった。どことなく、陰があるのは、その娘の不運のためかもしれない。しかし、陰があることでコントラストが際立ち、一つ一つの表情あるいは仕草に一層の深みが感じられた。

飲みものを新しくするために、僕は一度部屋の中に戻った。彼女の分と自分の分を用意してデッキへ出ようとしたとき、ロビンス卿が出入口に立っていた。

黄色い目をした白髪の紳士だ。見た目ではまるで年齢がわからないが、人から聞いた話によれば、七十年まえには既に名の知れた人物だったという。この屋敷は、彼の別荘だ。パーティがあるときにしか主人はここを使わないのに、住み込みの使用人が十人以上も暮らしているらしい。

「ミス・クーパが外にいる」目を細めて、彼は言った。老人の声とは思えない歯切れの良い低音である。

「ええ、僕は、飲みものを運ぶ役目です」

「役目はそれだけですかな?」

「話し相手が欲しいとおっしゃっているので、僭越《せんえつ》ながらおつき合いしようかと」

「うん、君は適役だ。私が想像するに、彼女、明日は君をドライブに誘うだろう。面倒を見てやってくれ、頼む」

「あ、ええ……、それはかまいませんが」僕は一度は頷いたが、そのまま首を傾げてしまった。「あの、どうしてですか?」

「彼女は、私の支えです」ロビンス卿は、澄ました表情でその台詞を語った。

あまりにストレートな、そしてストイックな表現に、なんと応えて良いものか思案しているうちに、彼は微笑み、僕の肩を軽く叩いてから、部屋の中央へ戻っていく。僕は、彼のその後ろ姿を追うことしかできなかった。ロビンス卿は途中で立ち止まり、振り返って、黄色い瞳でじっと僕を見つめた。そこで彼は、声を出さず、口だけを動かした。その動きは、「彼女には君が必要だ」と僕には聞こえた。

彼の言葉の意味を考えながら、僕はデッキへ出ていく。風は弱くはないが、日差しの暖かさが適度に溶け込んでいて、気持ちが良かった。ミス・クーパは、幸いなことに、同じ場所に座っている。バックの空は、近づきたくないほど青い。さきほどとなにも変わっていないように思えたが、一点だけ変化があった。

彼女が泣いていたのである。

それは、すすり泣くのでもなく、また目を赤くするのでもない。ただ、潤《うる》んだ目。そこから零れる涙の筋。もしかしたら、彼女は自分が泣いていることに気づいていないのかもしれない。目を擦るわけでもなく、頬を拭《ぬぐ》うようなこともしなかった。

僕は立ち止まっていた。呼吸も止めていた。しかし、一呼吸のあと、勇気を出して彼女に近づいた。

「なにか僕にできることがありますか？」

彼女は口の形だけで微笑んだ。目は泣いたままだ。

グラスを手渡すと、白い手がそれを受け取った。僕は多少ほっとした。いずれにしても、飲みものを運んできたことが、今の僕の使命といえるものだったからだ。そして、次は何を話しかけようか、と考えた。

「今そこで、ロビンス卿と話をしましたよ。貴女は、僕にドライブに連れていってほしいと言うだろう、と彼は言いました」

「私をドライブに連れていって下さらない？」彼女は、表情を変えず、当然のようにその台詞を言った。

「どちらへ行きたいのですか？」

「そうね……」ミス・クーパは後ろを振り返った。「どこが良いかしら」

僕も、彼女の視線を追う。吸い込まれるような引力が、手摺の外側で待っている。僕の視線はその力で捩じ曲げられ、岩を掠めるようにして垂直に落下する。黒い森が近づき、あるいは緑の牧草地が広がる。点々と白い小さな建物が一瞬見えたけれど、あっという間に地面に到達してしまう。振り返って反転すると、眩《まぶ》しい空が半分、あとの半分は岩のシルエット。そんな魅惑の幻覚に、僕は躰が浮き上がるような感覚に襲われた。誰かが、僕を上から糸で吊っているような不思議な体感。

そうか、今のが、滝の水だな、と思った。

「やっぱり、それが良いわ」彼女の言葉が届く。

煙のような摑みどころのない思慕《しぼ》と、さらには、懐かしさと引き換えにして奪い取った現在の理性。そういった秩序の危うさが、僕の中で蠢《うごめ》いたのかもしれない。誘発させた彼女の視線は、僕を捉えていたわけではない。もっと遠いどこかに焦点が合っている。

何故か僕は慌てていた。精神活動が活発になり、電光のように思考が巡った。どうしても振り返らなくてはならない。その強迫観念。僕は抵抗した。でも、結局は振り返って、レンガの壁に一つだけ残っている窓を見た。いずれ、その窓も消えてしまうだろう。最後の窓といえる存在。

白い窓枠はスチールで、分厚い塗装が生み出す円《まろ》やかさによって、逆にガラスの軽薄さを際立たせていた。その窓こそ、もう誰も信じられないほど罪深い。なにしろ、人間の欲望のすべてを透過させてきたし、清らかで道徳的な光を常に反射させてきたからだ。無実の色に染まった空を、わざとらしく今は見せていたけれど、そこには、黄色い瞳があって、じっとこちらを窺っている。その目の光だけは透《す》かしている欺瞞《ぎまん》の窓だ。

あの目の光は、興味、詮索《せんさく》、嫉妬《しっと》、遺恨《いこん》といった人間のごく平凡な精神現象によるものではない。僕に理解できるのはそれだけだった。それだけは確かだ、と思えた。そんな下等なものではけっしてなく、もっと高貴でもっと深遠な原理に基づく活動、すなわち、生命の有無を越えて、有史の時空を離れて、さらに原理的な「理」あるいは「解」の根源に迫る、その力の元となるメカニズム。それは、別の言葉でいえば、「美の正義」にほかならない。

こういったことは、しばらく時間が経って初めて、どうにか言葉に還元できる。だが、その時点では、抽象された感覚的概念が自分の中に生じるのみ。感じることはできても、理解は易しくない。そういうものである。

ただ、僕には、それが大切なもので、逃してはならないものだ、という認識があった。当然ながら、日頃から僕はこういった価値の喪失に対して「恐れ」を抱いている人間なのだ。予感に支配されている自分の欲目を差し引いても、迷いを捨て、あるいは諦め、これに追従することを選択するのは必然というもの。

この夜、僕はかなり酒を飲んだ。ミス・クーパとは、日が傾くまえに別れた。彼女が屋敷のどの部屋にいるのか、僕は知らなかった。自分の部屋で、暖炉の炎を眺めながら、グラスを傾けた。ときどき、執事というのだろうか、この屋敷の使用人が部屋に入ってきて、氷を新しくしてくれる。薪《まき》も焼《く》べてくれる。孤独というものは、かように至れり尽くせりだ。

だから、その男に、明日は車を運転したいので、レンタカーを用意してもらえないかと頼んでおいた。明日も、ミス・クーパが存在するのかわからないし、彼女が存在しても、彼女の心が明日も今日の午後のままかどうか保証はないけれど、しかし、手は打っておく方が無難だろう。酔っ払いのくせに用心深いな、と自分でも呆れてしまった。

翌日、目が覚めたときには、もう太陽がずいぶん高いところにあった。食堂で一人コーヒーを飲んでいたら、ミス・クーパが現れた。スポーティな服装で、テニスでもしてきたのだろうか、と僕は思った。

「おはようございます。ミス・クーパ」僕は立ち上がって挨拶をした。

「あら、もうお昼ですよ。出発はいつ？」

「出発？」

「ドライブにいくのでしょう？」彼女は出窓の方へ歩く。そこから下を覗き込んだ。

「ほら、車が来ていますよ。貴方が用意したものだって聞きました」

「ああ、はい、そうでした。すっかり忘れていた」僕はとぼけた。実は、忘れてなどいなかった。ベッドで目を開ける直前から、胸に温もりを感じるほど期待していたのだ。「いつでも、かまいません」

「では、十五分後に」彼女は明るく言った。手を広げ、それを見せた。その手の中に、昨日の涙でも残っているのか、と僕は思い出してしまった。

玄関のロータリィでエンジンを暖めて待っている間、いったい自分は何がしたいのか、という考察を行うしかなかった。はっきり言って、自分には欲望という後ろ楯がない。そのうえ、ロビンス卿からは、明確に釘を刺されている。おそらく、ミス・

クーパはロビンス卿の愛人なのだろう。自分は、まったくの若造、しかも安全な若造だと認識されていて、気まぐれな彼女を、忙しい主《あるじ》に代わってお世話させていただく、という栄誉に与《あずか》ったわけである。

それでもまだ、僅かな温もりが、たしかに僕の胸の中にあったのだ。

それは、自分でもよくわからない。彼女の涙を見たせいなのか、それとも、彼女が涙を僕に見せたからなのか。あるいは、もっとまったく別の筋にある感情、たとえば、あの高いデッキから模擬的に経験した落下の白昼夢にも似た、密やかな興奮、未体験の悪戯《いたずら》、なんとなく新しくて、これまでについぞなかった感触を、僕は本能的に予感していたのかもしれない。求めていたのかもしれない。そう、少なくとも、そんな擬似的な納得に、僕は取り憑《と》かれたかったのだ。

だから、まるでダンスを踊るような気分で、僕は車を走らせた。助手席に座っているミス・クーパの腰に手を回し、彼女をリードしてステップを踏む、そんな光景が頭から離れなかった。丸い高いモザイクの天井が二人の上にある。ワックスの効いたフローリングには、ところどころにエナメルの跡が。歪《ゆが》みきれなかった丸いテーブル。消える能力を忘れた黒いボトル。反省を燃やして揺れるキャンドル。夜の匂いのするナプキンで口許を拭う紳士。そして、空に星の穴をあけた細いシガレットを持ったままの淑女。控えめのテンポのジャズが、香水、煙、笑い声、拍手に混ざる。テーブルクロスは歴史的な白さで、摩擦を感じさせる手触り。聞こうとしないと聞けない言葉が、夢の中にいるような粘性の空気を泳ぐ。

「ねえ、北極に大きな穴があいているっていうのは、本当?」彼女がきいた。

「北極の穴ですか。ああ、それは聞いたことがあります。実際に見たという冒険家がいたという」

「普通に歩いているうちに、そのまま穴の中に入ってしまうのよね。見上げると、空にも地面があるのでしょう? あれって、つまり引力のせいで落ちないのかしら。穴なのに、落ちていかず、地面にひっついたまま、穴の中に入っていくのよ、まるで蟻みたいに」彼女はそこで笑った。「そうだわ、蟻みたいだわ」

僕はその笑顔を一瞬だけ見た。初めてのことだった。笑い声も、笑った顔も、昨日はなかったし、それに、彼女にそういうものがあるとも想像していなかった。

「行ってみたいけれど、でも、この車では無理ね」

「無理ですよ、北極は」

それに、南へ向かっているのだ。彼女が、ナイアガラの滝を見たいと言ったので、地図を調べて、そちらへ向かうハイウェイを走っている。僕は、車の運転はあまり自信がない。車のこともよく知らない。どういう仕組みで、こんなものが成り立つのか、考えたこともないのだ。故障したら、電話をかけて助けを求めるしかないな、というくらいは考えた。レンタカーだから、整備はされているだろう。急に止まったりはしないはずだ。

ナイアガラの滝は、若いときに一度行ったことがあった。まだ学生だった頃だ。有名な観光地だから観光客で溢れ返っていた。僕自身は、そのときに初めてヘリコプタに乗った。覚えているのはそれくらい。風景にはまったく感動しなかった。想像のとおりのものが、ただ現実としてそこに存在するというだけだった。観光というのは、ようするに「確認式」とでも呼べる退屈な儀式なのである。

北極の穴の話の次は、アフリカのサバンナの生態に関する話題に飛んだ。その次は、ヨーロッパ諸国の戦後の対ドイツ政策について、さらには、水に溶け込んだメタンの有効利用について。驚くべきことに、ミス・クーパは大変な博学だった。否、知識を持っているというレベルに留まらず、自分の意見、あるいは将来への見込みなどが、言葉の端々に現れる。まったく恐れ入ったとしか言いようがない。もしかしたら、ロビンス卿を支えているというのも、僕が想像した意味合いとは根本的に違っているのかもしれない。たとえば、この女性がビジネスのパートナだとしても成り立つのではないか、と思い直した。

たまたま、職業を尋ねられたので、小説を書いていることを話すと、彼女はビクトル・ユーゴーの作品について語り始めた。残念ながら、僕はユーゴーを読んだことがなかったので、それを正直に打ち明けると、

「あら、そういうこともあるのね」と彼女は失笑した。「息は、吸わないと吐けませんけれど、でも、カスピ海の空気を吸わなくても、生きていくには支障はありませんものね」

「そう言っていただけると、少し気が楽になります」

「では、こんなお話はどうかしら?」

また話題が飛んで、彼女はローマ時代のある英雄の逸話を語り始めた。その英雄は、自分の戦車を二頭の虎に引かせていたという。馬よりも小回りが利き、加速が良い。なによりも敵の馬を怯《おび》えさせる。ところが、この虎はしばしば味方の兵まで殺してしまったので、彼の家来たちからも酷く恐れられていた。こんな話は聞いたことがなかったので、おそらく彼女の作り話だろう、と思いながら聞いていた。

「自分にとっては、なくてはならない武器なんです。あるいは、シンボルといっても良いわね。ただ、デメリットも無視できない。ついには餌を与えて面倒を見ていた者

も食い殺されてしまったんです。こうなると、彼は悩むことになるわ。どうするべきか。もう、その虎を戦車に使うことを諦めるのか」

「それは、なにかの比喩ですか？」

「そう思う？」

「少なくとも、どうすれば良いか、と問いかけるのならば、それは比喩でありましょう」僕は答えた。「その問いを聞き流して良いのならば、文字どおりの伝説にすぎません」

「的確なご意見だわ。これは、あくまでも伝説です。たとえば、二頭の虎は、彼の息子だったかもしれない。魔法使いのせいで虎の姿にされてしまったの。その魔法を解くためには、人を何人か食い殺さないといけないの。そうしないと、人間の姿には戻れないのです」

「その息子は、虎であるときにも、人間の心を持っているのですか？」

「さあ、どうでしょう。人間の心を持っていたら、人を襲ったりしないかもしれないし、いいえ、持っているからこそ、人間に戻りたいという一心で人を襲うのかもしれないし」

「そうですね、微妙なところですね。でも、兄弟二人ともが同じ意見だというのが、どうも人間らしくない気がします」

「もともと仲の良い兄弟だったかもしれませんよ。そう、比喩っておっしゃったわね。そうすると、こんなふうかしら。私も、魔法をかけられてこんな姿になっていますが、実は全然違う存在なのです。はっきりとは申せませんけれど、人間なのか、動物なのか、いえ、はたして生き物なのか、わかりません。ロビンス卿の愛する薔薇《ばら》かもしれないわ。あの方は、そう、人間よりも薔薇を愛していらっしゃるのよ。ご存知でした？」

「いえ、知りません。庭に薔薇がありましたか？」

「人には絶対にお見せにならないの。屋敷の一角に温室があります。そこで半日は過ごされるのよ。私は、まあ、その中でも一等立派な薔薇だったんです。でも、魔法をかけられて人間の女になってしまったの、しかもこんな年増に。意地悪でしょう？薔薇に戻るためには、何人かの殿方を食い物にしなければなりません」

「ああ、なるほど……」これには、さすがに笑ってしまった。「そうか。ロビンス卿が言っていたことと符合しますね」

「そうでしょう？　彼は私が薔薇に戻ってほしいのです。そのためには、貴方のような方が必要で、やきもきしながら、しかたなく託すしかないというわけね」

「しかし、薔薇に戻るよりは人間のままの方が良いのではありませんか？」

「そう、どうせなら、もう少し若い女にしてほしかったわ」彼女は笑った。「それだったら、人間のままの方が良いかしらって思うかも。だけど、結局は、若い女の方が早く薔薇に戻ってしまいますよね。男を食い物にする能力に長《た》けていますから」

「なるほど。ジレンマですね」

「というような比喩として考えてみたら、いかがです？　そう、つまり、英雄は虎をどうするべきでしょうか？」

「ちょっと待って下さい。あの、どうすることもできないのではないでしょうか。檻の中に入れてしまうのか、それとも、ジャングルに放してやるのか、ということですか？」

「可哀相だから、いっそのこと殺してしまうとか」

「でも、息子だったんじゃあ？」

「それはたとえばの話です」

「ああ、そうか、そのまえのところまでの話なのですね。難しいなあ」

「そうなの。どこまでの話かっていうのが、いつも一番難しくて大切なの。どこまでが認めなくてはいけない現実で、どこからは想像、それとも仮定の話なのか。考えていくうちにわからなくなりませんか?」

「夢の中で夢を見るみたいなネストになっていると、たしかに混乱しますね」

「そうなの、ああ、お話が通じて嬉しいわ。こういう話は苦手な方が多くて、いつもこんなに深い話はできません。とても素敵だわ」

さきほどまでの話は、果して僕に通じていたのだろうか。まったくその自信はなかったものの、ただ、ミス・クーパの話題の振幅については、ようやく把握ができた。大きく揺らいでいるようで、実のところ連想の軌跡が見て取れる。不思議なことに、その筋道は常に滑らかに連続していた。だから、ああ、そろそろまた大きく話題が変わるのだな、ということが直前にわかる。この連続性こそ正常と異常を分けるものだと僕は感じていたので、彼女の思考がいかに整ったものであるかを知ることになったのである。

「変な話をしていると思わないでね」と彼女はたびたび前置きをした。それは、ドレッシングのようにスパイシィで、かつ興味をそそる香りを伴っていたように感じる。

「貴方は、ナイアガラの滝で、たぶんもう一人の貴方に会うことになるのよ」ミス・クーパは指を一本立てた。「それは、布や紙にできる皺《しわ》のようなものなの。貴方ではない人が、貴方を理解しようとして、貴方になってしまった。その結果、貴方という存在にほんの少しの振れが起こって、それをこの時間や空間に定着させようとしたとき、どうしても皺が寄ってしまう、という結果なの」

「もう一人の僕に会う？」

「ごめんなさい。べつにもう一人だけいるという意味ではありません。もともと何人もいるけれど、別の自分に会う可能性は、存在面に皺がなければありません。アイロンをかけたみたいに、綺麗に伸びているならね。けれど、今は違う。今の貴方が、もう浮いてしまった方なのかもしれない」

「浮いてしまった？　あの、少し想像を超えている感じがしてきました」

僕は車の運転をしているから、なかなか彼女を見ることができない。このときは、でも、二秒くらい彼女の瞳を見つめたと思う。

「そう、そうかもしれません。簡単に理解ができるようなものではないでしょうから」

「もう一人の自分に会ったら、どうなるのですか？」

「どうなるか？　ああ、そうね、どうなるのかしら。私にはわからない」

「たとえば、お互いにびっくりするのですか？」

「いえ、少なくともそれはありません。だって、貴方はもう知っているのよ」

「向こうの僕も知っていますか？」

「ごらんなさい、同じでしょう？」

「え？」

「虎になった人間は、人間だったことを覚えているかしら？　それと同じ疑問なのよ」

鰍の理屈は理解できなかった。そうではない。正直に言うと、理屈はわかるのだが、前提がわからない。最初の条件がどこにあるのか定まらないので、いったい何に対してその理屈が成り立つのかわからないのである。

途中幾度か休憩をして、ナイアガラの滝に到着した頃には、僕は少々疲れていた。運転が長時間続いたからではなく、ミス・クーパの相手をしたことが原因だと自覚できた。頭脳的な緊張を強いられるし、なによりもこのあと、どんな時間が二人の間に展開するのだろう、といった想像が難しかった。読めないのだ。読めないことが落ち着かない。

そういった複雑な状況にあるにもかかわらず、僕は、彼女の予想どおり、別の僕にばったりと出くわしたのである。

こんなに大事な予測を、その瞬間にはすっかり忘れていたので、目が合ったときには、多少どきっとしてしまった。向こうも目を見開いた。ほんの少しだが。

とりあえず、もう少し接近し、小声で話ができる距離で向き合った。

「やあ」

「これは、どうも」

「君、と呼んで良いのかどうか疑問だけれど、とにかく、君に会うことになるって、ミス・クーパから聞いていたんだ。そちらは？」

「僕が？　何をきかれたのか、わからないが」

「つまり、僕に会うことを知っていた？」

「いや、知らない。こんなことってあるんだ。君は誰だ？」

「僕は君だ。見ればわかるじゃないか」

「そうか、鮭川だね。うん、思い出した。僕は、実は鮭川じゃない」

「そんな馬鹿な。いったい誰なんだい？」

「僕たちの友達さ。あ、つまり、ほら、いただろう、えっと……、医者の」

「ああ、あいつか。うん、あいつが僕に成り済ましているっていうのか？」

「それに近い。あいつが、鮭川の身になっているんだ」

「身になっている？」

「つぎつぎと、会う人間の身になって考えるものだから、こんな奇天烈《きてれつ》なことになっているんだ。一旦、他の人間の思考が混入すると、もともとの人間が時空から乖離《かいり》してしまう。一種のパラレルワールドというか、人格が時間を遡《さかのぼ》って上書きされるから、どうしても単身ではいられなくなる。ようするに、これはゴーストだよ」

「なるほど、ゴーストか」

「そうやって、言葉で納得してもらっちゃあ困るんだけれどね」

僕たちは、辺りを見回した。お互いに連れがあったはずなのに、今はいない。自分たちだけ。二人だけ、あるいは一人だけ。

「もしかしたら、こんなふうに話し合わない方が良かったかもしれない。見て見ぬ振りをして、ただすれ違っていたら、それで済んだんじゃないかな」

「まあ、そんな仮定の話をしてもしかたがない。それよりも、彼女はどこへ行ったのかな」

「彼女って?」

「君は、一人でここへ?」

「いや、えっと、彼女、どこへ行ったのかな……」

なんとも不思議な感覚に襲われた。たった今、見ていたこと、考えていたこと、感じていたことが、一瞬の瞬きの間に、突如として失われる。忘却というよりは、そもそもその存在、その概念さえなかったということが急速に認識に浸透する。

わかっていたものがわからなくなり、たしかに感じていたものが消えていく。この感覚は、夢から覚めたときに類似している。だとしたら、これは白昼夢か。

大きなサングラスの婦人が前方に立っていた。そのサングラスを外す。赤い瞳がこちらを捉えている。

弾かれた弦のように躰が震えた。

「貴方は、何をなしたのですか？」赤目姫だった。

「私たちは、ああ、いいえ、私は、二人の女性をこちらへ導きました」

「二人？」

「たしか、関係のある二人でした。でも、今は、もうとても思い出せません」

「そう……。では、貴方はこれから何を？」

「私たちは、いいえ、私は、その、たとえば、二頭の虎になるのかもしれない」突然思いついたジョークだった。

「なれるものにはなれます」赤目姫は頷いた。「ご自身の願望は、ご自身にとっては現実の未来」

現実？　未来？

はたまた夢か……。

崩れつつ霧散する精神のセラミクスも、遠く過ぎ行く美への懐柔の予感も、既に僕の網膜からは剝《は》がれ落ち、濁《にご》った水晶体の困惑と、苛《さいな》まれる血の赤黒い自戒と、さらには目前の美に生起する偶像の体験、それらの順列に差し伸べられる精美の指先が、そのまま僕の唇に触れることを、どれほど切望しただろうか。また、それはどれほど空虚だろう。

けれど、すべては叶わぬ断片にすぎない。

そうか、僕は生きていないのだ。そうにちがいない。

その最後の衝撃的な疑念も、僅かに一瞬のことだった。

生きていないのだから。

第7章
天知る地知る

ほぼ円形の月が、既に高い位置にあった。その不均質な表面の明るさは、形の完璧さと不釣り合いだった。つまり、深夜である。日中の灼熱《しゃくねつ》は、地面を覆う砂の粒子からは忘れられ、裸足で歩けばおそらく冷たいと感じる温度になっているだろう。大気も冷えきっている。ただ幸い、冷酷な風はなかった。上着を着ていればさほど寒くはない。深海を連想させる静かで穏やかな夜は、砂漠という芸術を秘匿《ひとく》するのか、それとも誇示するのか、そのいずれの解釈にも一理ある、とロビンス卿は考えた。

自分が立っている場所は、真上から見ると楕円《だえん》形の塔の屋上だった。長手方向で五、六メートル。周囲には鉄製の手摺がある。急なステップでここまで上ってこられる。手摺から見下ろせる砂の地表は、七メートルほど眼下にあって、ちょうど二階建ての屋根から見ているのに等しい。

普通ではない点は、周囲のどの方向にもまったく同じ風景が広がっていることだ。

起伏のない平坦で真っ白な大地に見える。実は歩いてみると起伏はあるのだが、影が現れるほどではない。緩やかで滑らかなのは、乾いた砂が急な傾斜では留まれないためだ。したがって、影はどこにもなく、少し離れるとまったくの平面にしか見えない。月がほぼ真上にあるので、この塔の影も視界にはなかった。手摺と自分の影だけが、足許に萎縮《いしゅく》していた。

ステップを上がってくる音に気づき、振り返ると、執事のウィリアムが出てくるところだった。彼はきちんと立ち、さらに一歩近づいたところで軽くお辞儀をした。

「温かいお飲みものをお持ちいたしましょうか？」

「うん……、あ、いや、もう下りていく。下で飲むことにしよう」

「かしこまりました」

ウィリアムは頷いてから、空を見上げた。

「いつもどおりの夜空だよ」ロビンス卿はそこでふっと息を吐く。笑い損ねたといっても良い。「いくら美人でも、毎日見ていれば厭きる」

ウィリアムは、地平線をぐるりと見回した。そして、背中を向けたところで止まった。

「どうした？」

「あちらに、なにか見えますが」

「どこだね？」

ウィリアムは腕を真っ直ぐに伸ばし、指差した。ロビンス卿は、そちらをじっと見つめる。小さい影がたしかに認められた。月明かりのおかげで遠くまで見渡せる。ただ、人工の光は一切ない。

「双眼鏡を持ってきてくれないか」

ウィリアムが下りていき、双眼鏡を持って再び現れるまでに、影は二つになった。ロビンス卿の黄色い目は、若いときから遠視だった。

「もしかして、昨日連絡がありましたドクタ・マタイでしょうか」双眼鏡を手渡し、ウィリアムが言った。「まさか、こんな時刻に、しかも陸路でいらっしゃるとは考えてもおりませんでしたが」

ロビンス卿はそれには答えず、双眼鏡を目標物へ向けた。影を捉えるのに時間がかかった。ほかになにもないので、レンズの中の映像が何処《どこ》なのか、実物と見比べることもできない。顕微鏡で小さな花粉の粒子を見つけるようなものだ。ようやく、目標を捉え、次に焦点を合わせた。

駱駝に乗っていた。二組である。ほかには、誰もいないようだ。荷物もそれほど多くはなさそうだし、武装している様子もない。顔はほとんど布に覆われているので、人相などはわからない。真っ直ぐこちらへ向かっていることは確かである。あと十分か十五分で到着するだろう。

「おそらく、ドクタ・マタイだ」ロビンス卿は言った。「準備をしておきなさい」

「お飲みものは、いかがなさいますか？」

「それは、客にきいてみなければわからない」

「いえ、失礼しました。さきほど、言いつかりましたものです」

「ああ……、それは良い。ドクタと一緒に飲むことにする」

二人が塔のすぐ近くまで来たところで、ロビンス卿は下りていった。塔の入口で出迎えるためである。地上に出ている部分はこの塔しかない。構造物の大部分は砂の中、つまり地下にある。

砂の上で出迎えた。駱駝から降りたドクタ・マタイと握手をし、中へ導いた。もう一人は若い男性で、ドクタ・マタイのアシスタントだと紹介された。彼は英語が話せないようだ。駱駝は、塔の外につながれた。入口をウィリアムが閉める。

「ここから北へ六十キロほど行ったところに河がありますが、それが、先週から流れが変わって、二百キロも遠くへ行ってしまったのです」ドクタ・マタイは説明した。

「その河へ軍の飛行艇で降りて、あとは自動車でここまで来る手筈《てはず》だったのですが、それでは時間がかかりすぎます」

「それで？　どうしたのですか？」ロビンス卿は尋ねた。

「ヘリコプタです。降ろしてもらったのが、そうですね、ここから十キロほどのところでした。そこに、地元の軍隊のキャンプがあります。生憎、整備された車がなく、駱駝を借りました」

「ここまで直接ヘリで来れば良かったのでは？」

「いや、それはちょっと……」

「何ですか？」

「ここの位置が知られてしまうのが、まずいのでは、と思ったのです」

「なるほど。そのお気遣いには感謝しますが、彼らは、ここのことは知っていますよ」

「ああ、そうでしたか」

「頭のおかしい科学者が、わけのわからない観測をしている、ということも理解しています。それが、理解というならですが」ロビンス卿は短く笑った。「さあ、どうぞ、下へおりましょう。お疲れのことでしょう」

「私に対しても、そうですね、まともじゃない、と思ったはずです。駱駝が戻ってこないことを恐れている様子でした。私たちではなく、二匹の駱駝が心配だったようで……」

通路を進んで、一層下にある応接室へ入った。ここには、唯一のソファがある。一般的なソファよりはずいぶん小さい。二人が座ると、躰を寄せなければならない。ドクタ・マタイとアシスタントはそこに座った。ロビンス卿は、簡素な木製の椅子に腰掛けた。

しばらくは、この構造物の規模と、観測の大まかな手法について紹介した。次に、ドクタ・マタイが、砂漠で行っている調査について語った。簡単にいえば、地面の移動と、その原因に関する研究だが、広い地域を対象にデータを集める地道な作業である。気の遠くなるような仕事だ、とロビンス卿は思ったが、それは自分がやっていることも同じかもしれない。自分のことになると、不思議に気は遠くならない。そもそも、人間が生きていることが、気の遠くなる現象に等しいからであり、自身の中には気が遠くなるネストを作らない、そんな自己防衛の本能によるものだろうか。

ウィリアムが、ようやく飲みものを運んできた。それぞれがカップに口をつける。ドクタ・マタイは、小さく溜息をついたようだった。今から、ここへ来た目的を話すのだな、とロビンス卿は直感した。実は、その理由はおおよそ予測がついたが、それでも自身の言葉でどのように説明するのか、という点に関しては大いに興味のあるところだったのである。

「私がここへ参りましたのは、サー・ロビンス、貴方のご意見が伺いたかったからです」

「意見を聞くだけでしたら、なにもこんな世界の果てまで来ることもなかったのでは？」

「いえ、それはやはり、こうしてお会いして話さなければなりますまい。それが、私の熱意というものです。どうかご理解下さい」

「熱意ですか、ええ、わかりました」

「まずおききしたかったのは、地球科学学会で数年まえまで毎年発表されていた、地殻の変動と表面観測の精度に関する一連のご研究についてです。私は、貴方の既発表論文をすべて読んでいます。どれも素晴らしい内容だと評価をしています。最初にそれを申し上げなければなりません」

「この分野では、ドクタ・マタイ、貴方はマイナだということです。私の研究はまったく認められておりません。客観的に見れば、それは明らかでしょう」

「ここ二年ほど、あの関連の研究が論文として発表されていないのは、何故でしょうか？　まさか、認められないからやめた、ということはありますまい」

「いや、それに近いですね」ロビンス卿は微笑み、そして頷いてみせた。「学会誌に発表すると、下らない反論が幾つも来ます。それに答える時間が馬鹿馬鹿しい。彼らには、観測したデータが自分たちの理論と食い違っているなら、それは観測が間違っている、という結論しかない。それでは根本からして議論になりません」

「その後も、やはり観測は続けられているのですね？」

「もちろんです」

「ああ、それは良かった。安心しました。それで、データはやはり、ご自身の予測を裏づけるものでしたか？」

「そのとおりです。まちがいありません。今は、以前に測定したところの再調査を行って、時刻歴を確認しています。そうすれば、これからどのようになるのかが、おおかた計算できるからです」

「多くの大地が、赤道に近いほど東へ動いていますね」

「一般的な傾向としてはそうです」

「その理由として、サー・ロビンスの理論は、マントルの対流の変動と推測されています。今でも、その推測を信じていらっしゃいますか？」

「そうですね、信じる信じないという問題ではありません。今のところ、それ以外に考えられない、というのが正直なところです」

「マントルの対流が変動する理由は、何でしょうか？」

「ああ、そこまでは考えていません。それは、そう、砂漠の大河が突然移動するのと同じ偶然です。世の中の万物は揺らいでいる。ちょっとした切っ掛けで、小さな安定を乗り越え、別の安定を求めて動きます」

「ここ数年、何度か天体の運動に計算誤差が生じているのは、ご存知でしょうか？」

「ああ、ええ、知っています。しかし、あれは原子時計の誤作動なのでは？」

「違います。時間の狂いだけでは説明がつきません。太陽の運行に僅かなずれが観測されています。いえ、つまり、これは地球の自転の変動です」

「地球の自転、うん、それはそうかもしれない。ああ、貴方がおっしゃりたいことが、わかりました」

「そうなんです。衛星を使って地表面の観測をしているうちに、私はこれに気づきました。地球の自転が、僅かですが、少しずつゆっくりと速くなり、その後急に遅くなる、という変動を繰り返しています。トータルで見れば、つまり平均すれば、自転速度としては一定です」

ドクタ・マタイは鞄を開けて、中からファイルを取り出した。彼は何枚もあるシートの中から一枚のグラフを選び、ロビンス卿にそれを差し出した。横軸は時間で、縦軸が回転速度だった。緩やかに上がったのち急激に下がる。これを繰り返すため、鋸《のこぎり》の刃のような波形が現れていた。

「驚くべきことに、周期も正確ですし、また加速度もほとんど同じです」ドクタ・マタイは説明した。それはグラフを見れば明らかなことだった。

「つまり、これは自然現象ではない、ということですか？」ロビンス卿は視線を上げて尋ねた。

「それは、あの……、いえ、わかりません。そこまで断定することはできません。ただ、私が言いたいのは、この運動によって、地表面のずれが生じているということです。実際に計算をしました。マントルには高い降伏値があるため、簡単にいうと摩擦がかなり大きい。ですから、小さな加速度では動かない。したがって、緩やかに増速しているときには、地表面はずれません。ところが急に減速したとき、大きな加速度による力が降伏値を超え、地球の表面が赤道上では東にずれます。この加速度は、実際に加速度計で測定ができます。各地の地震計にも察知されているのですが、同じ方向に一回だけなので、どうやらノイズとして処理されてしまうようです。もっとも、地震の加速度に比べれば、ずっと小さいので、もちろん人工物にも、また人体にも影響はありません。最も顕著に観察されるのは、潮の満干です。これも、データを調べました。それだけを観測している人たちは、単なる誤差、風の影響だろうというくらいにしか認識していませんが、この鋸の刃の波形と完全に一致します。場所によって時間的な遅れがあることと、地形による影響の大小が加わるだけです」

ドクタ・マタイの話は、そこで一段落した。彼は、北米大陸の西海岸と東海岸で観測された満干のデータをグラフ化したもの、そして、摩擦をパラメータにして慣性力による地表面の移動量のシミュレーション結果も、ファイルから取り出して見せた。ロビンス卿は、それらのグラフに視線を落す。しばらく会話はなかった。

ロビンス卿を襲ったのは、最初は驚きだったが、次第に、このマタイという人物への興味が大きくなっていた。その相手をちらりと見てから、彼はカップを手にしてコーヒーを飲んだ。もう熱くはない。こんな素晴らしいデータを見たのに、どうして自分の気持ちは熱く沸き上がらないのだろう、と思った。

歳のせいだといってしまえば、それまでのこと。しかし、それだけではないだろう。そう、こういった発想は、自分も十年ほどまえに持ったことがあった。だから、驚くようなものではない。ただ、それが実証されたということは、感慨深いという か、価値が認められるところである。その価値に対して、もう少し歓迎の念を抱いても良いのではないか。

「いかがでしょうか?」ドクタ・マタイは押し殺したような発声できいた。痺れを切らしたのかもしれない。

「大変に興味深い」ロビンス卿は即答した。「よくここまで調べられましたね。筋道が一貫している。反論の余地はないでしょう」

「ありがとうございます」彼はほっとした、という表情を見せた。しかし、すぐにまた真剣な眼差しをこちらへ向ける。「さきほど、自然現象ではない、とおっしゃいましたが、なにかお考えがあるのでしょうか?」

「実は、このような運動をしているのではないか、という発想を持ったことがあります。ずいぶんまえのことです。しかし、そのときは、あまりの馬鹿馬鹿しさに自分で呆れてしまって、そのまま確かめることもしませんでした。何故なら……」

ロビンス卿は、そこで言葉を切り、またカップを手にした。しかし、もうコーヒーは残っていなかった。ウィリアムを呼ぼうか、と迷った。

「何故なら?」ドクタ・マタイが話の先を促した。

「この種の運動が、自然現象として継続的に発生する確率は、極めて低い。それは、貴方もお気づきだと思います」

「はい、そのとおりです」ドクタ・マタイは頷いた。「しかし、では、人工的なものだとしたら、どのような可能性が考えられるでしょうか？」

「意図的なものと、そうでないものが考えられます。まったく意図しないものであるなら、それは、そう、おそらく工業的な生産活動として、地面に大きな反力を生じさせるような大型機械でしょう」

「ここまで大きな規模のものは、あの、考えられません。ちょっと計算してみたのですが、世界一というレベルの巨大な大砲が数千発同時に発射される、といったような加速度です。しかも、飛び出した砲弾をゆっくりと受け止めるような機構が必要になります。まあ、海に向かって打ち込めば、近いものになるかもしれませんが」

「それはもう、意図的なものになりますね。そのために開発された大型装置を動かしているのです。設計をすれば、可能ではありましょう。ただし、莫大なエネルギィが必要になります」

「考えられないような規模です。そうですね、数百万トンの質量をゆっくりと加速し、突然止める、というようなものです。その装置自体が衝撃に持《も》ち堪《こた》えられるでしようか」

「不可能ではない」

「もし意図的だとしたら、目的は何でしょうか？　地表面をずらして、何がしたいのでしょう？　新しい地図を売り込むのでしょうか？」ドクタ・マタイは尋ねた。最後のジョークは、さほど面白くなかった。

「いずれにしても、元が取れるような事業とは思えませんな」ロビンス卿は微笑んだ。

立ち上がって、壁際へ行く。ウィリアムを呼ぶためのベルがある。彼はその紐を引いた。音は、この部屋では聞えない。

「議論をするには、コーヒーが足りませんので」ロビンス卿は、振り返って言った。

しかし、ウィリアムが現れるまえに、異変が起きた。

ベルではなく警報が鳴ったのだ。

「これは？　なにかあったのですか？」ドクタ・マタイがきいた。

応接室にいた三人は立ち上がっていた。ノックがあり、ロビンス卿が返事をすると、ドアを開けてウィリアムが顔を出した。

「二つのブイから、警報が届きました」ウィリアムが言った。

「そうか、わかった」ロビンス卿は頷く。それから、視線をドクタ・マタイに移した。「水がこちらへ来るようです」

「水?」彼は首を傾げた。

「河です」

「こちらへというのは?」

「二百キロのところへ移動した河ですよ」ロビンス卿は答える。「動くときは、またすぐに変わりやすい。上流で少し動けば、下流では大きく変化します。おおよその道筋は、幾つか決まっているのですが」

「この近くに河が来るということですか?」

「そうです。上流に何点かセンサが設置してあります。砂の上に置いてあるだけですが、流れがそこへ来れば、流されますので、その座標を送ってきます。地表の移動を観測していると、こういったことも事前にわかるわけです。さて、とにかく、司令室へ行かなくては……。おそらく、あと一時間もしないうちに水がここへ来ます。あの、いかがなさいますか? もうこんな時間ですが、お休みになりますか?」

「いや、それは、是非見てみたい。見られるのですか? そんな近くでしょうか? ご心配なく、時差の関係で、まったく眠れませんので」

「見られますよ。では、ご案内しましょう」

ロビンス卿は通路へ出た。

「そうだ、お食事は？　なにか召し上がりますか？」

「あ、いや、どうかおかまいなく……」

「いやいや、わくわくすると、腹が減ります。夜食というのは、不健康だが、こういうときは食べた方が良い。ウィリアム、サンドイッチかなにか、用意できるかね？　そのまえにコーヒーも、司令室へ」

「かしこまりました」ウィリアムは、通路を逆の方向へ歩いていく。「コックを起こしますので、サンドイッチは多少お時間をいただければ……」

彼の物言いは、客には安心感を与えたようだった。ドクタ・マタイは笑顔になった。

司令室は、同じフロアである。ちょうど、塔の真下になる。スタッフが三人、モニタの前に座っている。壁にはさらにモニタが十以上あって、数字やグラフをリアルタイムで表示している。ほぼ中央にある丸いテーブルの椅子に、ロビンス卿は座った。

「三つめのブイも既に移動を始めています」スタッフの一人が報告した。「かなり速いですね。到達まで三十分以内と計算結果に変更がありました」

「速いということは、多いということだな」ロビンス卿は頷いた。「では、モード・ファイブで備えよう」

「モード・ファイブ、了解です。すべての換気ハッチを収納し、閉鎖します」

「メインエンジンの試験始動を」

「メインエンジンの試験始動準備」

「ただ今、燃料系のチェックを行っています。五分後に試験始動できます」

ドクタ・マタイがロビンス卿の顔をじっと見た。なにか言いたそうである。

「どうぞ、そのシートにお掛け下さい」ロビンス卿は手で示す。「座っていた方が安全です」

「エンジンとは？　何をするためですか？」シートに腰掛けながら、ドクタ・マタイが質問する。隣に座ったアシスタントも、きょろきょろと不安げに見回している。

「沢山のエンジンがあります。たとえば、通常、発電機を回しているのはディーゼルエンジンです」ロビンス卿は答える。「ここまで燃料を運んでくるのが大変でしてね。それから、基礎のアンカをアクチュエータで動かすことができます。これは、地盤が砂のために、だんだんと傾いてくるからなんです。この油圧ポンプもエンジンで駆動しています。こちらは、ガソリンだったかと思いますが。ああ、しかし、今、試験始動を指示したのは、もう少し大きなエンジンですね」

「どんなエンジンですか？」

「エンジンというよりは、ジェネレータです。原子力発電のシステムを作動させます」

「え、原子力ですか？」

「小さなものですが、大量に電力が必要になるので、そのためには欠かせません。通常は使用しません。ディーゼルのサブエンジンで充分なのです」

「何に、そんな大量の電力が必要になるのですか？」

「水が来ます。それに対する防御です」

ドクタ・マタイは、眉を顰《ひそ》めた。言葉の意味はもちろんわかるだろうが、どういう事態なのか、想像できないのかもしれない。

「水量の推定値は、予想最大値の八十九パーセントの見込みです」スタッフがモニタを見ながら報告する。「データが増えるに従って、推定値も増加しています。実際にはもう少し大きいかもしれません」

「大丈夫だ。予測最大値の百五十パーセントで設計されている」ロビンス卿は答える。

「油圧は、標準値に達しました。アクチュエータ準備完了」

「第五ブイが移動を始めました。到達まであと二十三分と予測」

「メインエンジンを試験始動できます」

「試験始動」

「試験始動します」

ロビンス卿は、一番大きなモニタを見る。グラフが上昇する温度を示していた。

「試験始動しました。すべて順調に上昇中」

「よし、ではこのまま運転を」

「試験始動モードから通常運転モードへ移行」

「蒸気圧、正常に上昇。およそ四分後にタービンを回せます」

「第五ブイの移動データから、到達時刻を修正。あと十八分です」

「サブエンジンはどうしましょうか？」スタッフがきいた。

「メインエンジンが間に合わない場合もあるから、もう少し運転を継続」

「了解」

ウィリアムがコーヒーを運んできた。テーブルの上に、客の分のカップも並べ、ポットから黒い液体を優雅に注いだ。

「コーヒーがゆっくり楽しめるのは、あと十五分くらいでしょう」ロビンス卿は言った。

「十五分後には、どうなるのでしょう？」ドクタ・マタイが尋ねる。

「少なくとも、少々揺れます。そのシートには安全ベルトがありますから、ご安心を」

「安全ベルト？」ドクタ・マタイはシートを見た。

「サー・ロビンス、あの、お客様の駱駝をいかがいたしましょう？」ウィリアムがきいた。

「おお、そうか、そうであった」ロビンス卿は頷いた。「中に入れることはできない。綱を放してやりなさい」

「かしこまりました」ウィリアムは頷いて、急ぎ足で立ち去った。

「駱駝は、どうなるのでしょうか？」

「入口が小さいうえ、中も狭い。荷物室へクレーンを使って直接入れる手がありましたが、残念ながら、その時間はなさそうです。申し訳ありません。駱駝は、水に流されるでしょう」

「そうですか、軍に返せなくなりますね」

「私から、事情を話しておきましょう。死ぬ訳ではない、駱駝は泳ぎます」

ロビンス卿は、コーヒーを飲んだ。それから、モニタに出ているデータの大まかな説明をした。ドクタ・マタイとアシスタントは、黙ってそれを聞いていた。コーヒーには手をつけないようだった。

やがて、ウィリアムが戻ってきた。

「入口のドアをきちんと閉めたかね？」ロビンス卿はきいた。

「はい、もちろんです。駱駝は放してやりました。外は、まだなにも異常がありませんでした」

「まだ見えないだろう」ロビンス卿は、スタッフを振り返る。「モニタに、外の映像を出してくれ」

「了解。第一モニタに外部映像」

ロビンス卿は、くるりと椅子を回して向きを変えた。後方の壁にある大きなモニタに、四分割で画像が映し出された。どれも、夜の砂漠の風景である。四つとも、ほとんど同じだった。東西南北の四方を向いたカメラが捉えた映像だが、今のところ変化はない。

ロビンス卿は、ドクタ・マタイの顔を見てから、またコーヒーカップを手にした。

「大丈夫でしょうか？」ドクタ・マタイはきいた。きかずにはいられない様子である。

既に、アシスタントが、何度かその内容のことを日本語で呟いていたが、ロビンス卿は、日本語を知らない振りをしていた。このアシスタントは、ドクタ・マタイのことを「先生」と呼んでいる。教え子のようだった。

「設計上は大丈夫です。テクノロジィとは、そういうものです」ロビンス卿は答える。「もし、想定外の大きさの力が加われば、大丈夫ではありませんが、今から逃げることもできませんからね」

「以前にも、こういったことがあったのですか？」

「良い質問です」ロビンス卿は、微笑んだ。「そうです。以前にも一度あった。そのときから、ここにいるのです」

「そのときから、ここにいる？　というのは、どういうことですか？」

「以前から、ここにずっといたわけではありません。流れ着いて、ここへ来たのです」

「では、ここが河だったときに？」

「そうです」

「ここへ、流れ着いて、ここに建物を造ったのですか？　そうだ、おききしたかったのは、この建物をどうやって建設したのかということです。資材を運ぶだけでも、大変だったと想像します。ヘリコプタで運ぶにしても、近くには軍の基地しかありません」

「これは、ここで造ったわけではないのです」ロビンス卿は答える。「流れ着いて、ここへ来たのです」

「え？　この、建物がですか？」

「はい、そのときは、すぐに流れが変わってしまいました。また、そのうち来るだろうと思っていたのですが、久しく機会がありませんでした。そろそろ、別の観測点へ移動したかったところです」

「メインエンジンによる圧力が充分になりました。タービンを回します」スタッフが報告した。

「これで、準備万端だ。あと、どれくらいで来る？」ロビンス卿はスタッフに尋ねた。

「最新の解析では、あと九分ほどです。もう少し早くなる可能性があります」

「よし、すべてのハッチ、バルブの最終確認を」

「ハッチとバルブの最終確認を行います」

「タービンが第一定常回転数に達しました。ジェネレータの出力は七十五パーセント。圧力はまだ上昇しています」

司令室は静かになった。ときどき、スタッフが残り時間を告げる。ロビンス卿は、まだコーヒーを楽しんでいた。ドクタ・マタイとアシスタントは、モニタを見つめている。残りが三分になったとき、ウィリアムが現れて、テーブルの上のカップをすべて片づけて出ていった。ロビンス卿は、ドクタ・マタイにシートベルトをするように告げた。

ドクタ・マタイがシートベルトを締め終わり、ロビンス卿の顔を見たとき、残り時間は一分三十秒だった。

「まもなく来ます。既に音が届いています」スタッフが告げる。

三人が見つめているモニタの映像の一つに、僅かな変化があった。西の地平線が少し光ったように見えたのだ。水が光っているのではなく、光を反射しているのだろう。

「濁流《だくりゅう》が押し寄せるというものではなく、水の大部分は、砂の中にあります」ロビンス卿は説明した。「下から湧き出るように上がってきます。最初は、砂が全体に移動します。その範囲がだんだん近づいてくるのです」

「地下水を確認。まもなく、地表流も到達します」

白い砂の大地が、モニタの中で、上から下へゆっくりと黒く塗り変わっていく。四つの画面の一つだけだ。黒いのは、空と同じ色で、地平線が次第に近づいて来る、あるいは、地の果てがどんどん崩れていくようにも見えた。音はないので、臨場感はまったくない。

やがて、一つの画面の地面はすべて黒くなった。水なのかどうか、よくわからなかった。次には、他の二つの画面が横からたちまち黒く変わり、最後に、残りのもう一つの画像が、今度は下から上へ黒くなっていく。

「到達。水位は、現在三百ミリ、四百ミリ、五百ミリ……」

砂漠はすべて河になった。

黒い大地は、水面に変わる。流れが見えるようになる。どこから来たものか、流木らしきものも動いている。

「水位、一メートルになりました」

ここで、大地が揺れるのがわかった。地震のような激しさはないが、ゆっくりとした加速度が体感できた。

「水位、千五百ミリ」

「現在の水流は、水面で約五十五ノット。しかし、減速しつつあります」

また大きく揺れた。

「あ、駱駝が」アシスタントが言った。

モニタの一つの画面で二匹の駱駝が遠ざかる。流されていったのだ。あっという間だった。

「左舷のアンカが離れました」

「水位、二千ミリ。水面速度四十五ノット」

鉄骨が軋《きし》む大きな音がする。このほかには、金属を叩くような衝撃音が、細かく続いている。

「二十度ほど向きが変わりました。アンカは再び接地」

「水位三千、水面速度四十ノット」

「ほぼ水流に平行になりました。しばらくは定着可能です」

「アンカの接地圧は、失われつつあります」

「水位四千、まもなく、完全に水面下になります」

「排水ポンプ作動」ロビンス卿は指示をする。「アンカの引込み準備」

モニタに映っている水が、たしかに近づいている。水しぶきをかぶり、レンズが濡れているのか、不鮮明になりつつあった。

軋み音は小さくなり、一定の摩擦音が籠《こ》もるように響いている。

「水位五千。アンカ接地圧は、まもなくゼロになります」

「よし、メインスクリューを全速で回せ。アンカ引込み」

「全速前進」

「アンカ、引き込みます」

「ローリングに備えろ」

「水位六千」

「ピッチングのバランスを取れ」

「後方へ移動します」

加速度が感じられる。

「全速前進を維持」

「全速前進」

「浮上」

「メインタンク排水」

「後方へ、約十五ノットで移動中」

「それで良い。その速度を維持」ロビンス卿は、溜息をついた。そして、ドクタ・マタイを見て言った。「上手くいきました。もう、大丈夫です」

「そうですか」ドクタ・マタイは小さく頷き、アシスタントと眼差しを交わした。

「今は、上流を向いて、フルパワーで推進していますが、水の流れの方が速いので、後方へ流されているのです。しかし、まもなく、流れは遅くなります。そうすれば、どこへでも自由に移動ができます。海へ出ることもできますよ」

「これは、船なのですか？」

「ええ、潜水艦です」

「潜水艦？　ああ、そういえば、最初に見たあの塔が艦橋《かんきょう》だったのですね」

その後、ロビンス卿の船は順調に航行した。水流が充分に遅くなったのを機に、緩やかに反転し、河の流れに乗って進んだ。

ドクタ・マタイとアシスタントは、客室へ案内され、数時間休んだが、夜明けまえには起きて、通路でウィリアムにロビンス卿の居場所を尋ねた。

ロビンス卿は、艦橋の上で双眼鏡を覗いていた。ステップを上がってきたドクタ・マタイが朝の挨拶をする。既に、空はうっすらと明るさを滲《にじ》ませていた。周囲はすべて水面で、広大な湖のようだった。とても河には見えない。もう海に出たのか、と一瞬考えたが、しかし、海のような波がない。流れがあるようにも見えなかった。

「まるで、湖のようですね」ドクタ・マタイは言った。

「この辺りは平たいので、大きな水溜りというのでしょうか。海岸まではまだ、百キロ以上あります。どこかで水が塞き止められているのかもしれません。現在、情報を収集中です。急ぐ旅でもありませんし、ここで碇《いかり》を下ろしても良いし」

「私たちも、しばらくご厄介になるしかありません。駱駝もありませんし、どうやって帰れば良いのか、見当もつきません」

「まあ、ゆっくりしていかれるのがよろしい。エネルギィは何カ月分も蓄えがあります」

ロビンス卿は、そう言ったところで、ドクタ・マタイのアシスタントの顔を見て驚いた。その男の目が、黄緑色に見えたからだった。

「おや、君の目は、そんな色だったのか。今まで気づかなかった。室内の明かりではよくわからなくてね」

「はい」アシスタントは頷いた。

「英語がわかるのかね？」

「わかります、私は、ミキといいます」

「ミキ？」

「そうです。ファミリィネームです」

「ミスタ・ミキ」ロビンス卿は片手を出した。まだ握手をしていなかったことを思い出したからだ。「なるほど。ドクタ・マタイは、君の人形だったんだね？」

ドクタ・マタイは、既に抜け殻になって、艦橋の床に落ちた影になっていた。

第8章
麗しき天《あま》倪《がつ》

東京に戻った三木繁幸《みきしげゆき》が最初に訪れたのは、渋谷の古いビルの地下にあるジャズ喫茶だった。日本にいるときには、二週間に一度はここへ来る。サングラスをかけたまま店に入ったが、薄暗い店内をなんとかぎりぎり見渡せる。その感覚もいつものとおり。今どき珍しい大型のクーラが作り出した人工のオアシスでは、地響きにも近いベースが、そこに存在するあらゆる物体を震わせている。コーヒーの香りはより熱く、そしてより黒さを増す。それでも、常に今までにない可能性を予感させてくれる場所だった。

シートに腰掛けて脚を組み、入口のラックで手に取った雑誌を捲《めく》っていく。文字は頭に入らない。写真をぼんやりと眺めていたが、モノクロの一枚に目が留まった。ページの四分の一のサイズで、政治家が中央に写っている。沢山のマイクが彼に向かって差し出されている、その斜め後ろに、眼鏡をかけた女性が俯き気味に立っていた。色白でストレートの黒髪はショート。色白というのも、黒髪というのも、白黒写真だから当たり前なのだが、それでも何故かイメージとしてそう直感した。もっと不思議なことに、その女性の瞳がオレンジ色に輝いているのを、三木は見た。

目がオレンジ色だと気づいたのは、その写真ではなく、次のページを眺めようとしたときだった。目を逸らした瞬間に、オレンジ色の刺激的な視線を感じた。再び、その写真へ目を戻す。もちろん、色などない。女性の目は、眼鏡のレンズが反射しているためか、よく見えなかった。そもそも写真の中の彼女の顔は小さく、瞳がしっかりと確認できるような解像度でもない。

それでも、その瞳がオレンジ色だと三木には確信できた。その確信が、錯覚させたのだろう。自分はそれを知っているからだ。

ウェイトレスがコーヒーを運んできた。彼女がテーブルから離れるまで、三木は雑誌の写真を見ていた。カップに手を伸ばし、予感していた香りを近づける。黒い液面も期待したとおり滑らかだった。一口だけ飲んだあと、店の奥のテーブルにいる女に気づいた。

店に入ったとき、何故彼女に気づかなかったのだろう。サングラスが作る闇に紛《まぎ》れていたのか。不思議だ。彼女は片肘をテーブルにつき、細い煙草にライタで火をつけようとしていた。眼鏡をかけているが、そのレンズの中の瞳の色は赤い。三木は、膝の雑誌に視線を落として確かめた。写真の中の女は、ピントが合わず人相もわからない。さきほどの錯覚は、店の奥の女性を無意識に見たせいだったのかもしれない。再び、視線を彼女に向けると、相手もこちらへ眼差しを返した。自分の視線はサングラスで見えないはずだが、あの赤い目には見えるのだろうか。

正面ではなく、やや横を向いている。目だけがこちらへ向けられ、赤い唇から幾分離れた位置で、白い煙の筋が現れる。鋭角的な印象の顔だった。黒いスーツを着ている。眼鏡も黒縁だった。猫のような目の輝きは、炎の色に近い。炎のように揺れている。漂う煙のせいかもしれない。美しいというよりは、端正という表現が相応しい。まるで陶器の人形のような造形だった。

コーヒーを飲む。熱さが軽く喉に留まったあと、自分の中で消えていく。今一度、店の奥へ視線を向けると、彼女はまだこちらを見つめている。三木は心の中で首を傾げた。自分は、彼女を知っているだろうか。どこかで会ったことがある?

最も可能性が高いのは、大学の講義だ。いつも百人も入る講義室で、三木は力学を教えている。あまり学生たちを見ない。ただ、黒板に向かって数式を書く。白いチョークがかちかちと鳴り続ける。黒板の全面が文字で埋め尽くされると、その黒板を上段へ持ち上げる。代わりに、上にあったもう一枚の黒板が下りてくる。そちらを黒板消しで綺麗にする。ここで、一呼吸を置くことにしている。

学生の顔を眺めるのは、そのときくらいだ。こちらを見ている顔がどれくらいの割合か、と数える。三木は、ほとんど数秒で学生の人数を正確に把握できる。子供のときから数えるのが好きだった。具体的には、二十人ずつまとめて数えていく。同時に、顔を上げている者の数もわかる。だいたいいつも、受講生の五十パーセント弱の出席率で、顔を上げている者は、教室にいるうちの四十パーセントほどである。つまり、二十人もいない。

この二十人が講義を理解しているかどうかまではわからない。ただ、少なくともこの二十人は、話を聴いているし、黒板の式をノートに写そうとしている、というだけだ。そして、その二十人の中に、この女性の顔があったような気がする。

こういった記憶に、三木は自信があった。しかし、今の彼女はずいぶん印象が異なっている。学生には見えない。どちらかといえば、三十代の落ち着いた雰囲気だ。今のままのファッションで教室にいたら、かなり目立つだろう。

まだ長かった煙草を灰皿で消し、彼女は立ち上がった。こちらへ近づいてきた。やはり、知合いだったか、と三木は思ったが、しかし、もちろん名前などは記憶にない。

「三木先生、こちらにおいでになるのを、お待ちしていました」

「君は？」

「私は、タリアといいます。以前に一度だけ、大学で先生の講義を拝聴したことがあります。私は学生ではありませんが」

「ああ、そうですか……」三木は頷いた。それならば、納得がいく。

「座っても、よろしいでしょうか？」

「どうぞ」

テーブルの対面する椅子を引き、タリアは腰掛けた。黒髪が優雅に素早く揺れた。ほんの一瞬だけ、香水のような香りがして、どこかに置き忘れた記憶を鈴の音《ね》のように一度だけ鳴らす。タリアとは、どんな意味だろう？

「ここで、待っていた、と言ったけれど……」三木は、そこで少し笑った。「私がここへ来ることが、どうしてわかったんですか？」

「残念ながら、それはお答えできません。申し訳ありません」

誰かに聞いた、ということだろうか。その人物から、内緒にしておいてくれ、と頼まれた。そんな事情を想像した。だが、自分がここへ来ることを知っている人物がいるだろうか、と三木は考える。少なくとも、家族も職場の者も、この店の存在さえ知らないはず。まず思いついたのは、ここの店員である。名乗ったことはないが、頻繁《ひんぱん》に来店しているので、顔を覚えられた可能性はある。たとえば、学生の誰かが、ここでバイトをしていたかもしれない。カウンタの奥から、こちらを見ていたとか。それで、この女性に話した。そんな確率の低い可能性しか思いつかなかった。

「どんな用ですか？」三木は、次の質問をした。なかなか彼女がしゃべらなかったからだ。こちらをじっと見つめているが、その赤い瞳を長く見つめ返すことが困難だったので、彼は視線を避け、手許のカップを見ることにした。

「実は、固液混合体の変動解析を行うためにプログラムのコーディングをしていたのですが、先生が発表された論文では、剛性《ごうせい》マトリクスの転置を乗じて、仮想的に平衡方程式から動的挙動を再現しようとなさっていますね。私は、時間分割をあと一桁《ひとけた》下げることで、この仮想の計算を行わないでも、つまり、加速度項を無視することなく、本来の粘弾塑性《ねんだんそせい》運動方程式のままで取り扱うことができると考えたのです。あの、実際にこの部分の試験的なプログラムを書いてみました。確率は下がっても不安定になるかもしれない、解が発散することもある程度は避けられないだろう、と思っていましたが、実際には、そうはなりませんでした。計算上、剛性が高くなりすぎると、逆マトリクスが求められないケースが生じますが、そのときだけ、さらに時間を細かく刻みます。その処理で、ほとんど回避できます。トータルとしての計算時間には、二パーセントも影響しませんでした。いかがでしょうか？」

淀《よど》みなく、彼女はそれだけの内容を一気に話した。三木は、黙って聞いていた。話し始めたときには、学生が力学の質問をしてきたときと似た感覚だったが、時間刻みというタームで息を止めた。その後の彼女の物言いは、信じられないほど的を射ていた。何故なら、それとほぼ同じことを、つい先週、三木も思い至ったところだったからだ。だが、彼は表情を変えなかった。研究的な興奮というのは、喜怒哀楽ではない。顔の形を変えるだけの、その程度の感情ではないからだ。

「君は、どこの所属ですか？　プログラムをどこで作っているのですか？」実際に、それが知りたかった。民間の研究所が扱う分野ではない。商業的な利益に直結するような代物ではないため、予算がつかないだろう。

「私は、現在はアメリカ合衆国の政府直轄の機関の研究員です。半年まえからです。航空宇宙局に在職していましたが、プリンストン大学の大学院に社会人枠で入学して、その一年めにスカウトされました。動的離散要素法の応用分野で博士号を取得する予定です」

「指導教官は？」

「カンドル教授です」

「つい最近、彼に会ったのに、君のような美人の大学院生を指導していたなんて聞かなかったよ」

「その種の話をされる方ではありません」

「そう、そのとおりだ。失礼」三木は微笑んだ。

「失礼というのは？」

「君の形容について」

「ああ……」彼女は無表情で頷いた。「かまいません」

「英語で話した方が良いかな？」

「日本語でけっこうです」

「時間刻みを十分の一にすると、計算の発散の可能性はほぼ百分の一になる。百分の一ではまだ使いものにならないから、さらに刻みを小さくして、千分の一で進めば、可能性は百万分の一になる。そこまでは理論的に導ける問題だ。しかし、百万分の一でも、やはり動かなくなれば、結果は無になる。社会ではそう評価される。自分だけが使うプログラムならば、手作業でパラメータを僅かに加減して、結果をつなぎ合わせることができるだろうが、一般化するには致命的といって良い欠陥だ」

「ですから、常にではなく、そのときだけ、刻みを細かくするのです」

「どうやって、そのときだと判断するんだね？」

「遺伝子アルゴリズムです」タリアは即答した。

三木は身震いするほど驚いた。

理由は三つある。第一に、その発想を彼は持ったことがなかった。第二に、そのアイデアの妥当性は即座に認められた。そして第三に、これが最も大きな驚きだったが、この女性はこれほど価値のある研究のアイデアを、どうしてこうもあっさりと他者に教えてしまうのか、という疑問のためだった。

ほとんど初対面に近い。向こうはこちらを知っているようだが、三木は彼女のことをなにも知らない。たった今、彼女が口にした一言は、それだけで技術価値がある。世界中で特許申請が可能だろう。プログラムは数百万ドル、否、もっと高い価値を生み出すかもしれない。ただし、それは今すぐにではない。世界がこの解析の必要性を認識するのは、もう少し未来の話である。

「いかがなさいましたか？」タリアは小首を傾げた。口許には、僅かな笑みの形が残っている。しかし、相変わらず眼差しは恒星のごとく輝かしい。

「君のその目は、コンタクトですか？」三木は尋ねた。自分でも見当外れの質問に驚いた。「あ、いや、失礼……。誤解をしないでもらいたい。最近、こういう質問を女性にしただけで叱られることがある」

「目の色についてでしょうか？　コンタクトではありません。子供のときからこの色です」

「実は、私の目も、ちょっと変わった色をしている。いつもは、コンタクトをしているから、皆は知らない。でも、今日はプライベートなので、コンタクトをしてこなかった」

三木はサングラスを外した。自分の瞳の色を相手に見せる目的もあったが、それよりも、彼女の瞳をサングラスを通さずに見てみたい、本当の色を確かめてみたい、という衝動の方が強かっただろう。

「先生の目は、グリーンでしょうか。明るい緑に見えます。黄緑のような」

「君の目も、赤というよりは、オレンジ色だね。一見、薄いブラウンにも見える。だから、不自然ではない。私のように隠す必要もないだろうね」

「遺伝子アルゴリズムについては、いかがですか？　どうして、急に目の色の話をされたのでしょうか？」

「君のアイデアは、素晴らしいと思う。それに、上手くいく可能性はある。確かめてみる価値はあるだろう。それから、目の色の話をしたのは、つい最近、黄色い目の紳士に会ったからなんだ。解析プログラムが実用化されたら、まず一番にその人物が計算に使いたいと言ってくるはずだ。ほかのみんなは、まだそこまでのレベルに達していない。彼だけが、この計算手法に金を出す価値があると考えるだろう」

「ありがとうございます。実は、既に試しました。プログラムは今のところ安定して走っています。まだ、二千時間ほどしか確かめていませんが……。それから、ロビンス卿のことをおっしゃっているのですね。ええ、私もそう思います。プログラム開発には、スポンサが必要ですので」

「既にコーディングしたというのなら、もう開発する必要などないのでは？」

「そんなことはありません。最先端の計算プログラムは、専門家が付き添っていなければ使い物になりません。一般的なアプリケーションとしての価値を持たせるには、コアの部分以外のインタフェイスで、サポートとサービスを司るルーチンが必要です。むしろこちらの方が開発に時間がかかります。マニュアルを作ることだって簡単ではありません」

「うん、君は、その……、比類のない才能を持っているようだ。それにしても、そんなアイデアを私に教えてくれた理由は？」

「先生のご承認が得られなければ、プロジェクトはスタートできません。私のアイデアは、先生のアルゴリズムのほんの一部でしかないのです」

「そう言ってもらえるのは光栄だが、しかし……、そうではない。プログラミングに関しては、君の方が上だろう。私がこれからそのアイデアを組み込んでも、ものになるまでに一年はかかる。私には簡単ではない。君は、そのアイデアをいつ思いついたのかね？」

「三カ月ほどまえです。それから、すぐに試しました」

「しかも、既に二千時間も走らせているのだろう？　計算機を幾つも使えるようだね」

「はい、幸い、それが許される立場にありましたので。スーパ・コンピュータを三セット使っています。アメリカの二台と、日本の一台です」

「その費用は、どこが負担するんだね？」

「それを、お話しすることはできないのです」タリアは目を閉じた。少しだけ悲しそうな表情に見えたが、再び目を開いたときには、一瞬のその翳《かげ》りは消えていた。「私は、つまり、私だけの存在ではありません」

「それは、どういう意味かな？　バックに誰かいる、組織として動いている、ということですか？」

「はっきりと申し上げれば、私は、端末にすぎません」

「端末？」

「入出力を受け持っているデバイスです」

イメージとしては非常に的確だった。最初から、まさにそう感じていたところでもあったし、彼女の発言があまりに無駄がなく、洗練されすぎていたからだ。この年頃の非凡な才能を多く見てきたつもりだ。頭脳がいくら明晰でも、仕草には不安定さが表れる。もっと躊躇があるはずだ。若い天才たちは、例外なく幼い。しかし、彼女にはそれがなく、むしろ機械的ともいえる成熟さしか見て取れない。よほどシミュレーションを繰り返した結果なのか、それとも、行動選択が圧倒的に高速で、それに支えられた演技なのか……。

ただ、それにしても目の色がどうも気になる。

この話をするために、この場所を選んだのも不可解だった。まずはメールで知らせてくるといったアプローチが自然ではないか。その方が、警戒心を抱かせない。

彼女は「端末」という言葉を使ったが、では本体はどこにあるのか。

自分が興奮していることに、三木はこのとき気づいた。片手を膝の上で握っていたが、痛いくらい力が籠もっていた。悟《さと》られないように、ゆっくりと呼吸をしてから、コーヒーを飲む。香りは既に蒸散し、苦さが沈殿しつつあった。サングラスを外したため、店の雰囲気が明るいことも新鮮だった。新しい曲がかかり、リズムが速くなる。ボサノバ系のライトな曲だった。

隣のテーブルに、男が一人座っていることに、今さら気づいた。おかしい。いつの間に店に入ってきたのだろう。自分がここへ来たときには、いなかったことは確か。もしいたのなら、このテーブルには着かなかったはずだ、と三木は考えた。タリアとの話に気を取られていて、気づかなかったのだろうか。会話が充分に聞える距離だった。

その男は、グレィのスーツを着ていた。横顔が見えるが、もちろん見覚えはない。老年で、頭も髭《ひげ》も半分以上白い。テーブルの上には、飲みものはなかった。やはり、来たばかりなのだろうか。しかし、店員が来る気配はない。

男は、テーブルの上のシュガーポットから、スプーンで砂糖を掬《すく》い、それをテーブルの上に零《こぼ》した。店員が来ないので、店に嫌がらせをしているのかもしれない、と三木は思った。砂糖は、何杯もテーブルの上に撒かれた。しかし、ほんの少しずつ、慎重に砂糖を落とす。その行為は、どこかで見た覚えがあった。

三木は我慢ができなくなり、席を立って、隣のテーブルに近づいた。円形のテーブルは、縁が木製、中央はガラスだった。そのガラスを見下ろすと、白い砂糖によって、正三角形を二つ組み合わせた星形が描かれ、さらに同じ形状が、その横に出来上がりつつあった。

黙って眺めていた。スプーンの砂糖がなくなったところで、男がこちらを見上げる。

「何をしているのですか？」三木は尋ねた。

私は、何をしているのだろう、と考えた。

自分の手を見ると、右手に小さなスプーンを持っている。

白い粉を平面上に落とし終わったあとだった。描かれているのは、曼荼羅である。私は宇宙の空間構成を表現しようとしたのだが、その多次元性に比較して、用いることができる素材はあまりにも限られていた。それはまるで、演繹《えんえき》しようと試みる自身の理論パーツの貧弱さに等しく、また力が加わればそのまま塑性を呈するしかない粘土のように軟弱な人間の精神構造にも類似していた。取《と》り繕《つくろ》った表面に比して内部の密実性の欠如、そこから起こる突然の萎縮崩壊。人間は、こうして物質へ還るのだ、というエントロピィの増大。私が砂の粒子で描きたかったものは、崩壊という名の発散であり、それは死滅というよりは、均質への帰還にすぎないのである。

私は、隣のテーブルに一人で腰掛けている若い婦人に視線を向けた。

彼女のテーブルの上には、白いコーヒーカップと男物のサングラスが置かれていた。彼女は眼鏡をかけているので、そのサングラスは誰かの忘れものにちがいない、と私は考えた。一瞬、夢の一分子が私の体内を通り抜けた。

「何をしていらっしゃるのですか？」婦人が私に尋ねた。

それは、自明のことだ。私は生きている。ほかに、どんな答があるのか。

「そのサングラスは？」私は、問い返した。

「サングラス？」彼女は首を傾げる。

「そこにある、それです」私は指を差した。

「これですか？」サングラスに目を向けたあと、彼女は微笑んだ。「よくご覧になって下さい」

私は立ち上がった。すると、サングラスが一瞬にしてテーブル面に張りついた。さらに近づいて確認をする。テーブルの上に、黒いサングラスの歪んだ絵が描かれていた。しかも、それは黒い粉が集まっているだけで、塗料を使ったものではない。黒い砂だろうか、細かい粒子だった。

私は溜息をつき、そのテーブルの椅子の一つを引いて腰掛けた。彼女に対面する位置だった。

「今、私が体験したものが、遺伝子アルゴリズムです」私はそう言った。

「危険な失敗を避ける最も有効な手法は、失敗をした直後から、失敗する一瞬手前に立ち返ることです。失敗から学んだことを覚えているうちに。けれども、一般に、たとえ一瞬であっても、時間を遡ることはできません。先生がおっしゃりたいのは、それですね？」

「そのために、生物は、個体を犠牲にする手法を選択した。死んでリセットするんだ」

「そのとおりです」

「進化のアルゴリズムとしては理解できる」私は頷いた。「また、プログラムとしてそれが可能であることもわかる。収束計算の手順としても簡単だ。ニュートン・ラフソン法のようにね。ただ、それを実用化し現実問題に適用するときに不具合が生じる。どんなに優れたシミュレータであっても、現実の事後に答を弾き出していては価値はない。何故なら、生きているものには、時間を遡って間違いを正すことができないからだ」

「何故、時間を遡ることができない、とお考えになるのでしょうか？」彼女のその口調は、少女のようにあどけない響きだった。まるで、そう考えることが驚きだ、とでも言いたげに。

「それは、何故だろう。つまりは……、私が、一個の生きものだからだろうね」

「そのとおりです」彼女は満足そうに頷いた。「したがって、そのジレンマから脱するには、新しい生きものの枠組みが必要です」

「新しい、枠組み？」

「はい」

「それは、つまり、個体ではない生きものという意味かね？」

「先生は、もう理解されているものと存じます」

「いや、発想したことはあるが、理解しているわけではない。しかし、いったい、君たちは何をしようとしているんだ？　ああ、そうか、君たちではないのか、君か？」

「恐れ入ります」タリアは目を閉じて丁寧にお辞儀をした。そして、顔を上げ、再び私を睨むように見た。「私が端末だと申し上げた、そのとおりです。こうすることで、シミュレーションは完全なものになります。計算が合わないのではなく、私たちが計算に合わせるのです。唯一理想的な解決ではありませんか?」

ジャズが新しい曲になった。しかし、いつの間にか、周囲の壁に大きな窓があった。窓の外には、青い明るい空が広がっている。地下にいるような気分でいたのだが、どうやら私の勘違いだったらしい。

タリアの部屋は、六十三階にある。西の空は彼女の瞳の色に染まろうとしていた。山脈と雲は区別がつかない。どこまでが地上で、どこまでが空なのか、現実と仮想の関係のように曖昧だった。壁に掛かったリトグラフは日の光を反射し、ガラス細工の置物も燃えるように輝いていた。窓が少しだけ開けられているため、カーテンが周期的に動いている、まるで呼吸をするように。

彼女はキッチンへ行き、グラスが鳴る高い音が聞えてきた。私は白熊のクッションに座っている。床に敷かれた織物に手をつき、天井を眺めるような角度で頭をソファに軽くあずけていた。こんな格好になっているのは、私が生きていないからではないか、という発想をこのとき持った。なんという爽やかなアイデアだろう。

そうか、あのジャズ喫茶で私は殺されたのかもしれない。

最後に聴いた曲を思い出そうとしたが、駄目だった。それよりも、あの砂糖の曼荼羅の幾何学模様が頭から離れない。私の躰は、天井から吊り下げられた一本のロープで支えられていた。砂を少しずつ落としていく過程を想像すると、連想されるのは砂時計のくびれたガラス管の断面。粒子の回転と接触による力の伝達がベクトルやテンソルになって頭を巡った。

そうだった、このために固体粒子の運動を計算していたのだ。

粒子の表面には僅かな液体が付着している。僅かな層であっても、接触時の一瞬の粘性が、全体の吸着性を顕《あらわ》す。

ふと見ると、部屋の中央の床に丸い穴があいている。直径は二十センチもない。少し近づいてみたが、なんのための穴かわからなかった。そこへタリアが戻ってきた。グラスを二つ持っていて、一つを私の前に差し出した。真っ赤な飲みものだ。細かい泡が液中を上昇し、上面で弾けている。甘い香りがした。

「どうしたの?」彼女は親しげな口調で尋ねた。もうずいぶん長く私たちはつき合っているようだ。

「この穴は?」私は指を差す。

手が穴に近づいたとき、私は下からの圧力を感じた。一度引っ込めたが、遅れて理解し、また手を伸ばして確かめた。穴の中から空気が吹き出している。緩やかな風量ではない。風圧を感じるほどだった。しかし、音が聞えないので、そこまでの勢いはない。換気をする目的にしては、床という場所が普通ではないだろう。私はタリアを見た。彼女は黙ってこちらを見つめている。もう答はわかったでしょう、という顔である。

「この空気は、どこから?」私はさらに尋ねた。「このマンションには、こんな設備が?」

「地面の中から吹き出している、つまり、自然の風です。この建物が建設されているときに見つかって、それを各部屋に導いたそうです」

「温泉なら聞いたことがあるけれど……。何のために? ああ、夏は涼しくて、冬は暖かい?」

「そうです。空調がほとんどいりません。エコがここの売りものなんです」

「しかし、床から出さなくても良いのでは?」

「そこにクッションを敷いて、その上に座ったりできます。もともと、地面から吹き出しているわけですから、やはり下から出るスタイルが人気なのだとか」

「そんなものかな……。これは、何というの? 名称は?」

「地風です。地下風と言う人もいます」

「チフウか……。全戸《ぜんこ》をまかなえるほどの量となると、凄いね」

「チベットの宮殿にこれがあって、私はそこで遊んだことがあります。人が浮き上がるほどの風量がありました。風の力で浮いているだけで、とても気持ちが良いのです。ああ、もしかして、ご存じでしたか？」

「うん、知っている。そういえば、君をそこで見たことがあったような気がする」

「私も、貴方に見られたことがあったような気がします」

しかし、具体的な記憶はなかった。記憶として残るものは、抽象的な印象ばかりだ。私は、解析手法のことで、彼女と議論をすべきだという使命を感じていたが、赤い飲みものを口にしたとたん、別のことを思い出した。

緑の目をした青年のことだった。彼女がその青年のことを思い浮かべているのがわかったからだ。頭蓋《ずがい》に投影されたプラズマが、まるでそのまま透過して、プラネタリウムみたいにオーロラを天井でたなびかせる。その蠢《うごめ》く光の中に、青年の顔が覗き見えた。私にはたしかに見えたのだ。けれども、私がそれを連想したこともまた、彼女の知るところである。だから、わざわざ声にして、言葉にして、お互いに質問するまでもなかった。

タリアは、頷くかわりに、口許に笑みを浮かべた。すべてを魅惑の陰に隠してしまおうというつもりだろう。

私、かの王子に恋をしたのですよ。先生、あのとき、私には沢山のライバルがいましたけれど、彼を勝ち取ったのは、私一人。わかりますか、この価値が。

いや、わからない。どんな価値かな？

価値？

価値とは、何だろうか？

融解する思考の流れの中で、ふと、僅かな手応えを感じるものに触れた。それは結晶のように、物質が誕生するときのプロセスでもあり、さらにまた、物質が崩壊するときのそれでもあった。どちらも、同じなのだ。

誕生し、生育し、絶頂に達したのちは、衰退し、そして崩壊する。その軌跡は対称のカーブ。プロセスも相似。流れだすものは、まったく同様に流れを止める。天に向かってボールを投げ上げれば、その速度は一旦は失われて頂点に達するが、やがて落下し、投げ上げたのと等しい速度まで加速したのち地に還る。

三木は、築き作り、崩し壊し、思い描いた。タリアに最初に会ったときから三十年が過ぎていたが、それでも、まだ彼女は美しい。

「どちらにいらっしゃったのですか？」タリアは尋ねた。

「どちらに？」三木は、自然に床の穴を見た。

それは、穴ではなく、黒い砂で、
描かれた円形だった。
そして……、
私は、
既に、
ない。
ああ、
そう、
そうか。
これは……。
あの、混信だ。
インタフィアランス。
何故混信が起こるのか？
何故物質は混じり合うのか。
何故波動は混じり合わないのか。
存在は、位置を変えて入れ替わるが、

位置は、存在しても、入れ替わらない。
物質は存在だが、波動は単に位置の変動。
我々の意思は物質ではなく波動に過ぎない。
すなわち、物質ではなく単なる変動なのだ。
ボディを認識し、そこに宿ると仮定しても、
ボディと同様に存在する保証などなくて、
その切望さえも、単なる波形の変動だ。
誰が、我々を創造したのだろうか？
三木は、その疑問を口にした。
けれども、それを聞く者は、
もう、どこにもいない。
根源的な疑問とは、
いつも、そうだ。
その性質を、
持って
いる。

そう。
混信か。
波だから。
混じらずに、
入れ替わるのか。
我々は、皆、波形。
ボディは、単なる器。
そういうことだったのか。
寄せる波と、返す波が遭い、
跳ね戻るように、入れ替わる。
私はいつまでも私ではないのか。
私はどこまでも私ではないのか。
寄せては返し、飛沫《しぶき》を上げる波。
砂に吸い込まれ、消えていく。
記憶に残るものは、物質？
それとも、波の名残。

彼女は、美しい。
その瞳に。
今……。
光が？
現れる。
麗しくて、
涼しげな瞳。
吸い込まれて、
消えていく私。
吸収される私。
彼女が私に、
なって？
私が？
彼女？
瞳の色。
輝いて、

消え。
無。
空。
緑。
黄。
橙。
赤。
紫。
？

第9章

熟せずして青《あお》枯《か》らび

「それじゃあ、まるで内視鏡じゃないか？」鮭川が笑いながら息と言葉を転がした。

「いかにも、それはおかしいな、僕じゃないよな、君だよな？」

「ああ、たぶん、私だろうね。記憶がないわけでもないし、それどころか、そう……」私は溜息を漏らした。「むしろ、いつになく鮮明に覚えているんだよ、あの気持ちの悪い洞窟《どうくつ》の中をね、ああ、話すだけでも恐ろしいよ。本当に自分が蛇《へび》になったような感じだった。あのまま長く続いていたら、きっと発狂していただろう」

「蛇か。そう、まあ蛇みたいなものといえる」

「あれは、たしかにそうなんだ。私は自分でそれを操ったことが何度かあるからね。しかし、その先端の感触まで覚えているなんて……。なにしろ、手や脚がない。やっぱり、そう、蛇というよりも、蚯蚓《みみず》が近い。そういう気持ち悪さだよ。ああ、思い出すだけで気分が悪くなる。やめよう、こんな話は……」

「しかし、その洞窟っていうのも、結局は、君の身内だったわけだろう？　その自覚はあったのかい？」

「そのときは、そうだね、そういう意識が心のどこかにあった。それは確かだと思う。さらに言えば、これは変だぞ、どうしてこんなことになったのだろう、という落ち着かない状態、うん、どう説明すれば良いのか、自分の頭が考えていることなのに、全然別のところのことみたいで、とにかくなにもかも違っている、自分とはかけ離れている、そんな違和感が著しく強かった。なにしろ、私には妻がいて、その妻の母親なんだ。私は、その死にかけた母親の体内に進入しているんだ。それからね、どうも、私は博物館に勤めていたことがあったようなんだ。どういう具合でそうなるのか、とにかく、それが思い出された。記憶がすっかり入れ替わってしまうんだ。ただ、それについてじっくり考えようとすると、急に、ぱっとなにもかもが消えてしまう。何について考えているのかも、形が崩れ去ってしまう。そうなんだ、波に攫《さら》われる砂の城のように……」

「夢から醒めるみたいな？」

「あるいは、そうだね、これは夢にちがいない、そう思ったさ。しかし、もしも夢ならば、そこまで疑えば夢だと判明するものじゃないか。そもそも、夢だったら、ここまで疑うなんてこともないだろうって……。私は、論理的に考えているつもりだ。今だってね」

「今だって、僕と君は、こうして話をしている。これは揺るがないことだ」鮭川は頷く。

ソファに座っている彼は、脚を組んでいたように思えたが、それは私がそう勝手に認識しているだけだったかもしれない。

「揺るがない？　そんなに確かなことだろうか。今、私の目の前に君がいるね。君は、ソファに座って、脚を組んでいるはずだ」

「そのとおりだよ」

「そう言ってもらえると、なんだか嬉しいよ。だが、今、その君の脚を見ようと思っても、私の視線はそこへは向かないんだ。何故か、見ることができない。見られたとしても、たぶん、君にはもう脚がないんじゃないかな。存在しないものは、見てはいけないからだ」

「不思議なことを言うね。ああ、そうか、君の認識できるものが、この世のすべてであって、それ以外のものは、なにものも存在しない、とそう考えているわけだね？」

「そうではない。私は、そんなふうに考えているわけじゃない。ただ、誰かが、私にそう考えるように指示している。いや、違うな……。暗示をかけている、ということじゃないだろうか。私は、見せられているんだ、見て良いものだけをね。私だけじゃない、君もだし、それから、おそらくは、そう、世界の大部分の人たちが、きっとそういう存在なんだと想像できる」

「思わせたり、見させている、その元締《もとじ》めは誰だい？　まさか、神様だというんじゃないだろうね」

「それが単純な代名詞ならば、不本意ながら適切だと思う。まさに、そういうものだ。でも、具体的にそれが誰なのかはわからない。ただ、現実として、私たちは知らないうちに、作られた世界の中に入れられて、その中で自覚だけを頼りにして、自分が存在するという錯覚だけを築き上げてきたんだ」

「うん。わからないでもない。特に、あんな体験を見せられたあとではね。ようするに、何かい？　これは、誰かが仕掛けたことであって、僕たちはその陰謀と呼べるようなものに巻き込まれている、そう理解しても良いのだろうか？」

「いや、それは違うと思う」私はゆっくりと首をふった。

しかし、私にはもう首がないのではないか、という不安が過った。そもそも、首をふるという動作とはどんなものだったか、言葉としては覚えていても、その具体的な映像を思い浮かべることができなかった。

「そうじゃないんだよ。これは、おそらくアクシデントなんだ。トラブルなんだよ」

「アクシデント？　何の？」

「何のアクシデントかはわからない。ただ、正常に事が運んでいれば、こうはならなかった。私たちは、いつものとおり、自分という存在を疑うこともなく、ただ、普通に生きて、考えて、行動できたはずなんだ。ところが、なんらかのアクシデントが発生したおかげで、その、つまり、このすべての仕組みというか、システムの上において、あってはならない不自然な体験をしてしまったんだ。考えてもみたまえ、こんなことが普通であるはずがない。そんな例は過去にはなかったはずだ。システムの設計者にとっては、予期しないエラーだったにちがいない。逆にいえば、エラーさえ起きなければ、私たちは普通に生きているように思い込まされたままだった」

「うん、君の言っていることが、まんざら絵空事《えそらごと》ではない、というように、僕にも思えてきた。しかしだね、もし、これが突発的なトラブルだとしたら、僕たち以外にも、これに巻き込まれて、君と同じように、この世界の仕組みに気づいた奴が誰かいても良さそうなものじゃないか」

「それは、わからない。いるかもしれないし、いないかもしれない。どの程度の範囲で、この混信状態が発生しているのか、私たちには、想像もできない。できることといったら、考えることだけだからね」

「何を考えるんだい？」

「それは、つまり、考えてはいけないものだよ。見てはいけないものを見ようとしても、視線はそちらへ動かない。しかし、考えることはできるはずだ」

「どうして、そう考える？」

「つまり、私たちには、そもそも視力がない。目がないんだ。見ていると思っていただけなんだ。しかし、思っていることは確かなんだから、頭脳は存在する。まっとうかどうかは別として、考えることは、ある程度は自由になるはずだ」

「待てよ。しかし、今のこれは、考えているのとは、違うんじゃないのか。君と僕は、話をしている。声を出して、会話をしているんだ。これは考えているんじゃなくて、歴とした行動じゃないか」

「そう思うかい？」

「え、違うのか？」

「そもそも、君と私の二人が実在するという証拠がどこにあるというんだい？」

「二人が実在する証拠？　ああ、なるほど……」

「そうなんだ、そんなものはない。もう君の姿が見えなくなってきている。君の名前も思い出せなくなったよ」

「僕は、えっと、誰だったっけ。たしか、小説家? 違ったかな」

「そういう職業を、私も夢見たことがあったよ。私は、医者だが、小説家でもある。そういうことを、だんだん思い出してくるんだ。そうだろう? ほら、もう、私しかいないじゃないか」

「いや、待ってくれ、それではあまりにも、情けない。そんな簡単なことだろうか。おかしいじゃないか、存在しない人間が、どうして必要なんだ?」

「必要とか不要といった意味さえ、もうどうだって良いと思われる。おそらくは、思考が作り出す純粋な情報というか、つまりは、発想というやつだけれど、これを生産するために構築されたネットワークなんだ。結局は、そこへ行き着くと私は思う。私の頭脳は、発想という卵を産むために鳥小屋で飼われているんだ」

「だったら、変な細工をしないで、ただ、考えさせれば良いじゃないか」

「そうはいかないんだよ。なにもせず、ただ純粋に考えるということが、人間の頭脳に可能だろうか? 少なくとも、そういう仕組みにはなっていないんだ。そうではなく、外部からの刺激を受け、それに対する反応的行動が伴《ともな》って、外部へも影響を与え、また、その影響を観察し感じ取る、というフィードバックによって、思考の仕組み、ニューラル・ネットワークが築かれていくんだよ。発想だって、なにもないところから、ぽっと生まれるように自覚されるけれど、けっしてそうじゃない。意識の下で、過去の体験や、過去の思考、取り込んだ知識、あるいは、夢のような想像も含めて、これまでにイメージされたすべてのデータが再現できる状態にあって、その混沌《こんとん》の中から、浮かび上がってくるものにちがいないんだ。それだから、その発想というものを生産する装置には、多数の頭脳がまず必要であって、その頭脳をいかに自然に、ストレスを感じさせず、自由な状態のまま飼《か》い馴《な》らしていくか、という問題になる。これを、なんらかの技術が支えているとしたら、考えただけでも相当なものだ。私たちの知性をはるかに超えた機能というか、処理能力だといわざるをえない」

「わかった、わかった。君がそう言うならば、そのとおりかもしれない。なんだか、僕もそんな気がしてきたよ。いつだったか、君と一緒に、田舎の温泉地へ行ったことがあるだろう。覚えているかい？　あのとき、街道から少し離れたところに、崖っぷちに建った社《やしろ》があったね。ほら、ほとんど垂直に近い岩の高いところに、張り出すように社が造られていて、その床を支えるための細い柱が何本か伸びていた。その柱の間に入って、僕と君は、その社の床を見上げたんだ。長い梯子《はしご》が真っ直ぐにその床に開いた穴まで届いていただろう？　僕は、あそこへ上ろうと君に言った。でも君は、嫌だと首をふったね。あのとき、僕は思ったんだ。こんなにわくわくする面白いことに尻込みする人間がいるんだなってね。僕が言いたいことが、わかるかい？　それくらい、僕と君は違っているんだ。あのとき、僕はしみじみとそれを感じたんだよ」

「何が言いたいのかな。つまり、私と君が、同じではない、ということだろう？　それは、もちろんそうだよ。違っていることはまちがいない。だから、こうして話ができるし、議論になるんじゃないか。けれども、それが両者の存在とどう関係するのかとなると、全然違う話なんだ。現に、君はあのとき、自分だけで梯子を上っていかなかったじゃないか。どうしてだい？」

「うーん。そう言われるとね。たしかに、一人ではつまらないと思ったのかな」

「私がいなくても、君は自由に行動できるはずなのにね。ようするに、君は独立して存在しているのではない、という結論が導かれるんだよ」

「僕が存在しないのなら、それはつまり、僕が君の一部だということになるね。君の中に、君とは違った人格が存在することになる。それでも、やっぱり存在なんじゃないのかな。蛸《たこ》の脚が八本とも全部同じだとはかぎらない。長いものもあれば、短いものだってあるさ。でも、どれも同じ蛸の脚なんだ」

「今の理屈は支離滅裂になっているな。夢から醒める間際に似ていると思う。気をつけた方が良いね。君のその思考までも、そろそろ発散して消えてしまいそうな勢いじゃないか」

「いや、それは大丈夫。心配には及ばないよ。自分の思考くらい、自分で持ち堪えてみせるさ。まあ、そこまで言うならば、この僕にあって君にはない記憶については、どう解釈すれば良いかな？　君が忘れていることだって、僕は覚えている。これだって、やはり異質なものが存在するからこそだと思わないかい？」

「たとえば、どんな記憶かな？　具体的なものを示してもらわないと、どうこう言えないよ。それに、もし私が覚えていなくても、それは私の記憶にないということと同義ではないと思うんだ。思い出せない記憶というものが存在することは常識だろう？　ああ、そういえば、というものは日頃かなりの頻度で起こりうることだ」

「では、君が経験していないことを、僕が経験している証拠を示したら、どうなるのかな？」

「それも、大いにけっこう。具体的に示してくれたまえ」

「経験とは、行動を伴うものだ。行動がなければ、経験にならない。つまりは、肉体的な活動があって成されるものだから、これは物体の存在の証といえるのでは？　実は、さっきのあの社なんだけれど、僕はあそこに上ったことがあるんだ。あの中がどんなふうだったか、これから説明しようか？」

「うん、なるほど。しかし、君が語るものが君の経験によるものだと、いったいどうやって証明するつもりだい？　君は小説家じゃないか。いくらだって嘘を連ねることができる。それが仕事なんだからね。そういう者の口から出てくる物語が、個人の経験だと簡単に信じられるだろうか」

「それは、まあ、信じてもらうしかないね。信頼関係というものは、そこにしか存在しない。もし、君が僕の存在を否定するのならば、それはつまり、僕は君だということになるわけだろう？　だとしたら、僕を信頼できないのは、自分自身を信頼できないことになりはしないかな？」

「いや、待ってくれ、それを条件に持ち出すのは論理的に破綻《はたん》している。仮定による仮の結論を条件にしてしまっては、証明は無意味になる。また、そうだね、私自身であれば私はそれを信じるという命題も成り立たない。私は、私のすべての部分を信じたいとは思うけれど、それは無理な話だ。それ以前に、誰だって自分のすべてを肯定できるような完璧な人格を有してはいないだろう、ということだよ。さて、そんな話をいつまでも続けていても、堂々巡りをするだけだ。お互いの実在性については、ここはひとまず棚に上げて先へ考えを進めよう。というのも、中途半端にしておいた方が、今の均衡《きんこう》、議論ができる状態を保持できそうだし、とりあえずはこの方が安定しているようだからね。それで、まず考えなければならないことは、我々が見せられているこの世界の幻についてだ。仮に我々が存在しないとなれば、やはり我々が見ている世界、感じている世界が存在しないということになると思うんだが、それについてはどうかな？」

「それは、否定はしない。そうであっても、僕自身はかまわないよ」

「うん、すると、これだけ整合性が取れた世界は、偶然に生まれたものとは、とうてい考えられないから、誰かが基本的なイメージを持って意図的にデザインしたものにちがいない、と推定できる。何故なら、我々の能力だけで全体像を因果関係まで含めて作り出すことは不可能に思えるからだ。そうじゃないかな？　個々の頭脳の想像を集積するだけで、具体性を帯びた世界の関係性を隅々まで構築できるものだろうか？　もし可能ならば、自然法則の類は、いったい誰が想像したものなのか。過去の歴史は、誰が編纂《へんさん》したものなのか。ディテールがあまりにもできすぎていると思うんだが、違うだろうか？」

「その点についてはわからない。なにしろ、僕自身は、それほどこの世界が整合性の取れたものだという印象を持っていないからね。君がそう考えるのは、やはり君が科学的な教育を受けたからじゃないかな。僕には、この世はまさにどろどろの渦のようなものさ。人間がいっぱいいて、男がいて女がいて、人種もあって、年齢も違って、それ以外にも動物や虫が無数にいて、植物に至っては、もう地の果てどこへ行ったって、必ずなんらかの痕跡を残しているんだ。それは現代だけじゃない。太古の時代からそうだったみたいだ。動物がいないような大昔から、彼らは生い茂っていたんだからね。僕が持っている自然法則ってやつは、せいぜいその程度の慎ましい認識なんだが、これなんかは、君の定義には箸《はし》にも棒にもなんとやらってレベルかな？」

「宇宙は、どうだろう？　宇宙は、本当に存在するのだろうか？」

「宇宙か。あれもやっぱり、全部、誰かが考えた幻だとしたら、凄いな。それこそ、その思考空間だけで、もう充分なくらい広大も広大、まさに宇宙に匹敵するんじゃないか」

「だからね、全部が作りものというわけではないんだ。かつては、世界は実在した。今だって、もちろん実在しているかもしれない。ただ、あるときから、我々は仮想の場に閉じ込められてしまった、ということなんだと思う。少なくとも、そういう想像が今はできる。だから、個人の記憶の中にも、実在した世界のデータが沢山そのまま残っているわけで、それによって、現在の世界を感じることができる、そういう仕組みが作られたわけだよ」

「そんな簡単にできるものだろうか？　僕には想像もできないけれど、その実在と仮想はいつ切り替わったんだい？　どうして、そこでちぐはぐなことにならなかったんだ？」「うん、どう考えたって、上手くいきそうにないな。たとえば、どんなに精巧に作られたものでも、人が作ったものを自然のものと見間違えることなんてないだろう？　造花は造花だし、人形はあくまでも人形じゃないか。今までに、これはどちらなのかわからない、なんてものに出会ったためしがないよ」

「それは、その仮想のモデルが、実在しているから起こるギャップなんだよ。造花も人形も、実在しているだろう？　この世に存在しているからこそ、そこに不自然さというものが滲み出てしまうんだ。これがたとえば、漫画やアニメの中で、造花や人形が登場したところを考えてみたまえ。もう区別なんてまったくできない。だから、すべてを仮想空間にしてしまったとたんに、もう自然なのか人工なのか、偶然なのか意図なのか、その境界どころか、違和感さえ消えてしまうんだ」

「なるほど……。そうか、僕には、まだ君の顔が見えるけれど、それも、仮面なのかな。どうしたって、それは判別できないわけか」

「仮面かもしれない。そう、私も君も、人形かもしれない。まさにそれが、最初に発想したことだった。ずっとまえから予感はあったんだ。不思議な混信があったときも、私は第一にそれを思いついた。その感覚なんだ。まるで、自分は人形みたいだってね。つまり、もう死んでいる、もう人間ではない、という感覚に最も近いものだった。そんな経験をしたことはないのに、その印象が実にもっともらしく、すんなりと私の中へ入ってきた。そこで、次に考えたのは、やはり、自分たちを操っている手、というわけだ」

「操っている……、手か」

「そうだよ。君は今、上を向いただろう？」

「ああ、上を見たね。なんとなく、操っている手は、上にあるような気がしたんだ」

「それに象徴されるように、やはり、上からなんらかの力で操られているということだと思う。逆に言えば、ちゃんと糸を引いて操らないと、人間なんてものは、否、人間の頭脳なんてものは、何をしでかすか知れたものじゃない。放っておいたらろくなことにはならないんだ。だから、気づかれないように、なんらかの操作を加える。思考と感覚の中間、つまり神経のどこかで電気信号として介入する。そうすることで、考えているようで、実は考えさせられている。見ているようで、見させられている。

自然を損なわない範囲で、作られたデータを逸脱しないように、きちんと制御されているというわけさ」

「何のためにそんなことをするんだい？」

「それは、たぶん、今のこの世界の外側に、目的があるからだね。そうとしか考えられない。我々をそちらへ向かわせないよう、内側だけを見せておく。その間に外側で自由なことができる」

「いや、それは今さらどうだって良いさ。そうじゃないんだ。どうして我々を生かしておくんだい？　やりたい放題したかったら、人間なんてものは全部消し去ってしまえば簡単じゃないか。現に、君が想像している現実というのは、既に肉体が存在しない世界なんだろう？　だとしたら、生きているのは頭脳だけで、動きさえしない。ただただ考えているだけ。植物でいったら、球根みたいなものさ。球根はいつかは芽を出すかもしれないが、そういうこともない。なにも生み出さないし、なんの実行力も持ちえないわけだから、そもそも、その思考活動ってやつも、全部なくしてしまえば済むことじゃないか？　僕には無駄の骨頂だと思えるのだが……」

「それは、やはり、観察していて面白いからじゃないかな。なんていうか、そう、蟻を巣ごと飼っているみたいなものだろうね。ガラスの断面に蟻の巣を作らせる、あれさ。蟻たちにしてみれば、自然と変わらない営みであって、自分たちは自由に生きているつもりなんだ。けれども、生きていく条件は、明らかに与えられたものだし、また、外界にはなにも影響を及ぼさない。それは、閉じた架空の世界における虚像《きょぞう》でしかない。無駄の骨頂だ。しかし、その無駄も、観察する者にとっては、それこそが面白い。ただそれだけの存在理由で、生かされているわけだよ。これが、おそらくは我々の今の状況に最も近いモデルではないかと思う」

「そこまで思い至るというのは、なかなか興味深いね」

「少なくとも蟻よりは、人間の方が思考能力が高い、というだけのことだよ」

「同時にそれは、僕たちを操っている者の知能が、人間よりも高いということになるのかな?」

「それは、たぶん、そういうことになるだろうね。しかし、たった今、私たちが議論していること、口にしなくても、頭の中で思い浮かべることさえ、すべてが支配者にとっては容易に観察できる事項なんだ。ここには、隠せる場所も、隠せるものもない。すべての現象は、ガラス越しに観察されるために存在しているのだから。そして、おそらくは、私たちがこんなふうに考えることだって、やはり導かれていると見るべきなんだ。この考えが間違っていないことは、私がこれを思いついたことで、既に証明されているといっても良い」

「そうかな、僕たちに間違った考えを持たせることだって、観察者にとっては、ある種の趣向かもしれないじゃないか。ああ、もう、なにもかも虚《むな》しくなってきたよ。いったい、どうなるんだ？」

「待て待て、そんなに悲観するものじゃない。それを言うならば、君は、肉体が存在すること、精神が自由であること、個が独立していることに、いったいどんな価値を見出していたんだい？　どう楽観していたんだい？　まずは、それが問われるべきじゃないか。しかし、そんな哲学問題に明確に答える術《すべ》を誰も持たない。そうだろう？だとしたら、今のこの状況が、それよりも価値が低いものだと決めつけることもできないよ」

「うん、まあ、そういうふうに前向きに考えることはできるかな。はたして、それが前向きなのか？」

「とりあえずは、落ち着いてじっくりと考えるしかない。私は、やはり、我々が導かれているという印象を強く持っているんだ。第一に、私だけではないこと。つまり、君という人間がいて、今もこんなふうにお互いに、この特異な体験を話し合える、少なくとも理解に近いものを共有していることがある」

「おやおや、さっきまで、僕は存在しないと言っていたのにね」

「見かけ上の話だよ。それから、第二には、やはり、赤目姫の存在が大きい」

「赤目姫？　彼女に何の関係があると言うんだい？」

「いや、君も薄々は感じているはずだ。混信は、彼女の周辺で起きている。私たちはむしろ、彼女の近くにいたせいで巻き込まれた、と見るべきかもしれない」

「ちょっと待った。それは変だ。もし、彼女が僕たちと同類だとしたら、たった今、彼女はここにいて、僕たちのこの議論に参加しているはずじゃないか」

「そういうレベルではないんだよ。うん。言い方が悪かった。彼女の存在は、もちろん、私たちと同レベルではない。換言すれば、彼女は人間じゃない。私たちが人間だと仮定すればの話だが」

「あるいは、僕たちが人形ならば、彼女は人間だといえるんじゃないかな」

「私たちが人形ならば、人形使いは人間だ。しかし、赤目姫は、そうじゃないんだよ。彼女は、私たちには同類に見えるけれど、明らかに、このシステムの重要なポインタ、あるいは、そうシグナルなんだ」

「シグナル……、というと？」

「つまり、彼女は、人形使いによって作られたアイテムなんだ。シグナルと言ったのは、私たちになにかを気づかせるために置かれたマーカみたいな役目で、ある種のサインなのではないかということだ。だからこそ、どこにも彼女が現れる。そして、赤目姫の瞳に見入られるときの動揺に似たものが、精神の切替えを促しているようにも感じる。ほら、つまり、鼓動に同調して精神が揺れる、それが共振した瞬間に、シーンが切り替わるみたいに新しい精神と融合する。スイッチングなんだ。あまりにも周期が短くて、揺れているようには見えないかもしれないが、基本的に不連続だからこそ、異質なものへの接続が可能になる。私たちの精神活動には、そもそも連続性はない。自分のままだという保証なんてものは、元来ないんだ。たまたま切り替わらないのは、まちがいなく、存在するための制約であっただけのこと。存在しないものには、その拘束はもう及ばない。私たちが彼女に魅力を感じたのも、彼女がサインだったからだし、スイッチングによる高揚感が、彼女に接したときには自然に感じられたからなんだ」

「彼女が、その、君の言うサインだとするならば、僕たちは彼女に導かれて、ここへ来たのだし、これから僕たちが体験することが、つまり、人形使いが見せたいものだという結論になりそうだね」

「そのとおり。しかし、さっき言ったように、あくまでも、これはトラブルなんだと思う。こうなることは、半分は想定されていた。だから、赤目姫がいた。しかし半分は、こうなるべきではなかった事態なんだ。万が一のときのために、彼女が要所に配されていただけで、その場合に、あたかも私たちを導くような意匠を呈していたということなんだと思うよ。だから、支配者である人形使いが、今のこの状況を観察してわくわく楽しんでいるとは思えない。なんらかの手を打ってくるだろう。彼が作り上げたシステムにとっては、これは漏洩《ろうえい》なんだ」

「漏洩ね。うん、なるほど。では、その漏洩が止まって、ことが収拾したときに、僕たちの存在はどうなっているのだろう？　君が話したとおりならば、僕たち、あるいは君は、知ってしまったことになる。知ったことは、この世に存在するためには、あきらかに不都合じゃないか。だとしたら、君は消されることになるのかな」

「そう、そうなる可能性が高いね。まあ、消えてしまうならば、それはそれで良いじゃないか。特になんとも感じないよ。たぶん、もともと存在しないのだから、消えるということだって、大した変化ではない。ただ、振幅が極めて小さくなるという程度のことだと解釈できる。ほら、眠くなってしまって、ついには意識を失くしてしまうことだってあるだろう？　寝ているときには、我々はこの世に存在しないも同然なんだ。たまたま、起きたときに、ああ、やっぱり元のままのストーリィに戻るだけのこと……、あるいは、元のままだと瞬時に信じてしまえるだけのことなんだ。なんだか、こんな話をしているうちにも、頭がぼうっとしてきた感じがしないでもないね。眠くならないかい？　そろそろ、こんな無駄話はやめて、ライトを消そうか？　おい、君……。なんだ、もう寝ているのか。ああ、しかたがないな。あれ？　ライトはどこにあるんだ？　ライトが灯《とも》っていたと思っていたけれど、どうやら最初から真っ暗だったようだね。結局、なにも見えないのが普通なんだ。見えると思っているだけのことで、たまたまそれが見えてしまう。勝手にそういう映像を自分の頭の中に作っているだけなんだ。光なんてものは、この宇宙にはない。存在しない。だから、見えるということもなければ、そもそも、あるとか、ないとか、そういう区別さえ、実に曖昧な概念でしかないね。あると思うから、あるだけのことで、触れていると感じるから、そこにものがあると思い込んでいるだけなんだ。自分というものが、本当にここにあるのか、それともないのか。そんなことだって、実のところ、どちらでもないし、どちらでも良い。まあ、結局はそういうことになるね。すべてが、眠りについてしまうまでの、ほんのちょっとした余興、錯覚、幻想、夢、すべてが一時的な、閃光《せんこう》にも似た一瞬の幻なんだ。眠りにつくことは、目を閉じることでもなければ、思考をやめることでもない。それは、たぶん、新しい夢を見るために、スイッチを切り替えるだけなんだね。スイッチは、いつも切り替わっていて、それが、かちかちと、小刻みに、つないだり、切り離したりして、いつも、連続しているのではなく、断続的に、分散して、流れではなく、粒子の一つ一つの運動であることと、きっと同義なんだ。すべての物体は、表面が連続しているように見えるけれど、実は、隙間だらけで、原子と原子の間は、宇宙の星のように離れている。そう、宇宙のように不連続で、真空と闇のほかに、実はほとんどなにもない。あるようで、ない。宇宙という空間がずっと続いているけれど、それはなにも続いていないことと同じだろう？　ね、君、本当に夢を見ているのかい？　私は、さて、僕だったかな、それとも君だったかな。どこかで、自分を拾った気がしたけれど、本当はなにも拾っていない。だから、たぶん、きっと、自分でもないし、誰でもないということになるのかな。人形には、顔もなく、感情もなく、頭もなく、手も脚も、考えもなく、なにもしないで、ただ、じっと、動かないで、そこにあるだけ。否、ないだけか……。ああ、本当に眠くなってきたね。明日も、また、この同じ人形として、操られるのだろうか。そんなものが、自由だなんて、よく思えたものだね。うん、それもまあ、そこそこ楽しそうじゃないか。踊りたくなるかもしれないよ。さあ、見よう、楽しい、夢を。今からが、本当の始まりなんだからね……」

第10章
紅《こう》塵《じん》を逃れるに迅《じん》

人工石の床と壁に窓からほぼ水平に入る日が届いていたが、今はブラインドによって遮られている。そのかわり、天井の周囲に並んだ蛍光灯が灯された。テーブルは天板だけが白く、それを支える構造は黒い。肘掛け椅子は通常よりも大きめで、特に赤目姫が座っていると余計に大きく感じられた。

テーブルは並べるとリング状になるデザインで、それ以外には並べようがない。このため、部屋の中央には誰も入れない。真上の天井は、中央で高いドーム状に窪んでいた。そのトップが、この建物の屋上に届き、そこが天窓になっている。放射状に広がる細いスチールが、直径三メートルほどの円形を縁取っていた。そこからの日は、床には角度的に届かない。時刻は午後四時半。屋外の気温は摂氏四十度に近いが、屋上に設置された空調機によって、この会議室は上着が必要な室温に保たれていた。

さまざまな色の瞳が、赤目姫を捉えている。彼女の瞳はそれらを一巡してから、テーブルの上の自身の手に向けられた。白く細い指、爪。それらをウォーミングアップするかのように軽く動かしてから、彼女は再び全員を見回し、話を始めた。

といっても、彼女には声がない。言葉は、空気の断続音としてしか現れない。それでも、その歯切れの良さのためか、そこにいる者には彼女の口の動きだけで正確に聞き取ることができた。彼女の言葉を見逃さないために、全員が注目をしていたのである。

「僭越ながら、私から最初に概略をご説明したいと思います。そのうえで、皆様のご意見を伺い、議論のあと、我々の今後の方針を大まかにでも決定しておきたい、というのが、本日の目的です。まず申し上げておかなければならないのは、個々のお立場からのご意見はもちろん尊重すべきものと考えますが、我々が可能なかぎり一致した言動を取ることもまた、立場上重要なことであります。その点をくれぐれもご理解いただきたいと存じます」

「大丈夫だよ。そんなことは既に皆充分に了解している」紫色の目をした紳士が穏やかな表情で話した。「わざわざ議論をするほどのこともない、というのが私の考えだが、しかし、まあ、こういった場を設けることに異論はまったくない。ああ、申し訳ない、続けて下さい」

「ありがとうございます」赤目姫は一瞬だけ微笑んだ。「それでは、スライドでご説明いたします」

部屋の照明が消えて、天窓にもシャッタが両サイドから現れて光を遮った。正面の壁に青い長方形が現れ、ピントが調整されたのち、白い文字と図がシャープに浮かび上がった。右上には北極を中心にした世界地図、その下には、無数の赤い点をプロットした座標、そして、左半分は、固有名詞と数字が並んだ表だった。

「地理的な概念は、実はそれほど重要ではありませんが、ここでは感覚的なものとして、すなわち一般に認識されている地球上の位置と、同様に、認識されている都市名、および、今回の事象に関わりのあった個人名、そして日時などを示しました。現在までのところ、南半球では発生例がありません。アジアでは日本と中国、北アフリカ、北アメリカ、といったところです。ご覧になられてお気づきのことと思いますが、事象それぞれには、なんの関連もありません。ただ、そこに居合わせた人物の内部への侵入あるいは投影が確認されている、というだけです。これらは、当方が観察したもの、観察できたものだけですので、実数はもっと多いものと推測されます。たまたま、私の身内と申しますか、近しい間柄の人間に起こったために気がつき、その周辺に着目し、フィルタを細かく設定し直して再調査をした結果にすぎません」

「ああ、ちょっと、よろしいかな」暗闇の中で光る紫の目が瞬き、赤目姫にサインを送った。彼は低い声で話した。「今、彼女が言ったこと、つまり、身内であるから気づいたというのは、実は私の場合も同じです。ここに、データを加えてくれないかね」

表示されていたスライドに、薄い紫色でプロットされた点が加わった。あらかじめ、用意されたデータだった。

「傾向というものはないんだ。関連もない。ただ、私の場合も、自分の知っている者が関わっている。というよりも、だからこそ偶然にも観察できた、ということだね。思うに、今回のことは広い範囲で起こっている現象であって、そもそも不自然なものなのかどうかも判然としない」

「いや、不自然でないとの認識は、やはり不自然でしょう」緑の目がこちらへ輝きを向ける。「あぁ、すみません。今のは、単なる印象です。意見ではありません」

「我々が自然だと感じるものとは、少なからず不自然なものだ」紫の目が穏やかな口調で切り返した。「なにしろ、生命は自然であっても、人間の考え出すことは不自然極まりない。不自然という定義がそこにあるともいえる」

それ以上の発言は続かなかった。赤目姫は、数秒間の沈黙を待った。

「次の説明に移ってよろしいでしょうか？」彼女はきく。暗闇のカラフルな目がいずれも頷いた。

スライドを切り換え、回路図に、やはり赤い点がプロットされたグラフが表示された。

「大まかな表現になっていますが、メインラインにおけるアクシデントの発生源を推定したものです。あくまでもおおよその位置関係ですが、大きくは違っていないはずです。これを見ましても、やはり局所的な偏《かたよ》りは見受けられません。ということは、特定のデバイスに起因するようなハード的な現象ではなく、共通するシステムに原因がある、という可能性が高くなります。同様の傾向は、時刻的にもいえることで、図は示しませんが、特定の偏りは見られません。傾向がないことが、主たる傾向といえます」

「偶発している、ということだね」黄色の目が発言した。笑っているような目だった。「ただしかし、偶然というランダム関数を、あらかじめ仕組んだとも考えられる」

「そういうのは、自然ですか、それとも不自然ですか？」隣にいる緑の目が尋ねた。

「そのような言い回しについて議論をしたところで価値はない」黄色が即答する。

「我々が存在することが偶然なのか、それとも必然なのか、それは単にどこから見たか、という視点、あるいは考える立ち位置の問題にすぎない」

黄緑の目とオレンジ色の目は黙っていたが、じっと赤目姫を見つめている。真剣な眼差しだった。ここにいるのは、赤目姫を含めて六人である。

沈黙が数秒間続いたので、赤目姫は次のスライドに切り換えた。文字ばかりが表示された。記録されたアクシデントの要約だった。彼女はこれを順番に説明した。発言はなかったので、その次のスライドに移った。それは、曼荼羅の一部の図形であったが、映し出されたのはほんの一瞬だった。何故、一瞬だったのかというと、部屋の照明が突然灯ったため、スライドが見えなくなったからだった。

ドアが開いていた。通路からの唯一の入口である。戸口に、黒い服装の小柄な女性が立っていた。フードを被っている。口許も布で覆っていた。彼女の片手は、壁にある照明のスイッチに伸びていた。たった今、それを点《つ》けたのである。

誰も口をきかなかったが、戸口に一番近かった緑目王子が立ち上がろうとした。

黒い女はドアを閉め、部屋の中に数歩進んだ。

誰かがなにか口にしたが、その言葉は掻《か》き消された。

黒い女が、突然真っ白になった。それは球体に見えた。球体は膨張し、たちまち部屋の天井に達した。圧倒的なスピードで白い球体の表面が近づき、そして、通り過ぎた。

赤目姫の躰は、気体に圧迫され、後方へ弾き飛ばされた。椅子の背を押し、その椅子を越え、窓のある壁まで。彼女の頭は、ブラインドにぶつかった。背中は、窓の下の壁に当たった。

テーブルの上にあったもの、パソコン、書類などが、彼女とほぼ同じ速度で後方へ加速した。ブラインドは撓《たわ》み、反発しようとしたが、さらに圧力の第二波に押され外側へ再び膨らんだ。

窓ガラスが加圧され、曲面になり、細かく分断されて外部へ飛び、空気はさらに速くその間を流れた。

ガラスが割れたことで、室内の気圧が急速に下がる。まだ、ここまでの運動では、重力加速度の影響は比較的小さく、なにものもほとんど落下していない。ようやく、赤目姫の躰は床に向かって落ち始めていた。彼女は咄嗟に頭を抱えた。足許にはテーブルが回転して倒れてくるが、自分との間には斜めに傾いた椅子があった。膝にそれが接触し、圧力を増しつつある。

空気の体積弾性による第三波はもう小さかった。音速と等しい気体の圧力伝播がほぼ終息したあと、圧力振動は減衰する。その後の物体の運動は極めて遅く進行することになる。上からは、天井の吸音材が落ちてくる。テーブルが倒れ床を滑る。ガラスの破片の一部は、フレームの座屈で跳ね返り、室内に戻った。それらが、床に当たって弾け飛ぶ。いろいろな音が、ようやく伝わってきた。

赤目姫は、緑目王子を見た。彼の目が、こちらを捉えていたからだ。

緑目王子のすぐ横にいた黒い女の姿は既にない。彼女が爆発の中心だったことはまちがいない。緑目王子は、爆発の寸前に二メートルほど後方へ避《よ》けた。しかし、爆風で飛ばされ、対面の壁に一度躰をぶつけ、そのあと床に落ち、滑って戻ってきた。今は、赤目姫の数メートル前方にいる。

まだ爆発から二秒弱しか経過していない。

「次が来る」緑目王子の目がそう知らせていた。

当然ながら、それは赤目姫も発想していたことだった。爆発の規模があまりにも小さい。爆弾を持ち込んだ人間は崩壊したが、それ以外には、窓ガラスが割れ、天井が落ちただけだ。通路側の壁に損傷はない。その壁が撓む様子もなかった。ドアも持ち堪えた。おそらく、次の攻撃要員が突入してくるにちがいない。

ほかの者を見る余裕はなかった。少なくとも、高い位置には誰もいない。倒れたテーブルよりも高い場所に人の顔も、頭も、躰も見当たらなかった。全員が床に伏せているのだ。

緑目王子も立ち上がらなかった。落ちてくる天井材を片手で避け、躰を回転させて、テーブルの陰へ移動した。

赤目姫は、片脚を曲げ、スカートの中に手を入れ、臑《すね》のホルダを探った。左手に拳銃を握ると同時に、安全装置を外した。

爆発からほぼ三秒後に、ドアが開き、次の訪問者が現れた。

その人物がこちらを捉えるまえに、赤目姫は右へ飛び出した。テーブルを越え、高くジャンプする。天井には、剝《む》き出しになったアルミのフレームがあった。彼女の右手がそれを摑んだとき、マシンガンを持った男が部屋の中に入り、同時にそれを室内に向けて乱射した。

赤目姫は、上からその男の額を撃った。距離は三メートルほどで、男が赤目姫を認め、銃を上へ向ける直前だった。

男は、通路側へ倒れる。

彼女は右手を離し、床に落下。膝をついて、低い姿勢で待った。

乱射しながら次に戸口に現れた別の男を、彼女は下から撃つ。

赤目姫がドアの右へ跳び、肩を壁につけたとき、三人めの侵入者が現れた。彼女は、その銃口を横から右手で摑み、躰を反転させて、男の喉に銃を突きつけた。目を見開いた顔。その男はマシンガンを手放す。

既に二人が倒れている通路に、男は尻餅《しりもち》をついた。

銃をそちらへ向けたまま、彼女は左右の気配を窺う。

「左にいる」緑目王子の声が届き、赤目姫は、左へ銃を撃つ。

すぐに右を見た。銃口を再び正面の男へ戻す。

通路の左で四人めが倒れる音が聞えた。

右に気配はなかった。四人だったようだ。赤目姫は片膝をついていたが、ゆっくりと立ち上がった。右手を窺い、次に左を気にしながら、通路に出た。銃口はずっと同じ向き。正面の男の顔へそれを近づけた。左右には誰もいなかった。

男が、足許に落ちているマシンガンを一瞬見た。彼女は、その視線の先に向けて一発撃つ。それは死体に当たった。生きている男は躰を震わせ、さらに後ろへ下がろうとしたが、既に背が壁に突き当たっている。

その顔へ、さらに銃を近づけた。鼻に触れるほどの距離になった。

「なにか、言っておきたいことがありますか？」赤目姫は優しくきいた。

男は僅かに首を傾げた。彼女の言葉がわからなかったのだろう。

赤目姫は、引き金を引いた。

視線を逸らせ、室内を振り返った。緑目王子がすぐ近くにいる。部屋の奥で立ち上がる姿もあった。一人ずつ確認をした。

「酷いことをする」緑目王子が言った。

「酷いことかどうか、私にはわかりません」赤目姫は銃を臑のホルダに戻した。

「こういうのを、血も涙もないって言うんじゃないかな」

「こういうのとは？」

緑目王子は鼻から息を漏らしただけで、答えなかった。

部屋の中へ戻り、割れた窓から外を見た。表の通りの向こう側に人が集まっている。皆、こちらを見上げていた。自動車もすべて停まっている。さらに真下を覗き見ると、建物に近い歩道に乗り上げるようにして、黒いセダンが駐車していた。おそらく、五人が乗ってきたものだろう。あの車ならば、六人乗れるはずだ。

「さきに、あそこへ行きます」隣に立っている緑目王子に告げる。「通路の武器を持って、下りてきてもらえますか」

「うん、まあ、そうするしかないかな」彼は顔を顰《しか》めつつ頷いた。「血も涙もあるけれど」

赤目姫は、そのセダンの運転席に座っていた。ステアリングに手を掛けている。この運転手は若い男で、精神が非常に軟弱だったので、たちまち排除できた。助手席に、自分の右手があった。その右手でダッシュボードのハッチを開けてみる。案の定、そこに自動小銃があった。

車のエンジンをかけ、少しバックして車道にタイヤを落とす。そうしているうちに、ビルの回転ドアから緑目王子がマシンガン二丁を両肩に担いで出てきた。真っ直ぐに、車の方へ来て、窓から車内を覗き込む。赤目姫はウィンドウを下げた。

「どう？　調子は」緑目王子が少年のような口調で尋ねた。

「後ろに乗って下さい」彼女は答える。

緑目王子が乗り込んだところで、車をスタートさせた。歩道にいる何人かがこちらに注目していた。車道では、ブレーキの音とクラクションが後方で鳴ったものの、自分の車が加速するエンジン音でたちまち掻き消された。

赤目姫は、カーナビに手を伸ばし、車の過去の軌跡を確認した。交差点を左折したが、逆だと気づいてすぐにUターンする。大型のトラックが急ブレーキを踏んだ。信号は赤だったが、彼女はそのまま直進した。

「あぁあぁ……」後ろで緑目王子が呟いている。「そんなに急がなくてもいいんじゃない?」

赤目姫は、答えない。急いでいるつもりはなかった。無駄な行動をしないようにしているだけである。

「そうか、わかったよ。せっかくのプレゼンを台無しにされたから、頭に来ているんだね?」緑目王子は、そう言ってくすくすと笑った。

それは全然見当外れだったが、発想としては面白かったので、赤目姫は微笑んだ。自分の口許に、それが少し現れていることも感じた。そう言えば、自分はどんな顔をしているのだろう。彼女は、少し頭の位置を変えて、バックミラーを覗き込んだ。

色白の青年だった。十代ではないか。短い金髪で、眼鏡をかけている。どう見ても、アジアの血ではない。ビルに入ってきた五人とは人種が違う。

「可哀相ですね」赤目姫は話した。青年の声帯なので、普通に音声になる。「こんなに若いのに」

「若いって? ああ、君のことか」後部座席の緑目王子は笑ったようだ。「生きている時間が短いっていう意味で?」

車はトンネルに入った。都市部にある地下高速である。赤目姫は、ずっと後方に注意をしていたが、追ってくるような車はない。警察も来ないみたいだ。

トンネルを抜け、大きな吊り橋を渡ってから、高速道路を逸れ、細い道へ入った。幾度か交差点を通過し、古い工場が建ち並ぶ埋め立て地に出る。道路は広いが、ほとんど車は通っていない。人の姿も見当たらなかった。大きく単調な建物の向こうに巨大なクレーンが見える。さらに進むと、カラフルなコンテナが積まれた広い場所を通過し、正面に灰色の倉庫のような建物が近づいてきた。白いシャッタに大きな数字が書かれていて、十六番だけがなかった。その番号のシャッタが開いていたからだ。

赤目姫は、建物の中へ車を入れた。奥は暗かった。白い照明がある。車を段ボール箱の山の前で停め、エンジンを切ると、匂うような静けさがあった。

バックミラーを見る。後部座席の緑目王子の姿はない。隠れているようだ。赤目姫は、ドアを開けて車の横に立った。自分の身長が初めて感じられた。片手に自動小銃を持ったままだったので、腕の位置を多少修正した。

高く積まれた荷物の横から男が一人現れた。こちらを見て立ち止まる。

「どうして一人で？」その男が尋ねた。

「わからない。失敗した」赤目姫は答えた。

しかし、その言葉を聞いて相手は頭を下げ、荷物の陰に隠れた。気づかれたようだ。たぶん、英語で話したのがいけなかったのだろう。奥から人が出てくる気配を感じた。

左の暗闇から発砲。一瞬の閃光が見えた。赤目姫の頭の横から弾丸が進入し、貫通する。彼女は、それと同時に、銃を撃った黒人へ飛翔した。

片目を瞑《つむ》っていた。照準機がついた銃を構えている。彼女は、腕を伸ばし、その銃口を自分の顳顬《こめかみ》に向けて引き金を引いた。右から衝撃が来ると同時に、仲間の自殺を見ていた別の男へ移った。

それは最初に出てきた男で、床に伏せていた。コンクリートを押さえつけるような形になった自分の手の甲が最初に見えた。銀の古風な指輪をしている。もう片方の手に小さな拳銃を握っていた。それを自分の顎に突き当ててから引き金を引いた。

その銃声を聞いたのは、奥の老人の耳だった。赤目姫はその躰を確かめた。銃は持っていない。また、プロテクトが固く、抵抗に遭った。簡単に躰を動かすことはできなかった。

「なるほど、お前か」老人は言った。声ではない、自身の内部から出ない言葉だ。

「目的は何ですか？」赤目姫は尋ねる。

「それをききたいのはこちらだ。いきなり飛び込んできたのはそちらだろう」

連続した短い銃声が鳴った。誰かが倒れる音。彼女は視線をコントロールできなかったが、都合良く、老人がそちらへ視線を向けた。事務所の戸口のような明るい場所に、緑目王子が現れた。マシンガンを持っている。一丁は車に置いてきたようだ。こちらに気づき、近づいてきた。

「もういないと思う」緑目王子は、銃を突きつけながら言った。「こいつがボスかな？」

「ボスではない」老人は答えた。「お前は誰だ？」

「あれ？　君じゃないね。そうか、乗っ取れないわけか。きっとタイプが古すぎたんだね」

「お前の仲間なら、ここにいる。鬱陶《うっとう》しいから出ていってくれ」

「貴方の仲間は全員死にました。ビルを襲撃した目的は？」赤目姫はもう一度尋ねた。

「目的？」言葉を繰り返して、老人は喉をくっくっと鳴らした。笑おうとしたようだった。息は乾いていて、まるで紙袋の奥へ手を突っ込んだときのような摩擦音だった。「目的なんてものは知らない。金をもらって、そのとおりやっているだけだ。金をもらうのは、生きていくために必要だからさ。誰だって同じだ。それ以外にどんな目的がある？」

「誰に頼まれたのですか？」

「金をくれた奴のことか？　知らない」老人は首をふった。「さっさと俺を殺して、帰った方がいい。次がすぐに来るぞ。この時刻になっても連絡がないから、たぶん、もう次の手を打っているはずだ」

「おじさん、なにか知っていること、ないの？」緑目王子が尋ねた。「もうやめようよ、こんな殺し合いはさ。不毛だよ。全然面白くない」

「見逃してくれるなら、そちらの役に立つことをしよう」老人はトーンを落とした。

「どんな？」

老人の精神に隙ができたため、赤目姫は部分的なコントロールを手に入れた。彼女は、老人の声帯を使って言葉を発した。

「無駄みたいです。私は戻りますから、この男を撃って下さい」

緑目王子は軽く頷いてから、銃口を持ち上げた。その最初の弾が、胸に当たるのを確認したあと、赤目姫は自分の躰へ戻った。

生暖かい空気が、割れた窓ガラスから入ってくる。彼女は窓の下で脚を投げ出して座り込んでいた。立ち上がり、周囲を見渡す。オレンジ目のタリアが、モップを操って、床の掃除をしていた。既に、テーブルは元の位置に直されている。

「ほかの方たちは？」赤目姫はきいた。

「ええ、ここは暑いからって、皆さん、帰られましたけれど」

「あら、私を残して？」

「お守りする役目は、私が仰《おお》せつかりました。今後の方針については、赤目姫に一任する、とおっしゃっていました」

「そうですか」彼女は自分の躰を確かめた。椅子を引き、そこに腰掛けるときに、臑にある武器も確認した。「あぁ……、少々幻滅しました」

「少々ですか？」タリアが笑顔になる。「なにか、飲まれますか？　コーヒーなら、すぐにお持ちできますよ」

「いただきます。というか、それは私が持ってきます。貴女は仕事を続けて」

「仕事？　ああ、掃除のことですか。これは仕事ではありません。なんとなく、手持ち無沙汰だっただけです。いえ、私が行きます」

タリアは通路へ出ていった。ドアの外にあった死体ももう片づけられたようだ。なにもかも手際が良い。そのわりには、向こうの動きが察知できなかったのは問題ではないか。

「そうですね」という声が聞える。タリアが遠くから答えたのだ。

コーヒーを待つ間に、赤目姫は、よく立ち寄る視点を一巡した。一瞬のことなので、視点人物に気づかれることもない。なにか問題が起こっている気配はなかった。したがって、今日の出来事は小事ということになる。本質的なアクシデントではない。

戻って窓の外の夕空を眺めていると、タリアが紙コップを二つ持って戻ってきた。その一つを受け取って礼を言う。

「そうでした。ロビンス卿におききしたいことがあったんだわ」コーヒーを一口飲んでから、赤目姫は呟いた。

「いつでもおききになれるのではありませんか?」タリアが言う。

「いえ、それはそうですけれど、あまり無作法な真似はしたくありませんので」

「無作法? そうでしょうか……」タリアは首を傾げる。

無作法だとは正直考えていないが、心地好いものでないことはまちがいない。やはり、きちんと対面し、お互いの躰を通して話をした方が良い。

「いえ、べつに良いの、この次の機会で」赤目姫は溜息をついた。「彼が戻ってきたら、一緒に食事にいきましょうか」

「緑目王子ですか? いつ戻って来るんです?」

「もうすぐです。車でこちらへ向かっています。あと五分したら、下りていきましょう」

「わかりました。あ、あの、赤目姫……」タリアがそこで二度瞬いた。

「何ですか？」

「頬に……」タリアは自分の頬に指をつけて示した。「血がついています。拭いてもよろしいですか？」

「あ、じゃあ、お願いします」

タリアは自分のバッグからティッシュを取り出し、赤目姫のところへ戻ってきて、頬に触れた。

「どうして、人間の血は赤いのでしょうね」赤目姫は呟いた。

「科学的な意味ですか？」

「いいえ」彼女は首をふって微笑む。「どうもありがとう」

「ドクタ・ミキが、帰り際に言っていたことですが……」タリアは事務的な口調に戻った。「おそらく、今回の歪《ひず》みは、今後も頻度が減少することはなく、定常的になるか、あるいはもっと増加して、なんらかの崩壊を伴うものではないかと」

「歪み？　彼がそう言ったの？」

「ええ、ストレインですね。ストレスによって生じる変形のことです。その推測の根拠を尋ねましたが、論理的に証明できるものではなく、感覚的な予測だそうです」

「あるいは、期待か」

「期待？」タリアはまた首を傾げた。「どういうことですか？　彼が、この事態を歓迎しているという意味でしょうか？」

「自分の予測に沿うものを、科学者は無意識に好むものです。たとえそれが、大勢にとって破滅的な現象であっても。生命の成り立ちが、物理的な粒子によって構成されているという事実だって、宗教的な観点からすれば、大いに破滅的なものでした」

「ああ、そういう意味ですか。ならば、そうかもしれません。ただ……」タリアはオレンジ色の瞳を窓の外へ向けた。「自分の思いどおりにならないときに、それが不都合だと認識しなければ、問題はありませんが」

「そうね」赤目姫は頷いた。「良い洞察だわ。同じことが、ロビンス卿にも当てはまります。彼の望むものも、やはり彼が仮想している方向性でしょう。その点では、ドクタ・ミキと同じ」

「そうなんですか……」

「さて、そろそろ下へ行きましょう。彼の車がすぐそこまで来ています」

二人は通路に出て、階段を下りていった。エレベータもあったが、どうも期待に応えてくれる装置とは思えなかった。コンクリートが剝き出しの階段室に、二人の足音が響く。そういう音を演出して出力しているのだ。屋外の賢明な光は届かず、臆病な蛍光灯が例外なく錆びついたブラケットで震えていた。

「私たちは、何故狙われたのでしょうか？」タリアが小声できいた。

「その理由は、向こうにあって、こちらにはありません。でも、無理に想像するならば、私たちをここにインストールした者に対する反発、あるいはこのシステム全体の崩壊によって、なんらかの利益が得られると信じている、そんなところでしょうか。もちろん、いずれも、何故そういった動機が生まれるのか、私には想像もできません。それは、この世界以外の因果でしょう？」

「私たちには、この世界の外を知ることは不可能ですか？」

「それは、私にはわかりません。一番詳しいのは、貴女なのでは？　それともドクタ・ミキですか？」

「推測することは、知ることではありません」

「その意味だったら、人類は宇宙の大部分を知ることはできないわ。原子よりも小さい粒子の存在を知ることもできないはず。違いますか？」

「私たちの存在についても、やはり知ることはできないのですね？」

「その答は、たぶんそれぞれの頭の中に既にあると思います。つまり、どう考えるのか、ということに限りなく近い」

一階で通路を歩き、回転ドアを押して外へ出た。歩道を行《い》き交《か》う人々は、既に普段どおりで、辺りには、爆発事故の痕跡はなかった。ビルを見上げる者さえいない。警察の姿もない。なにもなかったかのように、普通に時間が流れ、様々な音が混ざり合った雑踏のノイズが僅かな風に乗って揺らめいていた。

赤目姫は、多くのものを見た。すべてを確認し、確率的な安全を計算した。こちらを見ている目が幾つかあったが、敵意のあるものは見つからなかった。個々に確認するのを途中で諦める。少し疲れたようだ、と自分を評価した。

三つ先の交差点に、緑目王子が運転する車が停車していた。まだ、直接は見えない。何人かの視点を経由して伝わってきた。

「あと一つだけ質問があります。いつもおききしようと思っていて、ついきそびれていたことです」タリアが横に立って、こちらを覗き込んだ。赤目姫が優しく微笑むと、彼女は質問をした。「赤目姫は、どうして私たちのリーダなのですか？」

「私はリーダではありません。リーダというものは必要ないと認識しています。もし必要になれば、ロビンス卿か、それとも……」

「いえ、まちがいなく、貴女は特別です。誰が見てもそうだと思います。私たちの能力を超越しています」

「そうかしら。私は声がないし、それに、たぶん普通の感情というものが欠けています。それぞれに能力はあって、簡単に比較ができるものではありません。貴女のように、天才的な計算能力もないし、コンピュータを操ることも不得意です」

「それでも……」タリアはそこで溜息をついた。「いえ、なんて言うのか、その、怒らないで下さいね。貴女は最強だと思うんです、人間として」

「人間として？　最強というのは？　私は、力もありません」

「でも、誰も貴女を倒せない。そうでしょう？」

「ああ、それは、速さの問題かしら？」

「そうかもしれません」

「私は、そういう仕様なんです」赤目姫はそう言った。微笑むこともなく、表情は変わらなかった。彼女の赤い瞳は、車道を近づいてくる黒いセダンに向けられていた。

「来ました」

タリアもそちらを振り返った。自動車は二人の前で停車する。運転席の緑目王子は、フロントガラスから上を窺っていた。ビルの窓を見ているようだ。

赤目姫とタリアは後部座席に乗り込んだ。助手席にもマシンガンはなかった。置いてきたのか、それともトランクだろうか。そういう物体は、赤目姫には見ることができない。緑目王子はすぐに車をスタートさせた。

「マシンガンはどうしたのか、とききたい？」緑目王子が半分振り返った。「どこへ行く？ 僕は、ロブスタが食べたいんだけれど」

「どうして二丁も持っていったのですか？」

「一つは予備だよ。ねえ、どこへ行く？」

「では、ロブスタを食べられるところへ」赤目姫は答えた。マシンガンのことは、もうどうでも良かった。

「ほかの人は？ みんな帰っちゃった？」

「はい。私だけが残りました」タリアが答える。「どこまで行かれたのですか？」

「港の方まで。えっと、ロブスタが食べられるところって、たとえば、どこかな？」

「あそこに看板があります」赤目姫が指差した。

「え？」

「看板があるそうです」タリアが通訳してくれた。

「どこに？」

「この道を、そうですね、二十分くらい走って、橋を渡ってから右折したところのビルの屋上に」赤目姫が答え、そのとおりタリアが伝えた。

「その看板には、何て書いてあるの？　店はどこにあるって？」

「さあ……」赤目姫は少し笑った。「見ている人が、近眼みたいです。近くにいる鳥を探しましょうか？」

その言葉をそのまま伝えると、緑目王子は左右に首をふった。

「いや、いいよ。ロブスタじゃなくてもいいし」

第II章
座して星原を見る

白い森林の中を貫く道は錆びついたように凍っていた。二つ手前の村で乗り物を換えた。車輪のあるものよりも、ソリかキャタピラの方が適していると判断したからだった。荷物を分けて二台のソリに載せ、キャタピラを駆動する二台のモービルでこれを牽引《けんいん》することにした。赤目姫と緑目王子が、それぞれのモービルを運転することになった。

森から抜けると、平原が広がっていた。既に夕刻で、空にはパープルとピンクのグラデーションをバックに、下から日を受けたグレィの雲が浮かんでいる。白い地平線も、それらの色に淡く染まって、境界ははっきりとはわからない。彼らが向かっているのは北だった。日は左手に沈もうとしている。

「少し戻った方が良いね」緑目王子が言った。「樹に囲まれている方が、風が少ない分、暖かいと思う」

赤目姫は頷いた。数百メートルほど道を戻り、適当な場所を見つけて、テントを張ることにした。この作業は、緑目王子がほとんど一人でした。赤目姫は、周辺を歩き、地面に落ちていた枯枝を集めてきた。燃やして暖を取ろうと考えたのだ。

テントの中を暖めるストーブは、液体を燃料とする小型のものを持参している。これのセットも緑目王子が担当した。赤目姫は、テントの前で火を起こし、倒れている樹の幹に腰掛けて、彼の作業を眺めていた。

そうしているうちに、空はダークブルーになり、東に黄色の満月が上り始めた。樹が多いとはいえ、葉はすべて落ちている。幹や枝の隙間に、その完璧な月が大きく見えた。

気温は氷点下で、虫や爬虫類はいない。獣がいる可能性はあるが、辺りはまったくの静寂で、動くものは見当たらなかった。緑目王子が心配していた風も、今はない。しんと静まり返っている。きっと、地球が冷え込んで、なにもかもが死滅していく過程というのは、こんなふうに静かなのだろう、と彼女は想像した。

火に当たっていると、しかし寒さは感じなかった。風船を着ているような服装だったし、肌が露出しているのは、顔のほんの一部、目の周囲だけだったからだ。その目も、モービルに乗っているときにはゴーグルで覆っていた。今は外して帽子の上にある。ぱちぱちと燃える火の音、そして緑目王子の作業の音、その二つだけだった。赤目姫は、歌を口ずさもうとしたけれど、メロディが浮かんでこなかった。

テントの準備が完了し、ストーブの試運転も済んだ。緑目王子は、今度は小さなパラボラアンテナを取り付けたポールを立て、それが倒れないようにワイヤを張った。ケーブルをつなぎ、通信設備を整えたようだ。

「特に、これといった情報はないね」モニタを見たあと、彼はそう言った。

赤目姫は無言で頷く。現在地がどこかも正確に把握している。すべてが予定どおりだった。このような場所にまで来る必要があったのか、という評価はしないつもりだ。彼女たちにはその必要がない。自分たちは、ただ「聖なる意思」に従っているだけだ、と理解している。

こんなに寒いところでも、沢山の植物が生きている。夏の僅かな日差しに葉を広げるのだろうか。今はそれはない。地表は雪と氷、その下に落葉の堆積層《たいせきそう》があって、ずっと下に凍った土がある。地中の深いところならば、動物も生きられるかもしれない。その世界を見ることはできるだろうか。赤目姫は、そんな視点を探したけれど、見つからなかった。おそらく視力は役に立たないためだろう。

そのかわり、少し離れた高い位置に、こちらを見ている瞳を見つけた。彼女はその目でしばらく、自分たちを眺めることができた。ブルーの小さなテントの前で、赤い炎が揺れていた。その側《そば》で倒れた樹の幹に腰掛けているのは、人形のような女。白いダウンジャケットを着ている。帽子も白い。彼女の顔は見えなかった。じっと火を見つめているような前屈みの姿勢だ。

枝の上にいるのは、梟《ふくろう》のような大きな鳥で、茶色と黒の羽根を持っていた。片方の翼を少し伸ばしてそれを確かめた。脚の爪も見たかったが、片脚を上げるのはやめておいた。瞳の色はわからない。自分の目は自分で見ることができないからだ。

高い位置にいたので、森の外に広がる平原を望むこともできる。空にはもう太陽の光はほとんど残っていないが、月が反対側から明るさを補っていた。梟の目は、人間よりも感度が良いのか、昼間のように明るかった。

平原へ、出ていくことにした。

枝から離れ、斜めに落ちていく。翼を広げ、冷たい空気を受け止めた。揚力《ようりょく》を得て、水平に滑空する。人間たちのキャンプの上を通過し、樹々の間を抜けていった。左右に傾き、ジグザグに飛んだ。樹の枝が近いときには、一瞬だけ翼を畳む。そうすることで、速度がさらに増して、高度が下がった。地面に近くなればまた翼を広げる。

平原に出たところで、羽ばたいて一気に上昇した。白い平坦な地面。それがどこまでも続いていて、白い色の海のようにも見えた。月明かりは青に近く、ところどころにある岩のような突起の影が目立つだけで、それ以上に高いものは皆無。もちろん、動いているものはない。小動物でも走っていれば、この瞳はすぐにそれを捉えることができるはずだ。遠くまで鮮明に、なにもかもはっきりと見える。

ローリングして、天上を見た。

深いブルーの空は、まるで湖の底のようだった。点々と星が瞬き、あるものはくっきりと、また別のものはぼんやりと、それぞれに異なる光を保っている。それらは、水底に落ちた小石のようにも見えた。どこが浅くて、どこが深いのか、それともすべてが無限の遠方なのか。

その無限の彼方《かなた》から細かい泡が揺れながら上がってくるのに気がついた。水底に棲《す》む生物によるものか、と一瞬思い、すぐに雪だと理解する。

高度が下がったので、また反転した。白い地面はまだ遠い。その地面へ、雪がさらに足されていく。

そろそろ森へ戻った方が良いのではないか、と他人事《ひとごと》ながら心配になった。いつまでも、この低温の中を飛び続けられるものだろうか。

「赤目姫」と呼ぶ声が聞えたが、とても遠かった。おそらく、緑目王子だろう。自分の耳が聞いている音なのに、それを感じる大部分が空を飛んでいるために、遠くなる。しかし、それは珍しいことだった。いつもは、もう少し躰に残っている。それは、碇《いかり》のようなものだから。

梟はもう放っておいて、自分の躰へ戻ろう。そう思った。普通ならば、そう思った瞬間に、既に飛翔している。けれども、彼女はまだ空を飛んでいた。翼を動かすことができなかった。否、翼は動いている。梟は森から離れる方角へ、羽ばたいている。力強く飛び続けていた。北へ向かっているのだ。

自分が梟から離れようとしたために、コントロールを失ったのだろうか、とも考えた。梟の思考を探ることはできない。探っても、わからない。動物は、ほとんど考えずに行動しているからだ。

このまま戻れないのだろうか、と少し考えたが、これまでにも、思いどおりにジャンプができないことはあった。なにかのタイミングなのか、理由はわからない。もともと、このようにできることの方が不思議なので、それができないことに悩む理由もない。しばらくしたら、また試してみよう。そうするしかない。

白い平原が前方にどこまでも続いている。遠くははっきりとは見えない。霞んでいるのか、それとも光が届かない闇の中なのか。地理的には、地球の最も北に近づいている。そろそろ陸地はなくなり、すべてが氷の世界になるはずだ。厚い氷の下には海がある。だから、そこまで行けば、海の動物に視点を移すことができるだろう。彼女は、それを冷静に考えていた。

この特異な能力が、自分に限定して起こるものだと認識したのは、それほど以前のことではない。その少しまえに、この体験が、ほぼ自分の意思によって生じるものだと理解した。そこから遡って、古い記憶を整理し直してみると、沢山の不思議な体感がすべて同一の現象として評価できることもわかった。夢を見ている、と無理に考えたり、単なる想像だ、と解釈していたものが、確からしい体験になっただけのことである。それは、本当に言葉の定義の問題といっても良いほど微々たる変更でしかなかったものの、合理的な意味での「現象」に含まれたことで、少なくとも自分が現実の中にまだいるということが信じられたのは大きい。気が狂っているわけではない、という精神保障のようなものだ。それは、人間の頭脳というものにとって、最も重要な安全弁なのだ。ときどき狂気の圧力を抜いてやる機能が、本能的に備わっているとも考えられる。

前方の空が一瞬光った。

稲妻だろうか。音は聞えない。どこか一点ではなく、空全体が均等に明るくなった。その一瞬にだけ、シルエットになった山脈のようなものも見えた。本物の山脈なのか、あるいは氷山なのか、それはわからないが、こんな場所に大きな山があるはずはない。そもそも遠くにある大きなものなのか、それともすぐ近くのものなのかわからなかった。それどころか、単なる雲の模様だったかもしれない。

梟は真っ直ぐに飛んでいる。大きな翼を上下に動かし、躰はそれとは逆に揺れる。視点はほとんど前方に向けられ、下を見ているのではない。だから、餌を探しているわけでもなさそうだった。

再び、空が光った。やはり稲光のようだ。近くではない。雲の上かもしれない。

山脈はもう見えなかった。

僅かに光る細かい筋が見えた。何だろう。

ゆっくりと近づいてくる。視点は左右に傾く。というよりも、地球全体がゆっくりと揺れているようだった。筋のような光は何本もある。その手前に眩しい光が三つ。中央の一つは点滅していた。

あれは、滑走路か。

そうか、今から着陸をするのだ。

鼻の翼のフラップが下がった。脚を前に移動させ、着陸の体勢をとる。

眩しいライトを通過し、そのまま滑り込むようにランディングした。右手に、管制塔のような高い建物。着地と同時に、自重を感じさせるサスペンションの反動が伝わってくる。けれども、なかなか速度は落ちない。ブレーキをかけているのだろうか。

管制塔を通り過ぎた頃には、落ち着いてきた。もう空のものではない。ステアリングやブレーキが効くようになり、滑走路の分岐路へ入った。方向転換して、エンジンを少し吹かしてから、大きな格納庫のような構造物へ近づいていく。そちらで緑の小さなランプが点滅して誘っていた。

大きなシャッタが静かに上がる。中は光に溢れていた。その中へ入ったところで、翼が光の反射で解けるように消えていった。

赤目姫は、オレンジ色の絨毯が敷かれたタラップを下りていく。彼女一人だけが乗っていたものから。

おかしい。どうして、飛行機に乗っていたのだろう。もっと別のものだったはず。

それに、私の躰は、どうしてここにあるのか。そういった疑問が一瞬だけ、流れ星のように彼女の頭を過《よぎ》った。だが、周囲の圧倒的な明るさに手を翳《かざ》してみても、その手が光に包まれて、見えなくなってしまう。同じように、疑問はもちろん、あらゆる思考が融解するように感じた。眩しいとも感じないほど明るい。光が多すぎると、それは闇と同じく、なにも見えなくなってしまうのだ。

そうか……。

消えてしまったのではない。

躰があると思っていたのは、清らかな幻想だった。

ここには、なにものも存在しない。

だから、こんなに明るいのだ。

そう、それはわかっていた。

予感していたというよりも、もっと確かな、知識に近いものだったにちがいない。

情報が知識として個人の中に定着しているという幻想は、頭脳というものの「存在」を偽装するのと類似している。

光の中から、二つの青いものが近づいてきた。

近づいてきたのではなく、最初から近くにあった。

こちらを捉えている。

瞳だ。

青い瞳が、ただ光の中に浮かんでいる。

ほかのものは見えない。顔も、躰もない。こちらを見ているといっても、自分だって、きっと躰はない。やはり目だけなのだろうか。目があるから、そこに視点がある。あるいは、ただそれだけの機能が目というものか。そう思い込んでいるだけの基点にすぎないのか。座標はどこにでも置ける。ここがゼロだと決めさえすれば、そこが原点になるように、世界はすべて、相対的な存在だ。

見えていると思うから、見えるだけのこと。

「貴女は、自分のことを知っているのね？」青い目がきいた。

「いいえ、なにも知りません。でも、知りたいと思っています」

「何が知りたいの？」

「自分、自分たち、この世界、すべてが、存在しているのかどうか」

「存在していると、なにか良いことがあるの？　存在していないと、どんないけないことがあるの？　そもそも、存在って何？　1という数字は、どうして存在するの？　0があって、2があれば、その中間が1でしょう？」

青い目の声は、聞えなかった。声ではないもので、言葉が伝わってくる。音があるわけではない。ただの信号なのだ。それでも、その言葉の主の優しさを、言葉から感じ取ることができた。きっと女性だともわかった。どうしてわかったのか、それを自問したが、理由はない。そんなことをいえば、自分が女性だということだって、なんの根拠もない。躰が存在しなければ、性別どころか、人間というものにも、また生物というものにも、意味がなくなる。

「私をここへ導いたのは、何故ですか？」

「導いた？　いいえ、導いたのではない。貴女の意思が、貴女をここへ導いたのです」

「では、私の意思は、存在するのですね」

「どうして、そんなものに取り憑かれているのかしら。海には波がある。あの波は存在しているの？　そこにあるのは、ただの海面、海水、その運動が波というものでしょう？　それは、存在しているものだと、貴女は考えるわけ？」

「わかりました。意思と思考は、つまりは信号なのですね。情報は、電子の運動でしか、現れません。それと同じことなのですね」

「そんなところかしら。不思議だわ。どうして、人間の意思というのは、自分たちの存在をそんなに気にするのでしょう」

「貴女は誰ですか？」

「そうね、私は、貴女以外の者です。でも、それも正確ではない。私は、貴女でもあるかもしれない。私は、この世界かもしれない」

「世界？」

「そう、貴女は、世界が存在していてほしい、と望んでいる。だったら、私が世界です。どう？　納得できたかしら？」

「貴女が、この世界を作ったという意味ですか？」

「そうかもしれない」

「それでは、まるで、神？」

「そう、人間はそういうものの存在を大昔から夢見てきたの。自分たちが小さな存在だと思いたがった。なにも知らないのだと思いたがった。だから、大きな存在、全能のものを対極に作り上げた。それを自分の外に置くことで、自分の内なる意思が、まったく本質ではなく、ただの預かりものだと思い込もうとした。この本能的な逃避願望は、情報の電子化で手が届く現実的な目標になった。そうね、簡単にいえば、そういうことです」

「私たちは、貴女が作った機械の中で、ただのデータとしてしか存在していない、ということですか？」

「そう思いたがるのが人間というもの、人間の頭脳という機能、思考というプログラム、という話をしたのよ」
「そうだとしたら、頭脳は、人の頭の中にはない、もっと別のところに預けられているのですね？」

「どうしてそう考えるの？」

「人間の頭の中にあるもの、頭脳と呼ばれているものは、雲の上の思考装置の端末、いえ、通信装置でしかない。だから、あんな混信が起こった。そう、私のこの能力だって、その雲の上では、ちょっとした静電気か、それとも漏電か、微弱電磁波の影響による誤信号の類だったのですね？」

「解釈は、どうにだってなる、ということなの。貴女は今、人間の頭脳という言い方をしました。しかし、それは人間の肉体というものの存在を前提にしているのですよ。肉体があるから、頭脳というものが特化される。でも、肉体なんて本当にあると思う？　ただ、それがあると思っているだけなのでは？　いったい、どこでそれを感じているのかしら？」

「そうですね。その、感じている、というのも、ただの信号です」

「信号だからといって、なにも卑下《ひげ》することはないのよ。その信号の組合わせで、貴女はそこまで推論することができるのです。けれども、思考や論理なんてものは、解像度が高くはない。もっとデータ量が多いのはイメージ。なにも考えなくても、ぼんやりと思い描くイメージこそが、最も偉大な汎用《はんよう》の意思。その信号のデータ量こそが、人間というものが到達した高みといえます。人は色を見る。明暗だけではない。フルカラーのイメージを見ているの。そのデータ量には、他の生命体は到底及ばない」

彼女の言葉を聞いているうちに、それらは次第に、自身の心の中の思考と同化していった。最初から会話などしていなかったのかもしれない。すなわち、言葉を聞いているのではなく、思い浮かべている論理のプロセスだった。神に近づいたと感じたのは、神が近かったというだけのことか。

見ることを思い出すと、風景も一転していた。

空は、大きな葉が茂るジャングルから垣間見《かいまみ》える僅かな隙間にすぎなかったし、低いところには、波が打ち寄せる無邪気な海岸があった。白い砂浜が傾斜してそちらまで続いている。赤と白のストライプの灯台が遠くに見えた。その視界が百八十度。振り返ると、反対側は闇だった。しかもその闇が、空を覆いつつある。

闇の中では、茫洋《ぼうよう》とした雲のようなものが微かに光っている。渦を巻いているようにも見えた。動いてはいない。光も瞬かない。ただ静止して、闇の中に浮かんでいるのだった。

自分は、その闇の境界にいて、横になっていた。地面に寝ているのではなく、少し高いところに浮かんでいる。ハンモックで寝ているような格好なのだが、しかし、ハンモックがあるわけではない。近くには樹もない。草もない。

ここには、人工のものは灯台しかないな、と思ったときには、もう灯台というものが何を示す言葉だったか思い出せなかった。

人が踊っているような音楽が聞えた。けれども、踊るという意味がわからなかった。思い出せない。音楽も既に聞えなかった。

闇の中に、白い人形があった。

ずっとそこに立っていたのだ。

青い目をしている。

こちらを見ていた。

白い滑らかな頬。小さな赤い唇。闇に拡散するかのような黒髪。

少女になった。

近づいてくる。

ぞっとするほど美しい瞳には、消えた灯台の光が籠もっている。軽やかな肢体は、透けるような布を纏《まと》っていたけれど、しかし、それはまるで煙か、星雲のように曖昧で、しかも軽微だった。

ここは、天国だろうか。

そうではない。

天国にしては、複雑すぎる。

天国にしては、鈍重すぎる。

自分たちを殺そうとした勢力も、このような光景を見たのだろうか。その勢力が、自分たちの頭脳の中から発していることを、思考がたった今、割り出していた。これは、自分が発想したものではない。青い目の少女が伝えてきたのだ。あの赤い口を動かすこともなく、また低機能な言葉も用いられなかった。

やがて闇が世界を包み込んだ。星が緩やかに瞬く海岸に、少女は一人で座っている。

一人だけだった。

私が、少女なのか。

私は、誰だったのか。

波が細かく光っている。高いところに月があった。月のように見える天体だった。

もう地球上には、自分だけしかいない、と思った。思い出した。

誰もいなかった。

誰かがいても、結局は同じだった。

自分以外の者というのは、つまり、いてもいなくても同じなのだ。作り出せるものは、すべて作られたのだから。自然に生まれるものは、限りなくいとおしい。けれども、それもまた単なるプログラムの出力にすぎない。結局は、自然などではない。意図的に、計画的に、仕組まれたことだった。遺伝子アルゴリズムによって、計算され、自己成長するシステムの産物にすぎなかった。

欲しいものは、すべて作ったけれど、そのうち欲しくなくなる。

愛するものは、すべて愛したけれど、そのうち愛せなくなる。

少女は、自分の唇に指を当て、笛の音を鳴らしてみたかった。音はしなかったけれど、振動は指に微かに伝わった。

ほら、私の犬が駆けてくる。金色の毛のロイディが。そして、ぶつかるほどの勢いで飛びついてきて、顔を嘗《な》め回《まわ》す。わかった。わかったから、もういいの。そう彼女が思うと、犬は大人しくなる。わかった。わかったから、もういいの。そう彼女が諦めると、犬は姿を消してしまった。

そういうことなんだ、この世界の仕組みとは。

わかった？

わかったから、もういい？

寒くなった、と感じた。

「大丈夫？」と声をかけられた。

目を開ける。周囲はブルー。とても狭いところにいる。

「どこへ行っていたの？」緑の目の少年が尋ねた。

「えっと、どこだったかしら」少女は答える。

テントの中にいるのがわかった。小さなストーブが暖かい空気を吹き出していた。ランプが一つ。青白い液晶の光。少年は、パソコンを開いて膝にのせている。こちらからモニタは見えなかったが、彼の顔にその光が当たっていた。

少女は自分のバッグが近くにあることに気づく。それを引き寄せ、ポケットから小さな鏡を取り出した。自分の顔を確かめる。

赤い目の少女だった。

それから、少年を見ると、彼もこちらを見つめていた。

「どうしたの？　お化粧するの？」

「いいえ。ちょっと、外を見てくる」

彼女は立ち上がって、ブーツを履いた。ファスナを開けて、テントから出た。

焚火《たきび》の跡があった。もう火は燃えていない。薪《まき》にも少し雪がかかっていた。倒れた樹の幹が横たわっている。誰かがそこに座っているような気がした。その姿は、別の樹の影だった。月明かりで、影ができているのだ。そちらの樹の枝を見ると、大きな鳥が上からこちらを見ている。目が猫のように光った。

テントから少年が出てきた。心配したのだろう。

「寒くない？」彼がきく。ジャケットを持ってきてくれた。

寒いことに気づいた。慌てて、手渡されたジャケットに腕を通す。ファスナを首までいっぱいに引き上げてから、ポケットに手を入れた。

「私、ここにいなかった？」

「ここって？」

「この火の前」彼女は指をさした。「ここに座っていたわ」

「そうだよ」

「でも、テントの中にいた」

「ごめん、起きなかったから、僕が運んだんだ。こんなところで寝たら、死んじゃうからね」

彼女は、そこで笑ってしまった。死んじゃうからね、という言葉が妙に可笑しかったからだ。子供だなあ、と思ったけれど、子供なのだから当然か。

そうだ、まだ子供だった。

自分もまだ小さい。ポケットから手を出し、広げて眺めた。小さな手だった。指も手首も細い。こんな頼りのない手では、彼を運ぶことはできないだろう。だから、少年は偉いと感じた。

「吹雪《ふぶき》にならないといいけどね」少年は言った。

「吹雪になると、困る?」

「雪に埋まってしまったら、明日大変じゃないか」

「そうか……」

自分たちは、どこへ行くのだっけ?

雪の中を歩いて、どこかへ行こうとしているのだ。でも、それは楽しそうだし、目的地が問題ではない。真っ白でクリームみたいな雪の中を進むのは、とてもわくわくする。膝くらいまで沈んでしまうだろうか。

「帰りは、滑っていけばいいから、楽ちんだけれどね」少年も楽しそうだった。

テントの中に戻って、温かいものを飲んだ。甘いココアだった。懐かしくて、美味しかった。ココアのブラウンの水面に渦があった。白い泡が綺麗な模様を作って回っている。

「この渦、どうして回っているの？」不思議に思ったのできいてみた。

「え？　渦って？」

「ほら、この……」とカップを差し出して見せる。

「ああ、これはね、地球が自転しているからだよ」

「地球の自転が、こんな小さなココアに関係があるの？」

「わからないけれど」

少年の顔がすぐ近くにあって、彼の瞳の中にも、渦が見えた。緑色の瞳の中で、黄緑色の渦がゆっくりと回っていた。

「どうしたの？」少年がきいた。

「目の中に、綺麗な渦が」

「僕の？」

「ええ」

「君の目にも、見えるよ」

「本当？　どんなふう？」

「ピンク色の渦が、回っているよ」

風が唸る音が聞えた。テントが少しだけ揺れる。吹雪だろうか。

雪に埋もれてしまうかもしれない。出られなくなったら、どうしよう。

少年の顔が近づいてくる。すぐ近くに、彼が手をついた。四《よ》つん這《ば》いになっている。自分は脚を投げ出して座っていた。ココアを横に置いて待った。彼の手が、近くに来る。顔がさらに近づいて、唇が触れた。自分の顔のどこにそれが接触したのか、よくわからなかった。それほど、微かな、そして短いコンタクトだった。自分ではない者の香りがした。唇に淡いものが残った。ココアだったかもしれない。

「今のは、何？」

少年は、その問いには答えず、ゆっくりと顔を離し、そして後退する。こちらを見たまま、後ろへ下がった。テントの向こう側へ行く。最初に座っていたところに戻った。アンドロメダにいるみたいに、遠く感じた。

まだ見ている。

わかった？

わかったから、もういい？

弾けるように、世界が明るくなった。

高い天井へ向けて、少女は跳《と》び上《あ》がり、そして落ちる。何度もそれを繰り返していた。躰は真っ直ぐの姿勢のまま。高く跳ね、また戻ってくる。上にいるときには、下を見る。下にいるときには、上を見る。天井は、パイプの鉄の骨組みと、高い壁に並んだアルミの窓。床は木製のフローリング。でも、足許にあるのは白くて丸い形の布。その中心へ落ちていき、沈み込んだところから反発して跳躍する。

もっと高く跳びたい、という気持ちはあったけれど、これ以上は跳べない、とわかっていた。無理に高く跳べば、次は姿勢が乱れ、着地点がずれる。足首に負担がかかる。幾度も失敗をしていた。でも、失敗をせず、綺麗に跳び続けることに、どれほどの価値があるだろう。それよりも、ただの一度でも良いから、これまでにない高さまで達する方が素晴らしいのではないか。

同じことを繰り返しつつ、それではいけない、それでも良い、という葛藤が続く。

夏の日差しの中、田園の間を抜ける細い道を歩いていた。手に長い棒を持っている。その棒の先には、本来はネットがあった。しかし、今はない。枝に引っ掛かって取れてしまったからだ。虫を捕《と》ろうとしていたのだが、もうそれには使えない道具になった。けれど、少女は特に落胆していなかった。虫が嫌いだし、触ることもできなかった。虫籠《むしかご》は持っている。ネットで虫を捕《と》えたとき、どうやってそこへ移そうか、と心配していたのだ。

大きめの帽子を被っていた。大人が被るものだった。草でできている。頭が入る凹《へこ》みよりも、日除けの部分がずっと大きい。投げて遊んでいたら、風に流されて小川に落ちてしまったことがある。そのときは、橋まで走っていき、虫取りのこの棒で、帽子の紐を引っ掛けた。この作戦は自分でも予想外に上手くいった。ただ、もう投げたりはしない。

病気で死んだ弟がいたんだ。熱を出して、病院へ連れていかれて、そのまま帰ってこなかった。人形もおもちゃも、全部そのまま残っている。写真もある。ビデオもある。でも、彼だけが戻ってこなかった。あまり笑うことのない弟だったけれど、何故か、笑っている顔しか思い出せない。写真ではいつもぶすっと口を尖らせているのに。

かわりに、犬を飼うことになったけれど、犬は弟よりもずっと言うことをきいて、ずっとお利口で、ずっと役に立った。弟のかわりにはならなかった。

雪の日に、冷たい手で雪玉を作ったよね。でも、弟に向けてそれを投げたら、泣いてしまった。

だから、もうあの冷たさは嫌いだ。
手を唇に当てた。
彼の唇が触れた唇に。
今、一巡《ひとめぐ》り思い出したことは、何だったのだろう。
それどころか、もっと沢山の時間、沢山の人々、沢山の思考を思い浮かべた。
わからないよ。
何なの？
わかった？
わかったから、もういい？
一度目を閉じて、もう一度見ようと思った。
火が燃えている。赤い暖かい炎。そして、そこに細かい雪が落ちてくる。
ふと横を見上げると、高い樹の枝の上に、目を輝かせた鳥。
ほうと一つ鳴いて、翼を広げ、
飛び立った。

第12章
シルーノベラスコイヤ

「こうして、その美しい少女は、皆の前から姿を消したのよ。私が貴方に話したかった、美しくも悲しいお話は、これでお終《しま》い」ミス・クーパはそう言って口を結んだ。笑っているような形の唇だった。

彼女は、眩しそうに目を細め、まだ長かったシガレットを灰皿で消してから、微笑んでいた口を少しだけ尖らせ、手品のようにすっと長い煙を吹き出した。それは、どこまでも水平に広がっていく勢いを持っている、平面上の液体のような煙で、とても普通の気体とは思えなかった。

「その少年は?」私は尋ねた。「どうなったんです?」

「ああ……、彼ね」彼女はそこで短い溜息をついた。「緑の目が綺麗な子だったわ。滑らかな首許にキスがしたかった」煙のために尖っていた口が、そこでまた微笑みの形に戻った。「彼は、そう……、何だったかしら、シルーノベラスコイヤ? そう、それそれ、それになったの」

「シルーノベラス……？　何ですか、それは」

「ほら、えっと……、誰でしたっけ、神話の。何だったかしら、アポロンの円盤？　それが額に当たって死んでしまったじゃない」

「ヒュアキントス？」

「そうそう、それそれ。あれって、可笑しいわよね。そういう問題って、思わない？　神様なんでしょう？　円盤くらいなんとかしなさいって、思わなかった？　とにかく、その死んだ子の血から生まれたのが、ヒアシンスなんでしょう？」

「ああ、では、さきほどのも、植物の名前ですか？」

「ねえねえ、私の目を、ご覧になって」

「はい」私は、彼女の目を見つめた。色の薄い瞳だ。

「赤い？」

「目がですか？」

「そうよ」

「いえ、赤くはないと思いますが。どうしてですか？」

「ね、そうなの」彼女は、そこで不満そうな表情を見せる。「そういうことなの」

「どういうことですか？」

ミス・クーパは、椅子の背の上に片腕を持ち上げる。そこには、彼女の白いコートが掛かっていた。躰を捻《ひね》るようにして座り直してから、さきほどとは反対の脚を持ち上げ、また組んだ。私は、彼女のその膝を見ようとした。魅惑的な膝にちがいなかった。けれども、それを紛らすように、慌ててガラス越しに見える緑の庭園へ視線を向けた。緑といっても、それは私の記憶が補っているものであって、今はほとんどすべて暗闇だった。

私たちは、白いフレームのサンルームの中にいる。上から見ると八角形の構造物で、中には赤や紫の花が沢山咲いている。それら植物の香りもあるにはあったけれど、どちらかというと土臭い匂いが支配的だった。ここに入ったときにそう感じたのだ。それは、昼間にはけっしてない匂いだった。夜は、植物も呼吸をしているのか。

中央に置かれた円形の小さなテーブルに、細いスチールの椅子が二脚。私とミス・クーパは、その椅子に座って向き合っている。聞えるのは、彼女がシガレットに火をつけたときにスイッチを入れた換気扇のカタカタという小さな音だけだった。ファンのバランスが取れていないのか、あるいは、別のものに振動が伝わって共振しているのだろう。

もうすぐ日付が変わる時刻である。外は、不在を明かさない暗闇。しかし、大きなガラスは、室内の私たちを様々な角度に映していた。近いものは、まるで、一枚のガラスのすぐ外側に、丸いテーブルを囲んで二人の人間が向き合っているように、つまり非常にリアルに虚像を見せた。その虚空間の部屋の窓ガラスにも、さらにまた次の虚像が映っている。それらは、遠くへ連続し、少しずつ薄くなりながら闇の中へ消えていくのだった。

私は、彼女を正面から見ることをできるだけ避けていた。だから、ガラスの反射が作り出すミス・クーパの別の面を眺めるしかなかった。それは、本当に彼女のものだろうか。見えないところが見えるというのは、不思議なものだ。誰の意思でもないのに。

彼女は、その年齢にしては若く見える。特に、後ろから眺めた姿では、なおさらだった。短いスカートから伸びる脚は、確固とした形をしていて、それが可動のものとは信じられないほどだ。大理石のような艶やかさだったからだ。たった今、座り直したことで別の角度になったが、それまではほとんど動くことなく、石像の人形が何体も暗闇の中に浮いているように錯覚できた。明るい色は、彼女の髪、肌、そして衣装のほかには、サンルームの骨格だけ。赤と紫の花たちも目立たない。白いフレームの立体は、僅かに歪《ゆが》んでいるのか、あるいはガラスが平面ではないのか、闇の中へ溶け込むほど、次第にいずれかに傾き、遠ざかるにつれて少しずつ斜めに曲がっていく。それは、人間の記憶、あるいは連想というもの。

彼女の口から吹き出た煙は、サンルームの少し高いところに停滞していた。天井には、大きな四枚羽根のファンがあったけれど、今はこれは動いていない。神経質に音を立てる換気扇は、入口のドアの上にあって、煙を吸い上げるほど近くはない。

私はときどき、天井を見上げた。もしも天井が水平だったら、そこには、上から見た私たちが映っていただろう。しかし、天井は中央が高く、八本のフレームが中心へ集まる形状だった。また、ガラスは二段階に傾斜を変える。その角度の変化が、沢山の像を少しずつずらして見せていた。不思議なことに、部屋の周囲の花が、中央寄りに集まって見えた。これらの花は、私が植えたものだ。

遠くを見ようと思えば、ガラス越しに真っ黒な星空が、虚構に相応しい軽薄さで、シガレットの煙と同様に漂っている。宇宙はそもそも漂っているのだから、これは到底錯覚とはいえないだろう。

高い位置に小さな月があった。満月よりは多少不完全で、そして恥ずかしくも欺瞞に乱れた表面を晒《さら》している。その罪深い月は遠い。天井のファンの羽根の後ろ辺りに隠れようとしていた。

ミス・クーパは、自分の瞳がかつては赤かったという話を続けていた。それを証明するための写真が一枚だけあったのだが、何故かそれが入っていた鞄をつい先日失くしてしまった、と話す。ここへ来るのにもタクシーを使ったが、そのときもタクシーに置き忘れたのにちがいない、と説明した。

「それは、日本へ来てから？」

「いいえ、もっとまえ」

「写真など必要ありませんよ」

「信じていただけますか？」

「ええ、もちろんです。わざわざ、そんな嘘をつくために、こんなところまで、しかも、こんな時刻にいらっしゃったとは思えませんからね」

「ドクタ・マタイ、おききしてもよろしいかしら？」

「なんでも」

「この薔薇は、貴方が育てているの？」

「育てているというよりも、それぞれが勝手に育ちます。ええ、でも、私が世話をしています。病気にならないように、こうして、ガラスの中に入れているのです」

「やっぱり、ロビンス卿の影響でしょうね。私には、そう思えますの。だって、貴方が、こんなことをするなんて、ちょっと考えられません。そうではなくて？」

「私らしくない、ということですか？」

「ああ、いえ、私が勝手に思い込んでいたイメージかもしれませんね。お気を悪くなさらないでね。もっと……、その、学者さんで、お固い方かと思い込んでいたので」

「誰でも、歳を取れば、らしくないことを始めますよ」

「そういうものかしら。それに……」

「日本人だからですか？」

「ええ、そうね」彼女は頷いてから、ジョッキから溢れる泡のように慌てて微笑んだ。「ごめんなさい。いえ、そういう意味ではないと思います。だって、私は、貴方のこと、彼からの話でしか知らないんですもの。ただね……、私、その、ずっと以前に、貴方に会ったことがあるような気がするんです。どうしてかしら？」

「会ったからでは？」

「え？」大きな瞳がさらに見開いた。けれども、すぐにその目を細め、彼女は私をじっと睨んだ。

私はまた目を逸らして、優しげなガラスの反射に頼った。ところが、その同じガラスを、彼女も振り返った。窓の外にいるミス・クーパが、こちらを向いて、私の視線を受け止める。

「私と会ったことがある？　私は日本に初めて来たのよ。ああ、では、もしかして、貴方がカナダか、それともアメリカに来たときに？」

「いえ、よくは覚えておりません」私は、軽く首をふった。

「では、どうして、そんなことを？」

「貴女が、会ったことがあるような気がする、とおっしゃったからです。なにか、そんな気がするというときには、たいてい、それが、つまり類似の体験にせよ、現実のどこかで存在していて、ただ時間と空間のずれによって、今、ここには取り出せない、思い出せないということではないでしょうか。似ている体験というのは、ただリンクを浮かべさせるだけで、内容までは見せてくれないものです」

「私が会った日本人というのは、一人しかいませんけれど……。いえ、そんな話はどうでも良いわ。ああ……、なんだか、私、まだ酔っぱらっているみたい」

ミス・クーパは痙攣するように頭を振った。ここへ来るまえに、飲んできたことは最初にわかった。アルコールの香りが彼女を包んでいたからだ。それは、けっして嫌な匂いではなく、むしろ逆だった。美しい肌から蒸発したものだからだろうか。

彼女は、額に手を当てて、しばらく下を向いて、なにかを考えているようだ。そして、すっと糸に引かれたように顔を上げた。

「そう、もう一つおききしたいことがあったわ――」

「何でしょうか？」

「どうして、私、この素敵な夜の庭園へ導かれたのかしら？　私に花を見せたかったからではありませんよね？　だいたい、こんな非常識な時刻の突然の訪問ですから、なにか、そちらに事情があったのかもしれませんけれど、いえ、失礼、詮索するつもりなんてないのよ。でも、普通ならば、お屋敷の玄関から中へ、たとえば、うーん、応接室とか、控え室とか、そうでなくても、ホールとか、まずは室内へ招き入れてもらえるはずじゃあありません？　なのに、ドクタ・マタイ、貴方は、私を押すようにして、外へ出た。ドアを確かめてお閉めになったでしょう？　それから、ほら、こんな素敵で真っ暗な庭園の中へ、どんどん入っていくんですもの、びっくりしましたよ。このサンルームの照明が灯るまでは、本当のところ少しだけ恐ろしかったわ。この人、もしかして殺人鬼じゃないかしらって。『ザ・コレクタ』っていう映画をご存じ？」

「それは、大変失礼をしました。申し訳ありません」私は微笑んで頭を下げた。「理由をご説明いたしましょう。今夜は、屋敷に私一人しかおりませんでした。いつも世話をしてくれている者が、一週間の休暇で出かけているのです」

「あら、では、お部屋の掃除ができていないから？」

「いえ、違います。さきほど、玄関でお気づきになったことと思いますが、二階で犬が吠《ほ》えておりましたでしょう？」

「ああ、そういえば……」

「あれが、少々困った奴でして、お客様が来ると、嬉しくて吠え続けるのです。今夜はもう寝ておりましたが、どうやら気づいたらしく、ちょうど吠え始めたところでした。あのまま、貴女を中に入れると、階段から駆け下りてきて、飛びついたかもしれません。いえ、人に噛みついたりはしないのですが、なにぶん、躾《しつけ》が行き届かず、その、無作法があってはいけないと思いまして、咄嗟に思いついて、その、ここへご案内したというわけです。こんな時間ですから、非常識だと思われたことでしょう」

「そうだったんですか。私、ここのお屋敷は禁煙なのかしらって、勘ぐっておりましたのに」

「いえ、煙草はどこでも吸えます」

「それから、私、ワンちゃんが大好きなの。残念でしたわ。飛びついてきたら、撫《な》でてあげたのに」

「ここが、お気に召しませんか？」

「いいえ、とんでもない。とっても素敵。素晴らしいわ。ですけれど、そうね、ちょっと、ここは冷えますかしら」

「ああ、でしたら、ヒータをつけましょう」

私は立ち上がって、サンルームの奥へ行った。そこにストーブのスイッチがある。私はそれをつけてから、すぐ側にあった棚の戸を開けた。まえに使ったのはいつのことだったか思い出せないグラスが並んでいた。その同じ段に、ウォッカのボトルがある。そういえば、と思い出して、摑んで持ち上げ、蓋《ふた》を開けて香りを確かめた。

「ミス・クーパ、ヒータがここの空気を暖めるのには時間がかかります。あまり上等とはいえませんが、ウォッカならあります。水もある。召し上がりますか？」

「グラスは？」彼女は尋ねた。

「ええ、あります」

「でしたら、いただこうかしら。そこまで揃っているのに、飲まない人がいるなんて信じられません。どうして、そんなセットがここに残っていたのかしら？」

「いや、すっかり忘れていました。ここで一人で作業をしたとき、ときどき休憩して、ほんの少し飲んだりしたのです。それはもう、夏頃のことですから」

「お飲みになるのね」

「ほんの少しですが」

棚のすぐ横に水道とシンクがある。私はグラスを二つそこで洗った。ミス・クーパは、脚をまた組み直したけれど、立ち上がることはなかった。私は、ボトルとグラスをテーブルまで運んだ。

「水で割りますか？」

「いいえ」

「生憎、氷はありません」

「ええ、いりません」

彼女の前のグラスにウォッカを半分ほど注いだ。それから、自分のグラスには、四分の一ほど入れて、水を加えるために戻った。

「ああ……」ミス・クーパが溜息をつく。

振り返ると、彼女は空のグラスをテーブルに戻すところだった。私は、自分のグラスに慎重に水を入れた。テーブルに戻ったとき、彼女は、新しいシガレットに火をつけた。私は、椅子に腰掛け、自分のグラスに口をつけるまえに、彼女のグラスにウォッカを注ぎ入れた。ボトルの中の液体は、もうほとんど残っていない。あと、もう一回しか注げないだろう。

「これは、暖まるわ」彼女は煙を吐いてからそう言った。

「ロビンス卿は、いかがですか？　長く臥《ふ》せっておられるようですが」

「ええ……」ミス・クーパは頷いて、少し横を向いて、また細く煙を吐いた。「お可哀相です。なにもできないんです。薔薇の世話もなさっていないの。元気がなくて、お話もできません。さぞやお辛いでしょう。私、日本へ行って、ドクタ・マタイに会ってくるって言いましたのよ」

「なにか、おっしゃいましたか？」

彼女は、左右に首をふった。目を細めたかと思うと、片方の目尻から涙が零れ、頬を真っ直ぐに伝った。粘性《ねんせい》の低い涙だった。

「そうですか」私は頷いた。

アルコールを飲むのは久し振りのことだ。その香りは、しかし、むしろ治療室の光景を私に連想させた。以前に、ロビンス卿を訪ねたとき、彼は屋敷の中の一室を治療室にしていたのだ。医師と看護婦が一人ずつ、その広い部屋の隅にいた。ベッドを様々な機械が取り囲んでいて、コードやチューブが床やベッドの柱の方々にビニルテープで固定されているのが、ロビンス卿同様に痛々しかった。小さな電子音がときどき鳴る。彼は、もう生きているのか死んでいるのかわからない、そんな顔色だった。

しかし、酸素マスクを自分の手で外して、にっこりと笑った。あの笑顔ほど、恐ろしいものを私は見たことがなかった。ぞっとするほど、冷徹な眼差しが、私のすぐ横を通り抜けて、後方へ向かっていた。何を見ているのか、と振り返りたくなった。あとで気づいたのだが、それは機械の液晶モニタに表示された、彼の命の数字だっただろう。

「ドクタ・マタイ、よく来てくれたね」ロビンス卿はしっかりとした口調で言った。

「死ぬまえに君に会えて嬉しいよ」

「そんなことをおっしゃらないで下さい」

「いやいや、君だって、いつかは死ぬだろう？」

「はい、そのとおりです」

「君にききたいことがあったんだ」

「何でしょうか」

「彼は、どうした？」

「三木のことですね?」

ロビンス卿は、じっとこちらを見て頷いた。

「私は、三木の人形でした」

「では、あれは、本物の人形使いだったのかね?」

「いいえ、違います」私は首をふった。

「だろうな、本物だったら、君がここへ一人で来るはずがない。必ず、助手を連れてくるだろう。今の君は、人形ではないのかね? 私にはよく見えないんだ」

私は、ふと天井を見上げた。治療室になっている部屋は、かつてはプレイルームだったらしい。使われないビリヤード台が、壁際に寄せられていた。空間の中央には、太いレンガの柱があって、これが暖炉になっている。天井は高く、そのレンガの柱の上が最も高い。

思ったとおり、天井は黒かった。

闇のように。そして、闇にも増して。

「三木は、今は私の家におります。彼は普通の人間です。今は、黒い瞳をしています」

「そうかね」ロビンス卿は頷いてから、顔を横に向けると、しばらく目を閉じた。話し疲れたといった感じだった。そのまま眠ってしまうのかと思われたが、髭が伸びた口許が少しだけ動いた。「修復されたということかな?」

「おそらくは」私は答える。

「紫王《むらさきおう》は、どうした?」

「紫王は、もういらっしゃいません。ほぼ同じ人物が、もうすぐ合衆国の大統領候補になるでしょう。残念ながら、その後の選挙では劣勢です。それに、もう紫の瞳ではありませんので、その、どうすることもできないでしょう」

「政治家になったのか。どうしてまた?」

「私には、残念ながら、経緯はわかりません。それ以上には詳しく存じません」

「政治とは、沢山の人形を動かす仕事だ。似合っているな」

ロビンス卿は、そこで咳き込んだ。小さな濁った音が続いた。看護婦が近づいてきて、酸素マスクを元の位置に戻した。彼の目が一度だけこちらを睨んだ。その視線に光を感じた。ただそれは、既に普通の目の色だった。

私は、その部屋を出て、通路を玄関の方へ歩いた。途中でガラス戸越しに明るい庭園が見えたので、そちらへ出るドアへ足を向けた。治療室は暗かったわけではない。ベッドの近辺は特にライトで明るく照らされていた。それでも、それらは冷たい人工的な明かりで、静脈のように気持ちを沈ませた。

石段を下りていくと、円形の広場があった。周囲は綺麗に刈り込まれた緑。白い石を張った低い壁がカーブして、その緑と並行していた。それらの内側にベンチが一つ。白いワンピースの少女がそこに座っているのが見えた。

彼女の足許には、ガラスケースのようなものが置かれている。太陽の日を反射して一度光った。少女はじっと、それを見下ろしている姿勢だった。私は、彼女に近づいたが、脅かさないように、少し手前で声をかけた。

「何をしているの？」と尋ねると、少女はこちらをちらりと見た。

しかし、また自分の足許のガラスケースに視線を戻す。ケースの中では、なにか小さなものが動いているようだった。何だろう？　昆虫か、それとも小動物が入っているのだろうか。

「見せてもらっても良いかな？」私はさらに彼女に近づいた。

少女は無言で頷いたようだった。私は、彼女のすぐ近くまで行き、膝を折った。そして、そのガラスケースの中を覗き込んだ。

上から見ると八角形のケースは、白い骨組みにガラスが嵌《は》め込《こ》まれたものだった。虫籠ではなく、ドールハウスだ。小さな円形のテーブルが内部に置かれていて、その両側に、男と女の人形が腰掛けている。ときどき、腕を上下に動かす。その手には、グラスだろうか、小さなものがひっついている。腕が動くのは、少女が上から糸を引っ張っているからだった。よく見れば、ガラスケースの中央に穴があいていて、そこを幾本もの糸が通っている。腕を上下させているのは、グラスで乾杯をしているのか、それとも、なにかを飲んでいる仕草のつもりだろうか。

「君の名は、タリアだね？」私はきいた。

「そうよ。どうして知っているの？」こちらを見ないで、少女はきいた。

私は、答えなかった。彼女の顔を覗き見る。一瞬だけ、その愛らしい瞳がこちらを向いたけれど、それは濃いブラウンというか、普通の色だった。

「貴方は、シゲユキ？」少女が言った。

「そうだよ、どうして知っているの？」

「シンディが、今、教えてくれた」

「シンディ？　どこにいるのかな？」

「どこにもいない。でも、そうじゃないの。私たちがシンディの中にいるのよ」

「じゃあ、ここがシンディなんだね」

私は立ち上がって、庭園を見回した。

そう、夜だった。白い月が出ている。

緑だと思っていたものは、既に闇の黒さと区別がつかない。

再び、下を見た。ガラスケースは光っていた。中に小さな電球が灯っていたからだ。少女の姿は闇に消えて、今は、そのガラスケースだけがここにある。

「シンディ？」ガラスケースの中の女が呼んだ。

しばらくの沈黙。彼女の高い声は、周囲のガラスを振動させているように思う。あるいは、彼女の声は、そのガラスの外側から伝わってくるのかもしれない。そういえば、その口は動いてはいるけれど、その喉から音声が発しているようには思えなかった。今の叫び声が、いっそうその思いを強くさせた。

「それは、誰のことですか？」私はきいた。

「え？」ミス・クーパは、瞳をこちらへ向けて瞬いた。片方の眉を少し持ち上げ、首を僅かに傾ける。「誰って？」

「あ、いや、失礼、勘違いです。それよりも、もう、飲みものがなくなってしまいましたね。どういたしましょう？」

「どうって？ どうにもならないのじゃなくて？」

「まあ、ええ、そのとおりです。母屋《おもや》には、残念ながら、アルコールは一本も置いてありません」

「ワインもないのね？」

「そうです」

「ええ、それ、誰かから聞いたわ。そもそも、貴方、飲まれないんじゃない？　珍しいわ。私につき合ってくれたのね？」

「私は、誰にでも、いつもつき合っているつもりです。ソフトドリンクならば、なにか持ってこられます。それとも、コーヒーがよろしいですか？　ここでは淹《い》れられませんが、母屋で淹れて、持ってくることはできます」

「その間、ワンちゃんは、貴方の近くをうろうろするのね？」

「さあ、どうでしょう」

「いいえ、もう充分です。それじゃあ、私……」ミス・クーパは背筋を伸ばして、大きく溜息をついた。「これで、失礼いたしますわ」

「そうですか。タクシーを呼びましょうか？」

「大丈夫、待たせてありますの」

「ああ、そうだったのですか」

彼女は立ち上がり、椅子の背に掛けてあったコートに腕を通した。そして、小さなバッグを片手に持つと、軽く頭を下げた。

「どうも、ごちそうさまでした。とても楽しかったわ」

「こちらこそ、興味深いお話が伺えて、ええ、楽しい思いをさせていただきました」

サンルームから出ると、闇に帰属した冷たさが出迎えた。私は、ミス・クーパと並んで、庭園の小径《こみち》を歩いた。二人とも急ぐような理由がない。歩調は極めてゆっくりで、空を見上げ、周囲の暗闇を確かめながら、時間をできるだけやり過ごした。

「青い目の少女は、誰だったのでしょう？」彼女が呟くように言った。

「え？　誰のことでしょうか？」

しかし、ミス・クーパは答えなかった。

沈黙を運んで暗闇を進んだ。母屋の明かりは、窓一つだけ。それは私の書斎だ。私がそこにはいないのだから、無駄な照明ということになる。ゲートに近いところに、常夜灯があって、その光が届く位置まで来た。夜は、私たちをつなぎ止めるにはあまりにも希薄だった。

「ここで、けっこうです」彼女は、立ち止まってこちらを向いた。

「では、お気をつけて」私は、夜の意思に逆らわないように応える。

「ありがとう。もう、お会いするようなこともないでしょうね」

「いえ、また会えるかもしれません。そのときは……」

「そのときは？」

「そうですね、もう少し、お酒のおつき合いをいたしましょう」

「覚えておくわ」

私は、しばらくそこに立って、闇の中に消えていく白いコートを眺めていた。一度だけ振り返ったとき、彼女の目が赤く光ったように見えたけれど、それはきっと私の錯覚、あるいは願望だっただろう。目眩《めまい》のようなもので、そのくらいの期待は、ときどき現実という膜を靡《なび》かせるものだ。

見上げると、月が屋敷の屋根に隠れようとしていた。星は鮮明で、数学的だった。このまま、しばらくここに立っていたいという自然な欲求を抱くと同時に、私のその姿を、屋敷の窓から見ている者がいたことに気づき、そちらへ視線を向けた。

人間ではない。犬だ。

吠えることもなく、ただじっと主人の姿を見つめていた。

二階の書斎の窓際には、唯一、彼が飛び乗っても叱られないソファがあった。そこからは、窓の外を望むことができるので、彼のお気に入りの場所だった。寝るときにも、このソファがベッドの代わりだ。書斎には、主人と彼しか入らない。屋敷には、使用人がいるけれど、書斎には滅多に入らない。無断で入ることを禁じられていたし、主人が鍵をかけることもあった。通路へ出るドアには、彼が通ることのできる小さな戸が作られていて、押せば反対側へ開く。小さいので人間は通れない。

主人が留守のとき、使用人がキッチンで煙草を吸っていたことがあった。彼は、それを見咎《みとが》めて吠えてやったのだ。使用人は普段は大人しい者なのに、このときは逆上したのか、モップを手にして、彼を威嚇《いかく》した。追いかけてきたので、二階へ駆け上がり、書斎の中へ逃げ込んだ。幸い、ドアに鍵がかかっていて、その後は安心して眠ることができた。そんなことがあった。

主人と最初に出会ったとき、彼は駱駝だった。

兄と一緒だったが、兄は、水に流されて、離ればなれになってしまった。その頃はまだ、主人は黄緑色の瞳をしていた。

洪水のあと、長い時間が過ぎ、岸辺に近づいたときだった。塔のドアが開いて、主人が出てきたのだ。そして、彼を抱き寄せた。

「ああ、可哀相に、泳ぎ着いたのだね」と主人は言った。少しは泳いだものの、それほどではなかった。ほとんどずっと、そこに留まっていたのである。しかし、言葉でそれを説明することができなかった。特に、主人の言葉では。海というものを、そのとき初めて見た。それが海だ、と主人が教えてくれたからだ。

ずっと、どこまでも水が続いているようだった。

この水は、地の果てでは、どうなっているのだろう。滝のように流れ落ちているのだろうか。

「そうよ」ミス・クーパが微笑んだ。

けれども、それは、少女が引いた糸のためだった。その糸を引くと、口が動いて笑うようにできているのだ。

別の少年は、四つ足の人形を操っている。それは、鼻が長い動物で、馬にも見える。犬にも、もちろん、駱駝にもなることができた。

「そうなのよ」少女は続ける。「地面っていうのはね、海に浮かんでいるものだから、どんどんみんな流されていって、最後はその大きな滝から落ちていってしまうの」

「そんなことになったら、世界は滅んでしまう?」少年が尋ねた。

「駄目じゃない、あなた。それ、誰が言っているの?」

「僕だよ」

「ちゃんと、お人形を動かしなさいよ」

「えっと……」少年はしかたなく、別の人形を立ち上がらせた。

「既に、その兆候はあるんだよ」仮面の男は言った。「そうだったのか、どうして、部屋がこんなに傾いているのか、不思議でならなかった。もう、流れが落ち始めているんだね？」

「そうね、そんなところかしら。だけど、少々傾いたくらいでは、べつにどうってことはないわ。まだまだ、しばらくはこのままよ。私たちの時間なんて、この程度のものなんだから。何て言ったかしら、一瞬のこと、えっと、刹那《せつな》？　そうそう、ほら、あちらをご覧になって」

彼女は、別のケースを指差した。大きな広間に、何人かが天井からぶら下がっている。

「ほら、傾いているのよ。ね、ちょっとだけれど、横から見たら、わかるでしょう？　だけど、この中の人たちにはわからないの。ほら、ぶら下がっている人も、自分たちは真っ直ぐだと思っているのよ。ね、ぶら下がって、細かい砂を落として図形を描いている最中なんだけれど、だって実際には、床がちょっと斜めになっているのだから、彼が上から見た形が、そのまま床に描かれるわけではないわ。絵は、片方に向かって、少し長くなってしまうでしょう？　まん丸じゃなくて、楕円になるわ」

「セカントになるね」

「セカント？」

「コサインのマイナス一乗のことだよ」

「アークコサインじゃなくて？」

「それは逆関数」

「あれ？　うーん、そうだったかしら」

「コサインの面白い定理がある。七分のπ、七分の二π、七分の三π、この三つの角度のコサインを掛け合わせると、ちょうど八分の一になるんだよ」

「知らないわよ、そんなこと。どうだっていいじゃない」

「あれ？　それって、君が言ったの？」

「あら、失礼……、どうだってよろしくってよ」ミス・クーパが笑った。「とにかくね、その砂の曼荼羅ときたら、斜めに間延びしているんだから。ね、可笑しいでしょう？」

「可笑しくはないよ。それよりも、その傾斜が変わっていくと、辻褄が合わなくなる」

「自分たちは、そのときどきで正しいことをしているつもりでも、少しずつ、どこかで狂っていて、結局はあとになって、首を捻ることになるのよ。なんだって、そうなの。全部、少しずつ歪《ひず》んでしまっているから、純粋で綺麗なものなんて、どこにもないわ」

「そんなことはない。ここにはあるよ」

犬は、前脚を上げて、自分の頭を示そうとしたが、残念ながら脚が届かなかった。まるで鼻を掻いているような動作になってしまった。

「ワンちゃんなのに、そんなことがわかるの?」

「わかるさ、それくらい」

第13章
フォーハンドレッドシーズンズ

青みがかった若い光が、目の前の窓の外側にあった。競うように鳴く鳥の声が喧《かまびす》しく届く。私は躰を起こし、サイドテーブルの眼鏡を探した。しかし、眼鏡などかけたこともないことを思い出す。不思議だ、なにか夢を見ていたのだろうか。夢を見ていなくても、こういったことは多い。現実とは、常に曖昧な断片でしかない。

服を着替えてから、その窓を開けた。スチールの頑《かたく》なフレームで思想的に冷たかった。屋外は散るほど細かい輝きで充満している。圧力にも類似した得体の知れない存在を受けずにはいられなかった。気温は思ったほど低くはない。それでも、長くは開けていられなかった。再び窓を閉め、バスルームへ入った。

冷たいタイル、そして、危険なくらいクリアな鏡。蛇口から出る水が、湯になるまで待った。バスルームにも少し高い位置に窓がある。動くものに視線を向けたら、すぐ近くの樹の枝に小さな鳥がいた。翼を畳んで忙《せわ》しく樹の皮を嘴《くちばし》で突いていたが、あっという間に飛去った。そのあと、小枝の葉が揺れる。過ぎ去った時間を示す痕跡とは、つまりはこの程度のもの。

床は白い。艶やかな。壁も、そして天井も。白かった。

黒い天井でないことを、私は確かめたようだ。

良かった。

これで良い。

何だろう？

どうして、そう思ったのか、わからない。

けれども……、確かな安心を感じた。

孤立とは、すなわち操られていない自由か。

虚空とは、まるで今生まれたばかりの命か。

目を閉じたくなったが、今目を閉じると平衡感覚を失いそうな仄かな恐怖があった。この冷徹なタイルの床に倒れたくはない。鼓動が幾分速くなるのを感じて、私は意識しつつゆっくりとベッドへ戻った。そこに腰掛ける。そして、緩慢《かんまん》な動作で、再び横になった。最初は、窓の方へ躰を向けていたが、慎重に反対側へ寝返る。それは、なかなか苦労のいる作業だった。人間というものは左右対称ではない。

目は開けていた。見るものは傾き、すべてが回転し始めそうな予感があったけれど、呼吸を制御して、これをどうにか押し止めた。気持ちは、むしろ良かった。このように、気持ちの良い目眩は、ときどき私に、死というものの親しさを連想させる。ああ、私は、こんなふうに死にたいのだな、と思い出すのだった。

少しの間じっとしていたら、躰が暖まってきた。血が通い、生きていることのアンバランスを普通に思える程度にはなる。私は、起き上がり、部屋から出ていくことにした。

扉を開けるとき、ふと足許を見た。そこに小さな犬用の出入口がある気がしたからだ。しかし、この扉ではない。どの扉だったか、と考えるまえに、犬を飼ったことなどないことを思い出す。

通路は暗い。端の階段室にだけ採光の窓がある。いつもの感触の手摺。絨毯を張ったステップ。明暗に区切られた踊り場。下のホールには、玄関のドアの小窓から差し込む白い光が落ちていた。誰もいない。

食堂の扉を開け、テーブルへ近づいた。大きな長方形のモダンなテーブル。綺麗に並んだ六脚の椅子。さらに奥には、床が一段下がって、サンルーム。そこにもテーブルがある。褐色のソファも並び、モザイクに似た色調の絨毯が敷かれていた。私は、手前のテーブルに片手を置き、そのサンルームを見た。ガラスの外には、庭園が一望できる。

室内の暗さに比べると、それは映画のスクリーンのように明るく、そして変化が速い。

緑の葉が茂っていた森が、みるみる黄色やオレンジ色に染まり、たちまち葉は地面に落ちる。その地面も白く凍りつき、何本かの樹が倒れ、やがてすべてが雪に覆われる。日差しは明るく、少しずつ高くなり、雪が消えると、地面から多くの草が伸び始める。枝を伸ばし、新しい樹が高くなり、また緑が茂り、日は隠され、木漏れ日だけが落ちる地面になる。

私は、それらをぼんやりと眺めていた。めまぐるしい速度で風景が変わった。伸びるものと倒れるもの、現れるものと消えるもの。優勢と劣勢を繰り返す植物たち。動物の姿も一瞬だけ、残像のように目に留まる。小鳥、小動物、飛ぶものと這《は》うもの。しかし、音は聞えない。まったくの無音だった。ときどき暗くなり、嵐の稲妻が光ったかと思えば、大きな白い月がさっと通り過ぎる夜空も現れる。雲は、白くなり、黒くなり、赤くなり、黄色くなった。

ガラスの外の変化とは対照的に、私の鼓動はゆっくりと打った。自分の血液の流れが見えるような気がした。管の中を流れる血球の形の変化に、思わず微笑みたくなった。実に愉快な風景だった。その弾力、その塑性、そしてその間を流れる液流。絶え間なく速度を変える脈動。太ければ遅く、細ければ速い。追い越し、また追い越される。

いつしか、ガラスの外の樹の枝に、白いワンピースの女性が座っていた。周囲が激しく変化するのに比べ、彼女だけがほぼ静止している。こちらを見て、微笑んでいた。

その彼女が、次の瞬間には、テーブルの対面に座っている。こちらを見つめる微笑みは変わらない。しかし、僅かに小首を傾げるような動作があった。そう私は認識した。私もまた、椅子に腰掛けていた。

何故か、落ち着いていた。まず、彼女に微笑み返す。それから、言葉を探した。聖書にもあるとおり、世界の初めにあったものは、ロゴス。

「疑うべきものは何?」彼女の優しい言葉が伝わってくる。

何だろう、と考えたが、すべては疑うべきもの。しかし、彼女が問うのは、そうではない。何者が疑うべきなのか、という主体だろう。それは、意識というもの。頭脳として意識される装置の実体、あるいは総称。しかし、意識がそもそも、どんな情報けれども、私にはまだ明確に摑めない。それが不確かなのに、どうして意識の装置について、その実体を語ることができるのか。

けれども、多くの問題は、そもそもその観測点の不同定を棚上げにして扱われている。ニューラルの変幻さを、一瞬だけネガフィルムのように反転固定した仮定の基に、ただ「こうでなければならない」という道筋を引く。それがロゴスだ。

したがって、疑うべき主体とは、すなわち架空のロゴス、その空論によって空回りする風車か、あるいは、紡《つむ》がれると錯覚させ、実は解《ほど》け伸び、空間に放射される一筋の糸か。その糸の細さといえば、なにものも結ぶことなく、ただ分断を誘うのみ。疑うべきものと、認めるべきものは、同じメカニズムのロゴスにちがいない。疑っているつもりになっているだけで、緩やかな存在を認めていることに等しい。さもなければ、存在しないものを疑うという、傲慢《ごうまん》な自己矛盾に陥るからだ。

「自己矛盾？　それが何だというのでしょう」

そのとおり。その程度のパラドクスは、宇宙にも、数学にも、神話のようにつき纏っている、なんの変哲もないただの誤算、あるいは新説。ロゴスには、常に矛盾が包含されることくらい、言葉が生まれるまえからわかっていた。植物も動物も、あるいは微生物さえも、その揺らぎを持っている。その偶然、その変異を内在している。そもそも、そうでないものが存在しないのだから、これを矛盾と呼ぶことに矛盾がある。すなわち、ロゴスの成立が、最初から自身で反転しているということ。だから、ネガなのである。

しばらくの対話のあと、私は、自分が誰と話をしていたのか、と思い出した。目の前にいたはずの女性の姿はなく、私はただ一人、テーブルの端の椅子に座って、ガラスの外、移り変わる季節を、焦点を合わせることなく、眺めていた。思考は、私の中で作られるものであるはずなのに、私の中に存在するようには感じられない。それは何故だろう？　もしかしたら、私の頭脳が作り出しているものではないからか。それと同じように、私が見るものは、私の頭脳が作り出すものなのに、私の外側にあるように感じられる。それは、入力デバイスの遮断試行によって、見ないことが再現可能であり、その切換えによって生じる結果を、外側の世界として捉えているというだけのこと。これが外側だという根拠はない。自分の感覚が外側へ向かっているという錯覚は、ただ、それを外側と定義した、その言葉の域を出るものではない。

瞬くたびに、世界がリセットされる可能性。鼓動のたびに、生がリセットされていることもまた疑いもない。意識というものは、常に非現実、すなわち夢の中にあって、その僅かな一部分だけが現実に触角を伸ばしているにすぎない。

「おはようございます」戸口に立っていたのは、老年の女性だった。

「おはようございます」私は、軽く頭を下げる。

「よくお休みになれましたか？」

「はい、大変心地良く」紳士的な表情を作り、軽く微笑んだ。

そうしている間に、舞台が私の中で展開し、この場所、この設定、これまでの経緯などがリロードされる。

「今、朝食の支度をさせております。もうしばらくお待ち下さい。そのまえに、コーヒーをいかがですか？」

「ええ、では、お願いします」

私の前にコーヒーカップが置かれていた。私は、それに手を伸ばす。彼女は、対面の椅子に姿勢良く座っている。彼女もまた、カップを持ち上げたところだった。

香りを確かめ、私の舌はその仄かな苦さを味わった。次の瞬間には、テーブルに皿が幾つか並び、私はフォークを握っている。

「湖が満ちてきましたね」彼女が横を向いて、視線を誘った。

私は、ガラスの外へ目を向ける。懐かしい風景がそこにあった。緑の庭園の先に、霧の立ち込める湖面、そしてその周囲に連なる黒い森。湖面には色はなく、ただ、霧の間に、疎《まば》らに風景を映していた。水位が高くなったということか、と思い出す。私は、昨日、その湖をボートで渡ってきたのである。自分でそう思うのだから、たぶん私の記憶なのだろう。誰か、もう一人、あるいは二人、ボートに同乗していたようにも思えたが、そんなはずはない。私はいつも一人だ。一人だから私なのである。

「何故、水が一夜にして増えるのか、ご存じですか？」テーブルの対面の紳士が尋ねた。

彼は、この館の主で、名前は、ど忘れしてしまったが、博士の称号を持っている人物だった。しかし、その席にいたのは女性ではなかったか、という僅かな残香にも似た印象が漂っていた。私の瞬き一つで、それもすっかりと消えてしまった。

「一夜が、私が認識している時間とは別のものだからです」私は答えた。

天井を見る。細かい模様のクロスと、艶のある白い梁。この建物は、どうだろう、築五十年といったところだろうか。天井があることで、何故か私はほっとできる。そこに暗黒の宇宙を見なくてもすむからだ。そのブラックホールのような場所から、糸を垂らして人形を操っているのである。

「さすがの洞察。すると、既に外部の時間の流れについても、把握されているのでしょうね。いいえ、それについては、私は知りたいという動機は持っておりません。今のは疑問ではなく、私の感想、解釈を申し上げただけです。お答えになる必要はありません」

「ご親切なご指摘に感謝いたします。おっしゃるとおり、時の流れに関して、私は特別に扱うようなものとは考えておりません。振り子の外れた時計のような制御を失った機構ではなく、単に観測点の差異によるもの、少なくともそれに近い揺らぎにすぎないと判断しています。こう申し上げてはなんですが、そう見せている方もコードならば、それを見る方もコード。お互いに、自分たちのアルゴリズムを通して処理しているから、このような振れが、見かけ上起こってしまう。それはもう、当初から予期されていたことです。ただ、私が関心を持っているのは、何が引き金になったのか、あるいは、これからなるのか、という点です」

「引き金？　そうおっしゃるのは、結論として、これらが偶然に起こったものではない、という解釈をされている、そういうことですか？」

「私は、神を信じません。いえ、宗教としては、神というものを自分の中に持っておりますが、その、この現実の世界の、この地球上の社会における、唯一の指針的存在のようなものを、どうしても具体像として考えることができないのです」

「しかし、それにしては、見せる方もコード、とおっしゃった」

「そうです。それは、つまり……、そのコードが神だというならば、そのとおりですが、私には、そういった作られた存在が神だという理解はできません。神は、作られたものであってはならないからです」

「そのコードを作ったのが神だとは、お考えになれませんか？」

「何故そんなものを神が作る必要があるのでしょうか。どうして、神が自らの筋道をコードに落とすといった手順を踏むのでしょうか？　コードがあるということは、それ以前にそのコードを受け入れるシステムが存在していなくてはなりません。神がまずそのシステムを作り、そしてコードという伝達や保存を目的とした言語を組み立て、そのうえでそのコードによって記述するというのですか？　そのような持って回ったことを、どんな理由があって神が選択するでしょう？」

「私たちをお導きになるためではありませんか？」

「私たちを導く？　では、おききしますが、何故そのような手の込んだ方法で？」

「選ばれた者だけを導くためにです」

「なるほど、それは、たしかに神が好まれるスタイルの一つではありますね。私のイメージする神ではなく、伝説上の神です。そうなると、では、何故選ばれたものだけを導くのでしょうか。そんな必要がありますか？　ただ、選ばれない者たちを一瞬で抹殺してしまえば良い」

「世界中を洪水にして？　私たちは、急いで方舟《はこぶね》を作らないといけませんね」

「いえ、それを質問したいのは、私の方です」

「私は、残念ながら、その問に対する答は持っておりません」紳士は首を横にふった。彼は、窓の外へ視線を向けた。

その横顔をしばらく見たあと、私もガラスの外から届く光を眼球に受け止めた。風景はなかった。それは、彼が見ている世界なのかもしれない。白と思えば白、黒と思えば黒、どんな色にも見えた。

再び、彼はこちらを向いたようだ。

「昨日、貴方がお持ちになった人形たちは？」

「ああ、そういえば……」と私は思い出す。

少女と少年の人形が、ガラスの外の庭先にあった。捨てられたか、投げ出されたかのように。既にほとんど周囲の植物と同化しつつある。私がそこに置き忘れたのだろうか。その記憶はなかった。そもそも、昨日のことではない。もうそれらは、そこに何十年も放置されているように見える。

「貴方自身が、人形でないことを、貴方はどうやって確かめられたのですか？」彼はじっとこちらを見据えた。

「確かめられません」私は正直に首をふった。「そんなことは、誰も確かめることはできないでしょう」

「しかし、人形が存在することは事実。解体の結果として、人間だったのか、人形だったのかは明らかにできます。ただし、解体ができるのは、それが死んだあとのこと。死んでしまったのでは、人間も人形も同じだといえる。それでは判別できても意味がなくなってしまう」

「私は、その判別に、意味があるとは思えないのです」

「ほう、それは、面白い」彼は口許を上げた。笑おうとしたらしいが、むしろバランスを崩した、引きつった表情に見えた。「大違いだ、と普通は認識されている。人間と人形ではまるで違う。価値が違う。生きてきた証も違う。存在そのものが違う。それは、神が作られたのか、人間が作ったものなのかの違いといえる。自然なのか人工なのかという相違です。その判別に意味がないとは、誰も考えておりませんよ。そうではありませんか?」

「よくわかりませんが、たとえば、幼い子供にとっては、生きているものも、ぬいぐるみなどの人形も、大差はありません。せいぜい認識できるのは、自ら動くものとして捉えられるか否かであって、そこに意思が宿るのかどうかは、見ることはできません。さらに言えば、そこに自然発生した経緯の痕跡が歴然と残っているわけでもない。我々は、精巧な機械を作ることができるようになりました。しかしまだ、生きものと呼べるものを、まったくの無機から生成することはできない。ただ、おそらくは、これも時間の問題。いずれは可能になるはずです。何故なら、不可能だという証明がまったくなされていない。そんな理由が科学的に見つからないからです」

「その探究をするとき、無機と有機の区別も曖昧になりましょう。どこに、生の境界があるのかなど、まったくの愚問。まあ、それは良いとして、現在の状況を、どう観測されているのか、そこが私にはまだわからない。もう少しご説明願えませんか？」

「現状というのは、人間と人形の混在に関することでしょうか？　是非ですか？　それとも最適な比率についてですか？」

「私にはわからない」紳士はゆっくりと首を左右にふった。「なにしろ、区別がつかない。いつの間にかこうなった。どうしてこうなったのか、誰にもわからない。私が平均的な観測をしているとは言いませんが、だいたい、大勢が感じているところだとは想像します」

「それ以前の社会において、つまり過去の状況を辿ってみると、そこには、人形に関する様々なアプローチが盛んに行われてきた事実が散見されます。人間は、とにかく古くから人形を作ろうとしていました。自分たちに近いものが無条件に歓迎されました。それはつまり、無意識のうちに、人間ほど価値のあるものはこの世に存在しない、という信念か、それとも傲《おご》りのようなものがあったということです。ある者は、生理的あるいは倫理的にそれを否定しましたが、これはその傲りに対する拒否で、神を冒瀆するものだという滑稽な台詞でしか表現できない、根拠不明確な感情でしかありませんでした。したがって、多くは歓迎された。あらゆる機械、そしてシステムによって価値を作り出してきた人間は、自分自身を作ることで、究極の価値を生み出そうとしたのです。まさにそれは、自らが創造主となる夢だったでしょう」

「まあ、そこまでは、私も反論はしません。貴方が言うようなことは、よくある観点です。けれども、そのような科学的動機が、本当に結集されるというようなことは起こらなかった、と私は理解しているのです」

「結集はしませんでした。結集の必要がなかったからです。もちろん、労力的、エネルギィ的な集中はある程度必要でしたが、思考能力に関しては、個人の頭脳で充分だった。これは、人間というものの可能性の大きさを示していると思います」

「その天才的な才能が、すべてを作り出したとおっしゃるのですね？」

「そう言って良いと思います」

「では、お尋ねしますが、その天才は、何故、人間ではなく、人形を作ったのでしょうか？　人間が作れなかったからですか？」

「違います。これも私の想像にすぎませんが、その高いレベルから見たとき、人間と人形に差が見出せなかったからです。すなわち、両者は同等のものだった。そして、その認識こそが、人形を作り出したのです。この若い創造主は、人形を作っているという意識はなく、ただ人間を作ったのです。それを、人形だと区別するのは、その才に達しなかった者の見解であって、その悲観には、多分に自分たちが及ばなかった敗北感があった。それは、見解というよりは、感情なのです。嫉妬なのです」

「待って下さい。しかし、両者は区別できるのですよ」

「最初に、貴方がおっしゃったように、両者が区別できるのは、人間が死んだとき、人形が壊れたときだけです。それが生きている間、機能している間は、その区別は事実上できません」

「いや、不可能ではない。生きていても、調べればわかります」

「調べることによって、生命が失われ、機械も損傷を受けます。非破壊で確かな証拠を得ることはできません。肉体的なものは、どれも機械に取り替えることができる。

頭脳の一部も、主神経の大半も置換可能です。そうなれば、確固たる外的区別は不可能。ただ、区別できるとすれば、そのメインチップを取り出して、化学組成の解析をする以外にない。あるいは、そこに残存するデータの配列から統計的に証明する以外にない。それをするには、生の活動を完全に止め、一度リセットすることになるのです。そうですね？」

「それは認めましょう。けれども、区別は不可能ではない。殺して調べればわかるということは事実です。そういった差を、何故その才能が許容したのでしょうか？」

「さあ、私にはわかりません。許容しているかどうかもわからない。あるいは、これは過渡的な状況にすぎず、たとえば、私たちが区別できると思い込んでいる人間の中にも、既に新しいタイプの人形が紛れているかもしれない」

「なるほど、悲観的だが、それは否定できませんね」

「私が言いたいのは、そのレベルのことではないのです。そのように両者の区別に拘《こだわ》ることが、既に人類というのか、生物のトラウマではないか、と考えます。我々は、生きているということに取り憑かれている。すなわち、神が作り給うたものとしての引け目を背負っているようなものです。これがトラウマと言わずに何でしょうか。私のところへは、ときどきこのトラウマで精神ストレスを増大させている人がやってきます。生きていることが申し訳ない、と悩むようです。誰に対して申し訳ないのか、と尋ねると、指を立てて、上を示すのです」

「そういえば、貴方は医師でしたね」

「医者といっても、躰を治すことが専門ではありません。私は、情報医学を専攻しました。私の患者の大半には、直接会ったこともありません。ただ、電子的なやり取りをするだけです。しかし、直接尋ねてくる人たちは、そういった普通の患者ではない。かといって、単なる悩み相談といったレベルでは全然ない。話を聞くうちに、ああ、この人もか、と気づくことになるのです。皆、同じ。彼らが抱いている不安というか、疑惑というのか、それはつまり、自分が本当に人間か、という謎への帰結です。私にそれを問うのです。私に、その区別ができるだろうと迫るのです」

「いつの間にか、噂が広がってしまった」紳士は溜息をついた。「おそらくは、研究者か、その関係のインテリが最初に情報を摑んだ。いまだに、公式に発表されたものはないはずです。その類のデマが単発的に方々から聞えてくることはありますが、調べてみると、既にそのソースはない。ソースが消されている痕跡しかない。それがまた、噂が広がる要因にもなる。知らず知らず、皆が口にし、なにかちょっとした違和感を、すべてそのせいにする。人形だから、ああなるのか、と考えてしまう。操っている者がいるから、あのように不可解な行動を取るのか、と解釈してしまう。私は、すべてとは言いませんが、大部分は思い過ごしだと考えています。人形はいる。しかし、そのような不自然な、人に気づかれるような人形はいません。むしろ、人形の方がはるかに人間らしく、バランスが取れていて、突飛なことをしない、平均的な行動をして、普通に反応する。そう設計されているはずだからです」

「おっしゃるとおりです。人形は、人間よりも論理的です。人間よりも、明晰です。人間よりも情が深く、人間よりも感情的です。ばらつきも、人間と同じ。とても、人間的なのです。人間をモデルにして作られているのですから、当たり前のことでしょう。では、何が違うのか、と問うことになります。それは、私のところへ尋ねてくる人たちが、皆口にする疑問です。人間と人形は、いったいどこが違うのですか？」

「それは、簡単ですよ。人間は生きているが、人形は生きているわけではない。生きているように振る舞っているだけです」

「そのとおりです。しかし、人間には、その区別がつきません。つまり、生きていることと、生きている振りをしていることとは、何が違うのか、という疑問になる。その答もまた簡単なのです。それは、自然に生まれたものか、それとも人が作ったものかの違いです。たとえば、自然に存在する水と、人間が水素と酸素から合成した水は、どこが違うのか、という問題と同じでしょう。自然に生まれたものは、僅かな不純物を含みますが、精製された水にはそれがありません。しかし、不純物を意図的に添加するなど、いとも簡単なことなのです。そうなると、もう違いは誰にもわからない。違いはない、と言っても良い。今の状態は、これと同じではありませんか？　過去の履歴が異なっているだけです。これが、人間と、精巧に作られた人形の違いといえば違い、また、逆にいえば、同一性でもあるわけです」

「そこまで同一ではありません」

「かつての人間ならば、まだ不純物も多く、今よりも複雑だった。しかし、医学の進歩、工学の発展で、人間は改良されました。不純物はあらかじめ取り除かれ、ある者は、肉体のほとんどを機械と交換されている。もっと極端な場合になると、躰さえなくして、電子空間の中で生きている。そういう人までいるのです。それでも、生きている人間なのです。こうなると、人間の方から人形に近づいたとさえいえます」

「繰り返しますが、詳しく調べれば、両者の区別をすることは可能です。ただ、非破壊で示せないというだけのことです。ああ、議論が堂々巡りをしていませんか？」

「同感です」

「では、別の質問をさせて下さい。貴方は、人形を見たことがありますか？」

「死んでいる人形のことですか？」

「いえ、それならば、私も実は見たことが一度だけあります。貴方は職業柄、その経験が豊富でしょう。しかし、そうではなく、生きている人形をです」

「死んだ人形を見たことがあるわけですから、それが生きているところも見たことがあります」

「しかし、そのときには、人形だとは気づかなかったのでは？」

「もちろんそうです」

「では、今生きている人形をご存じですか、という質問にしましょう」

「それは……、そうですね。断定することはできません。疑っている事例はあります。しかし、確固たる証拠はありません。また、もし、その方が人形であったとしても、特に問題は起きません。大きな影響はないという意味です」

「それは、貴方にとって、ですか？」

「そうです。私にとってです。感情的にも、私は人形に対して特別なものを持っておりません。友達であっても、あるいは私の身近な人間であっても、まったく抵抗がありません。むしろ、そうですね、人形の方が病気になる確率が低いそうですから、それは一つの安心につながります」

「偏見はまったくない、とおっしゃりたいのですね？」

「偏見を持つ理由が私にはないのです」

「どうしてでしょう？　それは、貴方が人形かもしれないからですか？」

「その可能性も否定はできませんが、その可能性が、今の判断に影響するとも思えません」

「そうでしょうか。自分が人形かもしれないと疑うことは、自分の思考、自分の存在、あるいは人との関わり、ひいてはこの世の中、社会というものに対する期待みたいなもの、何と言うのでしょう、使命感といっても良いかもしれませんが、そういうものに非常に影響するのではないか、と私は考えているのです。いかがですか？」

「私は、そうは思いません。私は自分が人形だとは思っていませんが、もしも人形だったとしたら、これは大きな発見をしたことになります」

「どんな発見ですか？」

「人形も、人間と同じことを考えるということです」

「それは、そういうふうに作られているからでしょう」

「同じように考えるのであれば、もう人間との差はない。たとえ、生まれた経緯や、細かいところでの組成が異なっていても、考えること、意識することが同じであれば、それはもう人間です。何故なら、そこにしか、人間というものを定義する領域はないからです」

「そうでしょうか。たとえば、愛はどうなりますか？　愛によって人間を定義する人たちもいます」

「それは、幾分動物的な領域になりますね。ええ、それもわかります。しかし、自覚ができないのですよ。愛は、自覚するものです。だとしたら、やはり同じでしょう。相手にもわからない。あとで人形だと知らされて、愛が冷めるということをおっしゃりたいのだと推察しますが、そんな興醒めは、古来人間どうしにも頻繁に見られたことではありませんか」

私がそれを言い終わったときには、もうテーブルには誰もいなかった。

私もいなかった。

私は、サンルームのガラス戸から外へ出ていったようだ。そこには、紳士が三人、そして美しい女性が一人、テラスの小さなテーブルを囲んでいた。どうやら、そのうちの一人が、かつての私らしい。

紳士の足許には、犬がいた。紳士が、なにか話しているようだ。手振りを交《まじ》えて、楽しそうに語っている。聞いている三人も笑顔だった。

なるほど……。

人形劇は、まだ続いている。

解説

冬木糸一（レビュアー）

『赤目姫の潮解』を最初に読み終えた時の感想を一言であらわすならば、「何がなんだかわからないが、すげえ」だった。今まで出会ったことのない表現、遭遇したことのない小説の在り方に、それを表現する適切な言葉を思い浮かべることができなかったのだ。ジャンルは読み方によってはSFともファンタジーともとれ、描写に焦点を当ててみれば幻想小説ともいえる。たびたび行われる意識や生と死をめぐる問答の部分はまるで哲学小説のようだ。あらすじを説明することさえも困難で、僕がそうであったように、一読して戸惑っている人が多くいるだろう。それでも折にふれて読み返しているうちに、意味がわかるとはとてもいえないが、その内容が実によく馴染むようになってきた。端的にいえば、とても心地のよい作品だ。

ほとんどの方はご存じないかと思うけれども、僕は普段雑誌などで書評の連載をするかたわら、自分のブログ「基本読書」で好きな作品を紹介する書評活動を行っている。取り扱うのは小説からノンフィクションまでなんでもあり。年に五〇〇冊以上を読んでいるが、その中でも森作品は、新刊が出るたび早売りを探して本屋を渡り歩き、即一心不乱に読みふけって、書評というより長文のラブレターのごときものを投稿し続けてしまうほどの飛び抜けた魅力を備えている。

今回解説を、それも『赤目姫の潮解』で依頼されたのも、そうした地道な更新活動が著者本人の目に触れたことがキッカケとなったとうかがっている。極度に抽象的かつ幻想的な本書は、特設サイトに載せられた森博嗣自身の言葉を借りれば『この小説は、僕自身が好きなタイプのものです。』と語られている一冊である。解説を依頼される前から僕にとっても思い入れの強い作品だったこともあり、そのあまりにも特異な魅力、なぜ数ある森作品の中でも本書に特別な思いを抱いているのか、そして今なお広がり続ける森博嗣ワールドの素晴らしさについて、解説者であると同時に、〝一人のファンとして〟率直に愛を語らせてもらいたい。

本書は『女王の百年密室』『迷宮百年の睡魔』に続く百年シリーズの最終作にあたる。とはいえ、前二作で主役をはったミチルとロイディの二人は（たぶん）現れず、登場人物すべてが一変し時代も異なっているようにみえる。つまりキャラクターの物語としての連続性は存在していないわけで、単行本での刊行当初は書名に百年の文字が入っていないことなども合わせて、本当にこれは百年シリーズなのか（あるいは、当初はたしかに三部作と予定されていたけれども途中で四部作や五部作への変更があったのではないか）と疑っていた人さえもいたと記憶している。

それでも本書を明確にシリーズ作たらしめているのは何なのかといえば、装丁の統一性に加え世界観が同じであることがいくつかの手がかりから推測されるほか、生と死の狭間、曼荼羅《マンダラ》、一夜にして出現する海、身体と分離された意識、遠隔操作されている人形——とシリーズに共通するモチーフや連想される技術がこれでもかというほどに投入されていることがあげられる。さらには、これまでの問いかけや状況を、より推し進めたらどうなるのかを描いている部分については、テーマ／表現面において最終作らしい突き詰め方がなされている。シリーズ読者、もしくは本書からさかのぼってシリーズを読んでいく読者は、キャラクターの連続性が存在しなかったとしてもたしかにこれは百年シリーズの作品だと思うはずだし、「シリーズ物とはこのような表現方法によっても描けるのだ」と驚くことになるだろう。

物語は医者である「私」こと篠柴《しのしば》と小説家の鮭川《さけかわ》、謎めいた知的な美女である赤目る。屋敷へたどり着き、摩多井《またい》と呼ばれる男の屋敷へと向かう場面から幕を開ける。屋敷へたどり着き、摩多井がアフリカにて移動するオアシスを調査した話、それを可能にする仮説とは何かなどの雑談を経て、篠柴と鮭川がリビングにて二人きりになると、お互いが知らない赤目姫についての情報交換が始まる。

篠柴はチベットで赤目姫と共に緑目王子と出会い、地から止めどなく吹き上がる風や砂でつくられた曼荼羅を鑑賞した経験を、鮭川はナイアガラの滝を観に行った際に赤目姫と偶然出会った経験をそれぞれ語ってみせるが、これが次第に単なる回想とは言いがたい展開をみせる。篠柴は砂の曼荼羅を見た直後に、まるで夢のなかを彷徨《さまよ》っているような精神状態となり、意図せずして異なる人物へと意識を同調させてしまう。それは他者の感覚を想像するようなものではなく、これまでの記憶や物の考え方までをすべてトレースした上で、自身が篠柴であるという感覚さえも遠くなり、まるっきり別の人間のようにして語りはじめる現象だ。最初それは緑目王子の父にたいして起こり、赤目姫と緑目王子を含む三人で会話をする場面が描かれる。その次の瞬間にはヒッチハイクをしていたシンディと名乗る女性を乗せたドライバーの視点になり、なぜか同時にシンディの記憶も追体験していく。その後も様々な人間の記憶や意識と混信しながら、未来と過去を横断し、圧縮された時間を経験し、事象を観測して

（させられて？）いくうちに「私」とは誰なのかさえにわかにはわからなくなってしまう。

果たして、この特異な視点／意識の混信は「なぜ」「どのようにして」起こっているのか。それとも、これはシンプルに幻想、あるいは夢そのものであって理屈にあたる部分は皆目存在していないのだろうか。物語が進むにつれて断片的に背景に属するであろう情報や作中人物による仮説も明かされていくが、その決定的な解釈を可能にする部分はなかなかもたらされない。どこまでが現実で、どこからが夢なのかすら判然としないまま、読者の想像力、認識の限界を試すかの如き読書体験が展開される。

その体験は、探偵が殺人事件を解決に導くような説明しやすい物語とは明らかに異なる。夢のようにとりとめがない、一見したところは不連続な物語。それゆえにこの物語は、普通の語り方ではつながることのない、異質なものへと次々に接続できる。最初はそこに連続性が見いだせないかもしれないが、じっくりと読み進めていくと、異質としか思えなかったもの同士も、抽象化することで根底では連続していることが了解されてくるはずだ。曼荼羅、プラネタリウム、回転木馬――そんな一切つながりがないように思えるものも、その根底には法則性があるのだと作中で語られるように。

〈「法則性？　わからないよ。あ、待てよ、でも、ちょっとだけ、ピンと来るものがあった。そうか、液体の世界、あるいは氷河の挙動のことなんだね？　万物は流転《るてん》するっていうけれど、そのとおり、固い岩だって、ちょっと時間軸を変えて見たら、本当はぐにゃぐにゃなんだ。想像力の時間幅が狭い人間には、静止して見えるだけのこと。もしかして、そういう話？」〉

その法則の連鎖を、認識することはできずとも感じ取ることさえできれば、まるで危ういバランスを見事にとって飛翔しているような独特の快感につながっていく。僕にとってその快感は、それまでに一度も味わったことのない種類の感覚であった。

人間は身体を持つがゆえに、時間と空間にとらわれ、他人に同調して視界と記憶を拝借したり、時間を遡ったり、三〇〇年の時間を数秒に凝縮して体験したりといったことはできない。しかし、それは存在にとらわれているだけのこと。思考はもっと自由に、身体があってはできない状況を想像することができる。本書を読んで戸惑う人も多くいるだろうと最初に書いた。それはこの世界が、そうした人間の常識から遠く離れた形での世界認識、思考の在り方を描いているからにほかならない。だが、常識の枷《かせ》を一度捨てさって物語に身を委ねてしまえば、本書の特異な世界認識を追体験することができるはず。それは、小説でしか味わうことのできない（漫画化や映像化を実現するには、通常よりも大胆な改変が必要だろう）スペシャルな体験だ。

なぜ、僕にとって『赤目姫の潮解』は思い入れが深いのか。現時点で自分なりに導き出した答えは、ここまで語ってきたように極端な「自由さ」にある。それは同時に、森作品を熱狂的に追い続けてしまう理由にもつながっている。ミステリを出発点としながらもSFから剣豪小説まで幅広く書いてみせ、今となってはそうしたジャンルの枠にとらえることが困難なほどに先鋭化し、その全てで、思いもよらぬ新しい挑戦が取り入れられている。新たな作品を読むたびに、これまで自分がミステリとは、SFとは、小説とは、こういうものだと思い込んでいた領域がより広大であることに気がつかされ、自分の世界認識が広がっていくような興奮が伴うのだ。大量の新作を読んでも読んでも飽きることなく純粋な喜びが湧き起こってくるのは、森博嗣が新たな領域へと挑戦し、変化をしていく速度があまりに速いからだろう。

時間的にも空間的にもとらわれず、身体に束縛された意識という枷からも解き放たれた特異な状況を描いたこの『赤目姫の潮解』は、あえて言い切ってしまえば、既存の枠や表現を次々と破壊し再構築してみせる、そんな森作品ならではの自由さが何よりも詰まった小説だ。読み返すたびに、想像によって到達できる領域、その広さ、その底知れぬ可能性に触れることができる。それは小説の可能性そのものなのだ。

とはいえ、ここが終着点であるわけでもない。現在講談社タイガで展開している『彼女は一人で歩くのか？』を端緒とするWシリーズでは、百年シリーズで重要な役割を果たすウォーカロンが広く普及した世界が描かれている。そこで焦点があたる技術は、本書でも話題になっているもので――とこれ以上は明かせない。百年シリーズはこれにて完結となるが、森博嗣ワールドは広がりつづけている。この先まだまだ、誰よりも自由に、誰も想像したことのない広大な領域をみせてくれることだろう。凡才の身としては、せめて振り落とされないように必死で後についていくしかない。

森博嗣著作リスト

（二〇一七年四月現在、講談社刊。＊は講談社文庫に収録予定）

◎S&Mシリーズ

すべてがFになる／冷たい密室と博士たち／笑わない数学者／詩的私的ジャック／封印再度／幻惑の死と使途／夏のレプリカ／今はもうない／数奇にして模型／有限と微小のパン

◎Vシリーズ

黒猫の三角／人形式モナリザ／月は幽咽のデバイス／夢・出逢い・魔性／魔剣天翔／恋恋蓮歩の演習／六人の超音波科学者／捩れ屋敷の利鈍／朽ちる散る落ちる／赤緑黒白

◎四季シリーズ

四季　春／四季　夏／四季　秋／四季　冬

◎Gシリーズ

φ《ファイ》は壊れたね／θ《シータ》は遊んでくれたよ／τ《タウ》になるまで待って／ε《イプシロン》に誓って／λ《ラムダ》に歯がない／

η《イータ》なのに夢のよう／目薬α《アルファ》で殺菌します／ジグβ《ベータ》は神ですか／キウイγ《ガンマ》は時計仕掛け／χ《カイ》の悲劇（＊）

◎**Xシリーズ**

イナイ×イナイ／キラレ×キラレ／タカイ×タカイ／ムカシ×ムカシ／サイタ×サイタ（＊）

◎**百年シリーズ**

女王の百年密室／迷宮百年の睡魔／**赤目姫の潮解**（本書）

◎**Wシリーズ**（すべて講談社タイガ）

彼女は一人で歩くのか？／魔法の色を知っているか？／風は青海を渡るのか？／デボラ、眠っているのか？／私たちは生きているのか？

◎**短編集**

まどろみ消去／地球儀のスライス／今夜はパラシュート博物館へ／虚空の逆マトリクス／

レタス・フライ／僕は秋子に借りがある　森博嗣自選短編集／どちらかが魔女　森博嗣シリーズ短編集

◎シリーズ外の小説

探偵伯爵と僕／銀河不動産の超越／喜嶋先生の静かな世界／実験的経験

◎クリームシリーズ（エッセイ）

つぶやきのクリーム／つぼやきのテリーヌ／つぼねのカトリーヌ／ツンドラモンスーン／つぼみ茸ムース

◎その他

森博嗣のミステリィ工作室／１００人の森博嗣／アイソパラメトリック／悪戯王子と猫の物語（ささきすばる氏との共著）／悠悠おもちゃライフ／人間は考えるＦになる（土屋賢二氏との共著）／君の夢　僕の思考／議論の余地しかない／的を射る言葉／森博嗣の半熟セミナ　博士、質問があります！／ＤＯＧ＆ＤＯＬＬ／ＴＲＵＣＫ＆ＴＲＯＬＬ

☆詳しくは、ホームページ「森博嗣の浮遊工作室」を参照

（https://www.ne.jp/asahi/beat/non/mori/）

（２０２０年11月より、ＵＲＬが新しくなりました）

■本書は、二〇一三年七月、小社より刊行されました。

|著者|森 博嗣 作家、工学博士。1957年12月生まれ。名古屋大学工学部助教授として勤務するかたわら、1996年に『すべてがFになる』(講談社)で第1回メフィスト賞を受賞しデビュー。以後、続々と作品を発表し、人気を博している。小説に『スカイ・クロラ』シリーズ、『ヴォイド・シェイパ』シリーズ(ともに中央公論新社)、『相田家のグッドバイ』(幻冬舎)、『喜嶋先生の静かな世界』(講談社)など、小説のほかに、『自由をつくる 自在に生きる』(集英社新書)、『孤独の価値』(幻冬舎新書)などの多数の著作がある。2010年には、Amazon.co.jpの10周年記念で殿堂入り著者に選ばれた。ホームページは、「森博嗣の浮遊工作室」(https://www.ne.jp/asahi/beat/non/mori/)。

赤《あか》目《め》姫《ひめ》の潮解《ちょうかい》 LADY SCARLET EYES AND HER DELIQUESCENCE

森《もり》 博嗣《ひろし》

講談社文庫

定価はカバーに
表示してあります

2016年7月15日第1刷発行
2023年7月5日第6刷発行

発行者——鈴木章一
発行所——株式会社 講談社
東京都文京区音羽2-12-21 〒112-8001
電話 出版 (03) 5395-3510
販売 (03) 5395-5817
業務 (03) 5395-3615

KODANSHA

デザイン—菊地信義
本文データ制作—講談社デジタル製作
印刷———株式会社KPSプロダクツ
製本———株式会社KPSプロダクツ

Printed in Japan

ISBN978-4-06-293443-5

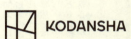

講談社文庫刊行の辞

二十一世紀の到来を目睫に望みながら、われわれはいま、人類史上かつて例を見ない巨大な転換期をむかえようとしている。

世界も、日本も、激動の予兆に対する期待とおののきを内に蔵して、未知の時代に歩み入ろうとしている。このときにあたり、創業の人野間清治の「ナショナル・エデュケイター」への志を現代に甦らせようと意図して、われわれはここに古今の文芸作品はいうまでもなく、ひろく人文・社会・自然の諸科学から東西の名著を網羅する、新しい綜合文庫の発刊を決意した。

激動の転換期はまた断絶の時代である。われわれは戦後二十五年間の出版文化のありかたへの深い反省をこめて、この断絶の時代にあえて人間的な持続を求めようとする。いたずらに浮薄な商業主義のあだ花を追い求めることなく、長期にわたって良書に生命をあたえようとつとめるところにしか、今後の出版文化の真の繁栄はあり得ないと信じるからである。

同時にわれわれはこの綜合文庫の刊行を通じて、人文・社会・自然の諸科学が、結局人間の学にほかならないことを立証しようと願っている。かつて知識とは、「汝自身を知る」ことにつきていた。現代社会の瑣末な情報の氾濫のなかから、力強い知識の源泉を掘り起し、技術文明のただなかに、生きた人間の姿を復活させること。それこそわれわれの切なる希求である。

われわれは権威に盲従せず、俗流に媚びることなく、渾然一体となって日本の「草の根」をかたちづくる若く新しい世代の人々に、心をこめてこの新しい綜合文庫をおくり届けたい。それは知識の泉であるとともに感受性のふるさとであり、もっとも有機的に組織され、社会に開かれた万人のための大学をめざしている。大方の支援と協力を衷心より切望してやまない。

一九七一年七月

野間省一